Danneckerstraße 20, D-60594 Frankfurt/Main
Internet: www.roeschen-verlag.de
e-Mail: frankdemant59@yahoo.de

Bildquellen: PantherMedia | Nick F. 59725 | Michael W. 645684
Lektorat: Stefanie Reimann
Umschlaggestaltung: Gaby Jungkeit | www.coico.de
Satz: Gaby Jungkeit | www.coico.de
Druck: Prisma-Druck, Saarbrücken
1. Auflage

Der Kandidat

Ein Kriminalroman von Lutz Ullrich

Röschen-Verlag

Für Nana

Handlung und Personen sind – abgesehen von historischen Personen und solchen des Zeitgeschehens – frei erfunden. Ähnlichkeiten mit lebenden oder bereits verstorbenen Personen sind rein zufällig und nicht beabsichtigt.

Dem Autor liegt es fern, Personen oder Parteien zu verunglimpfen. Ihm geht es darum, Möglichkeiten und Konflikte aufzuzeigen und darauf aufmerksam zu machen, dass eine andere Politik, eine andere Mehrheit und ein anderer politischer Stil wünschenswert und möglich sind.

Lutz Ullrich, Jahrgang 1969, studierte Politik und Rechtswissenschaften, schrieb für verschiedene Zeitschriften, betätigte sich in der Politik und arbeitet heute als Rechtsanwalt. Er lebt mit seiner Familie in der Nähe von Frankfurt.

(*www.lutzullrich.de*)

1. Kapitel

Der Tag, an dem Tom Bohlan in sein altes Leben zurückkehrte, war ein Montag im Oktober. Der ehemalige Kommissar der Frankfurter Mordkommission hatte den Tag früh beginnen lassen. Um sechs Uhr hatte sein Wecker geklingelt. Man kann nicht sagen, dass Bohlan sofort hell wach gewesen war, aber in den letzten Jahren hatte er sich an das folgende Ritual derart gewöhnt, dass es wie ein computergesteuertes Ereignis ablief. Schlaftrunken stand er auf und schleppte sich zu dem Stuhl, der in der Zimmerecke stand. Dort zog er die Laufkleidung inklusive Wollmütze und Vlieshandschuhe an, verließ das Hausboot, um direkt auf seine morgendliche Laufstrecke zu taumeln, die ihn flussaufwärts am Ufer der Nidda entlang führte. Die kalte Morgenluft drang durch Nase und Mund in den Körper ein und brachte den Organismus nach wenigen Minuten auf Touren. Zur Unterstützung beschallte ein lauter Popbeat, aus den Kopfhörern kommend, seine Ohren. Bohlan lief wie eine Maschine - ohne zu denken. Seine hellblauen, wachen Augen suchten sich den Weg durch die langsam weichende Dunkelheit. Vor ungefähr drei Jahren hatte er mit dem Laufen angefangen. Es war ein Tribut an die Speckringe, die damals seine Hüften und seinen Bauch zierten und deren Anblick nicht mehr länger zu ertragen gewesen war. Ein befreundeter Sportwissenschaftler hatte ihm den Tipp gegeben, dass Laufen unmittelbar nach dem Aufstehen und auf nüchternen Magen besonders effektiv sei. Seit damals lief Bohlan jeden Morgen und der Erfolg hatte sich schnell und sichtbar eingestellt. Das morgendliche Training schloss er mit fünfzig Liegestützen vor seinem Bett ab, eine lange, wärmende Dusche folgte.

Kurze Zeit später saß Bohlan an seinem Esstisch und schaute aus dem Fenster seines Hausbootes. Der Main lag glatt wie ein Spiegel. An den Rändern waren die ersten Enten unterwegs. Die aufgehende Sonne versuchte seit einigen Minuten die Mainmetropole zu erhellen. Alles deutete darauf hin, dass es ein schöner, warmer Tag im Spätherbst werden sollte. Nur der Radiosender schien sich in der Jahreszeit geirrt zu haben und dudelte das Lied „Last Christmas“. Bohlan wartete darauf, dass der dampfende Kaffee, der in einem großen Pott vor ihm stand, etwas von seiner Temperatur verlor. „Jetzt geht es also wieder los“, murmelte er und war sich selbst nicht sicher, ob er damit die herannahende Vorweihnachtszeit oder seine Rückkehr in den Dienst meinte. Er versuchte ein Lächeln, das ein flaues Gefühl in seinem Magen verdrängen sollte.

In den vergangenen Tagen hatte er beinahe täglich seine Gutmütigkeit verflucht, die ihn dazu gebracht hatte, seinem ehemaligen Chef aus der Patsche zu helfen. Jetzt war genau das eingetreten, was er nie gewollt hatte. Den Job als Kriminalkommissar hatte er längst abgehakt. Zu viel war damals passiert und zu viel hatte sich auch in der Zwischenzeit geändert. Doch der Mittwochabend letzte Woche hatte ihm einen Strich durch die Rechnung gemacht. Bohlan war Privatier und die gelegentlichen Treffen mit Klaus Gerding waren Abende unter Freunden. Lockere Gespräche über dies und das. Natürlich hatte es auch immer mal die ein oder andere Plauderei über die alten Zeiten gegeben und dazu einen Bembel, gefüllt mit Ebbelwoi und einen Handkäs mit Musik. Mehr sollte es auch diesmal nicht sein. Über fünf Jahre war es her, seit er sich hatte beurlauben lassen. Nicht eine Sekunde hatte er seitdem daran verschwendet, an eine Rückkehr zu denken. Doch dann hatte Gerding ihm von Problemen im Dienst erzählt. Es gebe da eine sehr brisante Sache mit möglicherweise politischem Hintergrund. Er wolle den Fall intern keinem bestehenden Dezernat zuteilen. Vielmehr habe er an die Gründung einer Sonderkommission gedacht, und dazu bräuchte er die besten Leute. Und dann hatte Gerding ihm die Leitung dieser Sonderkommission wie saures Bier angeboten. Bohlan, total perplex, hatte alle Ambitionen von sich gewiesen. Aber Gerding hatte lange und flehend auf ihn eingeredet. Es hätte nicht viel gefehlt und er wäre auf Knien vor ihm gerutscht. Irgendwann, man kann auch sagen nach dem sechsten Ebbelwoi, hatte Bohlan zugestimmt.

„Aber nur für diese eine Sache.“

Gerding hatte merklich mit den Zähnen geknirscht, die Bedingung dann aber akzeptiert.

„Über alles andere können wir danach reden.“

Am nächsten Morgen war Bohlan völlig verkatert aufgewacht.

Nach einer kalten Dusche und einem starken Kaffee war ihm langsam gedämmert, was er Gerding versprochen hatte. Seine Hand war schon am Telefon gewesen, um Gerding wieder abzusagen. Doch das hatte er dann auch nicht übers Herz gebracht. Vielleicht fehlte ihm auch die passende Ausrede. Und schließlich hatte ihn die Hoffnung, dass es diesmal um etwas Politisches ging, über Wasser gehalten. Kein Mord und Totschlag, keine Messerstecherei, keine Schießerei auf abgelegenen Plätzen.

Der Radiosender brach das Weihnachtslied ab. „Hessen Radio ist immer einen Schritt voraus. Nach diesen weihnachtlichen Klängen wollen wir uns nun ein wenig mit der Lokalpolitik beschäftigen." Bohlan wollte schon weghören, entschloss sich dann aber doch dazu, das Radio lauter zu drehen, um den Text besser zu verstehen.

„Der Moderator und Musikproduzent Boris Brandt hat heute für zehn Uhr eine Pressekonferenz angekündigt. Allgemein wird erwartet, dass er offiziell seine Bereitschaft bekannt geben wird, für die Roten als Oberbürgermeisterkandidat zur Verfügung zu stehen. Vor Ort ist jetzt unsere Reporterin Silke Neuer. Hallo Silke, was ist von dieser Pressekonferenz zu erwarten?"

„Schwer zu sagen, Jörg. Sicher ist, dass Brandt antreten will. Nicht sicher ist, ob die Roten ihn auch haben wollen. Seine zu erwartende Erklärung wird sie unter Zugzwang setzen, und wer Brandt kennt, der weiß, dass es vielleicht heute noch einen Knaller geben wird ..."

„Endlich kommt mal Leben in den Lokalsumpf", murmelte Bohlan, drehte die Lautstärke wieder hinunter und hob den Kaffeepott an. Der extrastarke Milchkaffee hatte nun eine angenehme Trinktemperatur.

Das Klingeln des Telefons riss den Kommissar aus seinen Gedanken. Bohlan nahm den Hörer ab:

„Wer stört so früh?"

„Ah gut, du bist schon wach", erklang eine gut gelaunte Stimme. Es war Klaus Gerding. „Ich hatte schon die Befürchtung, du hättest es dir doch noch anders überlegt."

„Ich habe mich geändert, Klaus."

„Abwarten. Ich wollte dich nur darum bitten, nicht ins Präsidium zu kommen, sondern erst zum Hauptbahnhof zu fahren."

„Hört sich gleich nach Stress an."

„Wie man's nimmt. Dein neuer Kollege kommt um zwanzig nach neun mit dem ICE aus München. Ich wollte dich bitten, ihn dort abzuholen und ihn mit zum Präsidium zu bringen."

„Ich sagte doch, es klingt nach Stress."

„Schaffst du das?"

Bohlan warf einen Blick auf die Uhr, überschlug kurz die Zeit, die er zum Hauptbahnhof benötigen würde.

„Ja, ich bekomme das hin, bis später." Damit war das Gespräch beendet. Bohlan ärgerte sich darüber, dass sich Klaus Gerding für die Konfrontationsmethode entschieden hatte. Er war sich sicher, dass der neue Kollege sein Partner werden würde. Gerding hatte ihm an jenem Abend erzählt, dass die neue Ermittlungsgruppe zunächst mit unverbrauchten Kräften besetzt werden sollte. Er wolle keine Kommissare, die in den letzten Jahren möglicherweise in die Frankfurter Szene verstrickt gewesen sein könnten. Bohlan musste zugeben, dass ihn Gerdings Heimlichtuerei, so sehr er sie hasste, ganz schön neugierig gemacht hatte. Er sah nochmals aus dem Fenster. Das Wasser des Mains war noch ruhig und glatt - fast wie ein See. Bohlan spürte, dass dies nicht mehr lange so sein würde. Schon bald würden die ersten Schiffe und Boote es aufwühlen.

2. Kapitel

Eine knappe Stunde später stürmte Bohlan durch den Seiteneingang des Hauptbahnhofes und hechelte den äußersten Bahnsteig entlang. Nach kurzer Zeit hatte er den Passagierbereich erreicht. Sein Blick flog durch die Luft, auf der Suche nach der Anzeigetafel. Endlich hatte er sie gesichtet. „Mist", murmelte er vor sich hin. Die ganze Beeilung war umsonst gewesen. Nicht nur er war zu spät. Auch der ICE aus München würde satte zwanzig Minuten später eintreffen. Bohlan fuhr sich mit der Hand über den Kopf, als wolle er die – nicht mehr vorhandenen – Haare nach hinten kämmen. Dann überlegte er, wie er die plötzlich zur Verfügung stehende Zeit nutzen könnte. Reflexartig suchte seine Hand alle Jackentaschen nach einer

Zigarettenschachtel ab, bis ihm einfiel, dass er das Rauchen aufgegeben hatte. Er ging auf den Zeitungsladen zu und trat ein. Für einige Sekunden stand er ziellos im Gang und wurde von hinten und von vorne mehrfach angerempelt. Dann irrte er orientierungslos durch die Papierstapel und warf hier und da einen Blick auf die Titelseiten der Hochglanzmagazine. Als er an der Kasse vorbeikam, unterlag er fast der Versuchung, sich eine Packung „Gauloises Blondes" zu kaufen. Die blaue Packung lachte, aber er leistete Widerstand. Den kettenrauchenden Kommissar Bohlan gab es nicht mehr. Sein Blick wurde von der Titelseite der Boulevardzeitung angezogen. „Brandt will OB Roth beerben" stand da in großen Lettern. Scheint wohl wirklich ernst zu werden, dachte Bohlan und ging vor sich hin summend wieder nach draußen in die Bahnhofshalle. Bis zur Ankunft waren immer noch zehn Minuten Zeit. Die Bedienung an dem Kaffee-Shop gegenüber stierte gelangweilt vor sich hin. Bohlan ging auf sie zu und riss sie aus ihren Tagträumen: „Einmal Kaffee bitte!" Er bezahlte mit einem Fünf-Euro-Schein, erhielt den Kaffee in einem Pappbecher und das Wechselgeld, stellte sich an den Stehtisch und trank. So langsam holte ihn die Spannung ein. Wer würde sein neuer Kollege sein? Welches Alter würde er haben und wie würde er mit ihm zurechtkommen? Bohlan kramte einen zerknüllten Zettel aus seiner Manteltasche und las noch einmal die Notizen durch, die er sich vor einer knappen Stunden gemacht hatte: „Ankunft Kommissar Will: 9.20 Uhr ICE aus München." Das war alles, was er von seinem neuen Kollegen wusste. Nicht gerade viel. Das Bild eines stämmigen Bayern setzte sich in seinem Kopf fest. Wahrscheinlich musste er sich an einen bayerischen Akzent an seinem Arbeitsplatz gewöhnen. Hätte auch schlimmer kommen können. Sächsisch oder schwäbisch wäre eigentlich nicht zu ertragen. Bohlan beschloss, alles einfach auf sich zukommen zu lassen und betrachtete die Bahnhofsszenerie: Schlafende Obdachlose und hektische Berufspendler, die nach Zügen und S-Bahnen hechteten, bestimmten das Bild. Vor dem Großbildfernseher hatten sich einige Reisende versammelt, die genau wie er nicht wussten, was sie mit ihrer freien Zeit anfangen sollten. Auf dem Schirm flimmerte das Morgenmagazin. Bohlan trank seinen Kaffee aus und warf den Becher in den nächsten Mülleimer. Ein Versuch, der

Kaffeeverkäuferin ein Lächeln zu schenken, scheiterte an ihrer erneuten mentalen Abwesenheit. Achselzuckend machte er sich auf den Weg zu Gleis neun, wo der ICE aus München eingefahren war. Die Türen standen bereits offen. Geschäftsreisende stiegen mit wichtiger Miene und schwarzen Taschen aus. Reisende hievten ihr Gepäck aus dem Zug und zerrten es über den Bahnsteig. Manche sahen sich suchend um, andere stürzten aufeinander zu, um sich zu umarmen. Da Bohlan außer dem Namen des neuen Kollegen nichts wusste, beschloss er, am Anfang des Bahnsteiges zu warten. Es würde schon jemand übrig bleiben, und das würde dann dieser Will sein. Bohlan trat von einem Fuß auf den anderen und beobachtete die Ankömmlinge. Bei manchen überlegte er, ob das nun ein Kommissar sein könnte oder nicht.

„Guten Tag, können Sie mir vielleicht weiterhelfen?"

Eine helle, freundliche Frauenstimme beendete seine Studien. Bohlans Blick fiel auf eine attraktive junge Frau, vielleicht Ende zwanzig. Dunkelbraunes, leicht gewelltes Haar fiel ihr über die Schultern und zwei braune Rehaugen blicken ihn forschend an. Ihre Gesichtshaut war glatt, fruchtig und makellos. Sie sah aus, als wäre sie aus einem dieser Hochglanzmagazine am Zeitungskiosk entsprungen, um ein spannendes Abenteuer zu erleben. Bohlan ärgerte sich fast ein wenig, dass er keine Zeit für einen Flirt hatte, und versuchte möglichst kurz angebunden zu wirken: „Schon möglich, wo wollen Sie denn hin?"

„Zu Ihnen ins Auto, wenn Sie eins dabei haben", antwortete die Unbekannte und warf ihre braunen Haare mit einer leichten Kopfbewegung in den Nacken. Bohlan ließ seinen Blick über die junge Frau wandern, die unter ihrem schwarzen Wintermantel Jeans und Stiefel trug. Er überlegte kurz, ob es sich um eine Dame aus dem Milieu handeln könnte, verwarf diesen Gedanken aber sogleich und hob abwehrend die Hände: „Nein, nein, so meinte ich das nicht ..."

„Ich aber schon. Gestatten: Julia Will, Kommissarin aus München."

Bohlan blickte sie fassungslos an.

„Sie sind doch Hauptkommissar Bohlan und wollen mich abholen", schnatterte Will.

„Ja, das stimmt. Wie haben Sie mich denn so schnell erkannt?“, stotterte Bohlan und nestelte in seiner Manteltasche nervös an einer Eineuromünze. „Schon mal was von Personenbeschreibung oder Foto gehört?“, lachte Julia Will.

„Ja, natürlich. Entschuldigung. Ich hatte nur irgendwie nicht mit einer Frau gerechnet“, stammelte Bohlan und hielt seiner neuen Kollegin die Hand hin.

Will ergriff sie sichtlich erfreut: „Tut mir leid, dass ich keine Lederhosen trage. Wollen wir los?“

„Ja, das wird wohl das Beste sein. Kommen Sie mit. Mein Auto steht auf dem Seitenparkplatz.“ Bohlan ergriff den schwarzen Lederkoffer, der neben Will gestanden hatte, und ging, den Koffer hinter sich herziehend, voraus.

Als sie in Bohlans Auto saßen, hatte immer noch keiner etwas gesagt. Bohlan klemmte sich den Parkschein zwischen die Lippen, ließ den Wagen an und fuhr langsam und stotternd über den unebenen Parkplatz Richtung Ausfahrt.

Zwanzig Minuten später erreichten sie das neue Polizeipräsidium. Wieder betrat Bohlan Neuland. Als er noch einer der besten Frankfurter Kriminalkommissare gewesen war, hatte die Kripo im alten, ehrwürdigen Bau nahe dem Hauptbahnhof ihren Sitz gehabt. Heute tobte dort nur noch nachts der Bär. Und das zu laut hämmerndem Discobeat. Auch Bohlan hatte es sich nicht nehmen lassen, dort die eine oder andere Nacht zu feiern. Das Tanzen an seinem ehemaligen Arbeitsplatz hatte undefinierbar komische Gefühle in ihm emporsteigen lassen. Doch es hatte zu seiner neuen Lebensplanung gepasst. Dort, wo früher nach Verbrechern und Mördern gefahndet wurde, amüsierten sich heute die Könige der Nacht und ihr Gesindel. Tom Bohlan war wieder dabei und mit ihm auch einige Ganoven.

Jetzt stand Kommissar Bohlan vor der Tür zum Dienst und die führte in den Neubau des Polizeipräsidiums an der Miquelallee. Ein monumentales Bauwerk, das sich über viele tausend Quadratmeter erstreckte und sechs Stockwerke aufwies. Aus der Zeitung wusste Bohlan, dass es hier über viertausend Zimmer, eine riesige Sporthalle, eine interaktive Schießanlage und sogar ein Kriminalmuseum gab.

Frankfurts Polizei brauchte sich mit dieser Machtzentrale, deren Bau mehrere hundert Million Euro gekostet hatte, selbst in Europa nicht zu verstecken.

Bohlan betrachtete den klobigen, schwarzen Kasten mit seinen verspiegelten Fenstern. Er sah verschlossen, unnahbar und gewaltig aus. Für einige Sekunden zögerte er, die Eingangsstufen zu betreten. Er wusste von diesem Moment an, dass dem Gebäude auch innen jede Gemütlichkeit abgehen würde, die er am alten Präsidium so geschätzt hatte. Der Architekt hatte sicher für den Entwurf einen Preis bekommen. Ein Indiz dafür, dass Kälte und Sterilität vorherrschten. Bohlan bemerkte, dass sich die Architektur für Gebäude, die Staatsmacht symbolisieren sollten, in den vergangenen siebzig Jahren nicht dramatisch verändert hatte. Aussprechen wollte er den Gedanken nicht. Das erschien ihm doch ein wenig zu ketzerisch. Wer weiß, wie seine neue Kollegin aus Bayern darüber dachte. Die letzten zwanzig Minuten hatten sie meist schweigend verbracht. Nur ab und an hatten sie es mit etwas Smalltalk versucht, der - zugegebenermaßen - mehr von ihr als von ihm ausgegangen war. Bohlan fühlte sich unwohl. Er war noch nicht im Dienst angekommen und Gerding hatte ihn schon wieder überrollt. Der Anstand hätte ihm gebieten müssen, ihn darauf vorzubereiten, dass sein neuer Kollege eine Frau war. Bohlan hatte nichts gegen Frauen - im Gegenteil. In den letzten Jahren hatte er mit mancher das Bett geteilt. Aber seit dem Fortgang seiner langjährigen Freundin hatte er keine Frau mehr richtig an sich herangelassen. Alles waren lose und lockere Verbindungen geblieben. Sein Inneres hielt er fest verschlossen, verriegelt vor dem weiblichen Geschlecht, das danach trachtete, es aufzusaugen und ihn dann als leere, ausgelaugte Hülle zurückzulassen. Seit er es aufgegeben hatte, mit seinen Liebschaften über Gefühle zu sprechen, geschweige denn, welche aufkommen zu lassen, lief es prima. Er hatte seine Ruhe und trotzdem Spaß. Vieles lief wesentlich unkomplizierter. Genau das war nun ein Problem. Im Polizeidienst war es unerlässlich, sich auf seinen Partner zu zweihundert Prozent verlassen zu können. Blindes Vertrauen war das Wichtigste, wenn man an einem kniffligen Fall arbeitete. Gerding hatte eine Sollbruchstelle geschaffen und das wurmte Bohlan. Da saß nun neben ihm diese attraktive junge Kollegin, und mit ihr sollte er all die brenzligen Situationen überstehen, die das Lösen eines Falles mit sich brachte. Sie sollte er in seine Gedankenwelt eintauchen lassen und umgekehrt. Bohlan fühlte sich überfordert und antriebslos. Im Grunde genommen sehnte er sich in die Ruhe seines Hausbootes zurück, und das, obwohl noch nicht einmal die Hälfte eines Arbeitstages verstrichen war. Vorsichtig öffnete er die Tür seines Wagens und stieg aus. „So, dann wollen wir uns mal in den neuen Tempel der Kriminalisten stürzen", murmelte er gedankenverloren und mehr für sich selbst als für Julia Will, die neben ihm her stolzierte.

„Klingt nicht gerade begeistert."

„Mir fehlt hier ein bisschen die Gemütlichkeit und das Ehrwürdige." Bohlan überlegte kurz: „Aber mehr kann ich dazu nicht sagen, mal sehen, wie es drinnen ist."

Will sah ihn erstaunt an: „Sie müssen doch wissen, wie es drinnen aussieht!"

„Nein, heute ist mein erster Tag."

„So jung sehen Sie gar nicht aus", scherzte Will.

Bohlan blieb stehen, baute sich vor Will auf, so dass auch sie nicht weitergehen konnte: „Um es Ihnen gleich zu sagen. Ich hatte eigentlich nicht vor, noch mal in diesem Job zu arbeiten. Dann kam mir Gerding dazwischen und hat mich überredet. Für eine Sache. Hätte ich gewusst, dass er mir dann auch noch ein junges Küken an die Seite setzt, ich glaub, ich hätte es nicht gemacht."

Will blickte ihm fest in die Augen, obwohl sie angesichts des barschen Tonfalls heftig schlucken musste. „Ich weiß überhaupt nicht, warum Sie plötzlich so aufbrausen. Ich habe Ihnen doch überhaupt nichts getan. Eigentlich bin ich es doch, die sich ärgern müsste. Nach einer langen morgendlichen Zugfahrt hätte ich etwas Besseres verdient, als von einem maulfaulen, offenbar frustrierten Kollegen abgeholt zu werden. Da macht man eine flapsige Bemerkung und schon versuchen Sie, mich für Ihre ganze Übellaunigkeit verantwortlich zu machen."

Wills Halsschlagader pulsierte sichtlich. Sie atmete hörbar durch und versuchte, sich zu beruhigen. Bohlan drehte sich zur Seite. Er wusste, dass sie Recht hatte und zugleich verfluchte er sich dafür, sich nicht besser unter Kontrolle gehabt zu haben. Aber er hatte es ja gewusst, es würde zu Komplikationen kommen.

„Okay, lassen wir das und gehen rein", entgegnete er mehr genervt als verständnisvoll. Will sah ihn missmutig an, hatte offensichtlich aber auch keine Lust auf eine längere Auseinandersetzung.

Es vergingen fast zehn Minuten, bis Klaus Gerding an der Pforte auftauchte. Gerding war ein kleiner, untersetzter Mann, der sich dem Pensionsalter näherte. Die grauen, gelockten Haare wilderten auf seinem Kopf, und er hatte jeden Morgen Mühe, ihrer mit Kamm und etwas Wachs Herr zu werden. Gerding begrüßte Bohlan herzlich, bevor er sich Will zuwandte. „Und Sie müssen die neue Kollegin aus München sein. Ihnen eilt ein prächtiger Ruf voraus."

„Bitte keine Vorschusslorbeeren. Die habe ich mir noch nicht verdient", antwortete Will leicht errötend.

„Ja, ja, stellen Sie Ihr Licht bloß nicht unter den Scheffel", sagte Gerding mit einer einladenden Geste. Schon hatte er sich umgedreht und eilte davon. „Immer mir nach."

Bohlan ließ Will den Vortritt und beide mussten sich anstrengen, dem Tempo Gerdings zu folgen. Der kleine Mann lief aufrecht und trieb dabei wieselflink seinen dicken Bauch vor sich her. Das Präsidium wies innen genau den funktionalistischen Stil auf, den Bohlan sich vorgestellt hatte. Nach einigen Minuten hatten sie Gerdings Büro im vierten Stock erreicht. Gerding beorderte sie an seinen großen Besprechungstisch, auf dem Kaffeekannen, Geschirr, Gläser und andere Getränke auf ausgelaugte Kriminalisten warteten. „Ich bitte, Platz zu nehmen."

Bohlan setzte sich.

„Ich müsste mal auf die Toilette", entgegnete Will und sah Gerding fragend an, der väterlich lächelte.

„Aber sicher, ich vergaß, dass Sie schon eine weite Reise hinter sich haben. Den Gang raus bis zum Ende und dann rechts."

Gerding nahm gegenüber Bohlan Platz und bemerkte eher feststellend als fragend: „Habt ihr euch schon ein wenig beschnuppert."

„Hör auf. Du hättest mir sagen sollen, wen du mir an die Seite stellen willst."

„Was hätte das geändert?"

„Ich hätte nicht als Trottel dagestanden."

„Ehrlich gesagt, ich hatte ein wenig Angst, dass du dann wieder abspringst."

„Kann ich jetzt immer noch."

„Du wirst doch nicht wegen einer Frau das Handtuch werfen. Ich sage dir, sie hat die besten Empfehlungen. Vielleicht kannst du von ihr sogar noch etwas lernen."

Bohlan dachte kurz darüber nach, ob er eine weitere Bemerkung machen sollte, ließ es dann aber bleiben.

„Okay, ich versuch's, aber der nächste Abend geht auf deine Rechnung."

„Kein Problem."

Kurze Zeit später ging die Tür auf und Julia Will betrat wieder den Raum. Sie setzte sich an den Tisch und nahm sich einen Kaffee. Schwarz, ohne Milch, aber mit Zucker.

„Eigentlich wollte ich Ihnen erst Ihr Büro zeigen. Doch das müssen wir leider verschieben. Ich hatte ja bereits gesagt, dass ich eine neue SOKO zusammenstellen möchte, die erst einmal aus Ihnen beiden besteht. Leider habe ich jetzt nicht die Zeit, über all die Hintergründe zu berichten, da in dieser Sache heute Morgen eine wichtige Pressekonferenz angesetzt ist, die wir uns jetzt gemeinsam ansehen sollten."

Gerding war aufgestanden und um den Besprechungstisch herum zum Medienschrank gelaufen. Er nahm die Fernbedienung aus dem Kasten, drückte auf einen Knopf und das Fernsehbild erschien. Nach einer kurzen Sendersuche hatte er „Frankfurt-TV" gefunden. Bohlan ahnte bereits, was sie sich jetzt ansehen sollten. Auf dem Bildschirm erschien ein jugendlicher Moderator in Jeans und gebügeltem Karohemd. Im Hintergrund war ein Porträt von Boris Brandt projiziert.

„Heute ist der große Tag für Boris Brandt", setzte der unscheinbar wirkende Kommentator an. „Wir wissen, um was es geht. Schon seit einiger Zeit machen sich die Roten darüber Gedanken, wen sie diesmal ins Rennen um den Posten des Rathauschefs schicken könnten. Im Gegensatz zu den vergangenen Jahre könnten die Chancen auf einen Sieg diesmal größer sein, da die populäre Amtsinhaberin nicht mehr antreten wird."

Bohlan nahm sich ein Glas Wasser und beäugte Gerding und Will, die gespannt auf den Bildschirm blickten.

„Quasi aus dem Off hatte sich vor wenigen Wochen der Produzent, Manager und TV-Moderator Boris Brandt gemeldet und angekündigt, er könne sich eine Kandidatur vorstellen. Wir schalten jetzt direkt um in den Club Voltaire, wo Brandt in wenigen Minuten eine Presseerklärung abgegeben wird."

„Da hat er sich tatsächlich einen geschichtsträchtigen Ort herausgesucht", bemerkte Gerding. „Der Club Voltaire ist seit den sechziger Jahren der Treffpunkt der politischen Linken und der Intellektuellen in Frankfurt."

Die drei Augenpaare richteten sich wieder auf den Bildschirm, auf dem jetzt die Live-Bilder aus dem Club zu sehen waren. In den engen Gemäuern war an der hinteren Seite ein langer, mit rotem Tuch überzogener Tisch quer aufgestellt. Eine Messeleinwand, die einen tiefblauen Himmel mit vereinzelten, weißen Wolken zeigte, bildete den Hintergrund. Am Tisch saßen eine junge, blondhaarige und überaus attraktive Frau sowie Boris Brandt. Soweit man das durch die Kameraeinstellung beurteilen konnte, war der Club Voltaire gerammelt voll. Die Kamera zoomte heran und das makellose Gesicht der attraktiven Blondine füllte den Bildschirm aus.

„Meine Damen und Herren, ich möchte Ihnen Boris Brandt vorstellen." Sie ließ einige Worte zu Boris Brandt folgen und drehte dann das Mikrofon. Die Kamera schwenkte zur Seite und zeigte das Konterfei des braungebrannten Musikproduzenten. Brandt lächelte kurz mit einem Augenzwinkern in die Runde und begann dann mit seiner Erklärung.

„Meine Damen und Herren, nach reichlicher Überlegung habe ich mich entschlossen, mich um die offizielle Kandidatur meiner Partei für das Amt des Oberbürgermeisters zu bewerben. Ich werde in den nächsten Wochen durch die Ortsvereine ziehen. Ich gehe nicht davon aus, dass sich eine Mehrheit der Mitglieder meiner Partei gegen mich stellen wird." Brandt hielt kurz inne, nahm das vor ihm stehenden Wasserglas und trank einen Schluck.

„Weiterhin halte ich die Spaltung der linken Parteien für einen Luxus, den wir uns nicht länger leisten können. Es gibt eine linke Mehrheit in dieser Stadt und in diesem Land. Leider kann diese aus taktischen und persönlichen Gründen nicht greifen. Ich möchte diesen Zustand zumindest in Frankfurt beenden. Ich lade die Grünen und die Linken ein, mich zu wählen. Letztlich haben wir die gleichen Ziele. Statt einer Spaltung sollten wir alles daran setzen„ dass wieder die Interessen der arbeitenden Menschen in dieser Stadt in den Vordergrund gestellt werden."

Die blonde Frau drehte das Mikrofon wieder zu sich.

„Vielen Dank, Boris Brandt. Gibt es Fragen?"

Gerding drückte auf die Fernbedienung. Der Ton schaltete sich aus und es waren nur noch die Bilder zu sehen, auf denen die Finger der zahlreichen Journalisten in die Höhe schossen.

„Ich denke, den Rest können wir uns im Moment sparen."

Gerding saß wieder an seinem Schreibtisch und kramte in den vor ihm liegenden Unterlagen. Ab und an zog er einen Zettel heraus und sortierte ihn an einer anderen Stelle wieder ein. Während Bohlan ihn gelangweilt dabei beobachtete, war Will die Anspannung förmlich ins Gesicht geschrieben. Gerding sah gelegentlich kurz auf und beobachtete aus den Augenwinkeln heraus die beiden Kommissare. Dabei kostete er die in der Luft liegende Neugier der jungen Kommissarin regelrecht aus. Bohlan kannte solche Situationen von früher. Es hatte Momente gegeben, in denen er angesichts Gerdings dramaturgischer Verzögerungstaktik regelmäßig explodiert war. Bohlan war sich sicher, dass Gerding in solchen Momenten seine Macht spürte und genoss. Dieses Gefühl wollte er ihm nicht mehr geben, weshalb er möglichst gelangweilt dreinblickte und seinen Chef ausdruckslos anstarrte. Innerlich grinste er über die Kleidungswahl seines Vorgesetzten. Gerding trug wieder einmal einen viel zu großen Anzug und eine gestreifte Krawatte zum karierten Hemd. Bohlan hatte Mühe, sich auf Gerdings Worte zu konzentrieren. Eine wichtige Miene, gestikulierende Hände und sonore Stimme kündigten den Höhepunkt seiner Inszenierung an.

„Nun, sicher taucht an diesem Punkt die Frage auf, warum wir das jetzt gesehen haben." Gerdings Blick traf auf Julia Will.

„Weil wir interessierte Bürger sind", platzte es aus ihr heraus. Und Bohlan musste tatsächlich über die Bemerkung ein wenig schmunzeln.

„Das natürlich auch, aber in erster Linie hat es mit der Angelegenheit zu tun, warum Sie beide hier sind. Ich hatte Ihnen bereits gesagt, dass wir es mit einer Sache zu tun bekommen, die möglicherweise einen politischen Hintergrund hat und im höchsten Maße brisant ist." Gerding machte erneut eine Kunstpause, kramte nochmals geschäftig in seinen Unterlagen und schenkte sich ein Glas Wasser ein.

„Die politische Lage in Frankfurt setze ich als bekannt voraus. Es gibt eine populäre Oberbürgermeisterin, die nicht mehr antreten will, eine Regierungspartei, die halbwegs geordnet dasteht, und eine rote Opposition, deren Lage man als desolat bezeichnen kann. Korrigieren Sie mich, wenn ich das falsch darstelle."

„Die Lage der Roten könnte sich aber nun drastisch verbessert haben", warf Bohlan ein.

„Möglicherweise ja. Das Entscheidende an der Sache aber ist, dass es so etwas in der deutschen Politik noch nicht gegeben hat. Ein populärer TV-Star ruft sich quasi selbst zum Kandidaten aus und bringt die innerparteiliche Ordnung völlig durcheinander."

„Wenn man da von Ordnung sprechen kann."

„Es scheint zumindest so zu sein, dass auch eine sich im Niedergang befindliche Partei eine gewisse Hierarchie und Ordnung hat. Aber lassen wir das. Tatsache ist, dass es bereits im Vorfeld der heutigen Pressekonferenz zu Drohungen gegenüber Brandt gekommen ist. Er selbst vermutet dahinter parteiinterne Kreise. Bisher haben wir allerdings noch keine konkreten Anhaltspunkte."

„In welcher Form erfolgten die Drohungen und was sollten sie bewirken?", wollte Bohlan wissen.

„Es gab Telefonanrufe mit diffusen Morddrohungen und auch Briefe. Brandt sollte von seiner Kandidatur Abstand nehmen und aus Frankfurt verschwinden."

„Was meinen Sie mit diffus?"

„Die Formulierungen lauteten in etwa so: Wenn du nicht abhaust, gibt es Tote."

„Was konnte bislang ermittelt werden?", wollte Will wissen.

„Die Anrufe erfolgten aus öffentlichen Telefonzellen und die Briefe waren aus Zeitungsbuchstaben zusammengeklebt. Keine Fingerabdrücke. Also keine konkreten Ansatzpunkte."

„Wir stehen also am Anfang", fasste Bohlan zusammen.

„Genau. Es ist auch die Frage, ob diese Drohungen wirklich einen ernsten Hintergrund haben oder ob es sich um einen üblen Scherz handelt. Ich bitte um äußerste Diskretion. Boris Brandt selbst hat um Hilfe ersucht, aber gleichzeitig darum gebeten, dass nichts an die Öffentlichkeit durchsickert. Er will nicht, dass diese Drohungen zum Thema im parteiinternen Machtkampf werden."

„Interessant", warf Bohlan süffisant ein und fügte hinzu, „ich denke, dass Frau Will und ich jetzt erst mal unser Büro beziehen und uns mit den Akten vertraut machen."

Gerding lehnte sich in seinen schwarzen Lederstuhl zurück und sein Gesicht nahm entspannte Züge an.

„Ich sehe, du nimmst dich der Sache nun richtig an. Selbstverständlich habe ich gegen dieses Vorgehen keine Einwände."

Klaus Gerding schob die beiden Aktenordner zusammen und schubste sie über den Tisch zu Bohlan, der sie – immer noch ein wenig missmutig – stoppte. Die zwei Kriminalisten erhoben sich und folgten Gerding, der zur Tür geschritten war.

3. Kapitel

Will und Bohlan wirkten etwas verloren in dem Büro im dritten Stock, das Gerding ihnen zugewiesen hatte. Die Wände waren kahl und weiß, die Büroeinrichtung grau gehalten. Insgesamt befanden sich fünf Schreibtische, komplett mit Computer ausgestattet, in dem Zimmer. Zudem gab es noch einen Besprechungstisch und eine Schrankwand. Die beiden entschieden sich nach kurzem Überlegen für zwei gegenüberstehende Arbeitsplätze in der linken hinteren Ecke des Raums. Sie standen direkt am Fenster mit Blick auf die viel befahrene Straße, die vor dem Präsidium verlief und die Pendler morgens von der Autobahn direkt in das Nordend beförderte. Und abends wieder retour. Bohlan knallte die beiden Akten auf seinen Tisch, ließ sich in seinen Schreibtischstuhl fallen und legte die Füße übereinander schlagend auf den Schreibtisch. Sein Blick wanderte durch den Raum und blieb an Julia Will hängen, die aufrecht an ihrem Schreibtisch saß und klappernd die Computertastatur betätigte. Dabei starrte sie angestrengt auf den

Bildschirm. Bohlan beobachtete Will eine Zeitlang und versuchte Tiefen in ihrem Gesicht zu ergründen. Ab und an legte sie die Stirn ein wenig in Falten, gab neue Befehle in die Tastatur, um dann wieder angestrengt auf den Bildschirm zu blicken. Will war so in ihre Computertätigkeit vertieft, dass sie Bohlans Blicke nicht wahrnahm. Bohlan kostete dies aus. Er versuchte Wills Mimik zu verstehen und zu verinnerlichen. Nach einigen Minuten brach er seine Personenobservation mit einem Räuspern ab. Als dies nicht zu der gewünschten Aufmerksamkeit führte, wiederholte er das Räuspern ein wenig lauter. Diesmal mit Erfolg. Will blickte kurz vom Bildschirm auf.

„Die PCs scheinen tatsächlich zu funktionieren!"

„Wundert Sie das? Wir sind hier in einem der modernsten Polizeipräsidien der Republik."

„Eben, das ist doch meist ein Indiz dafür, dass nichts funktioniert."

„Was machen Sie da eigentlich?"

„Ich recherchiere in unserer Sache."

„Und gibt es schon erste Ergebnisse?"

„Wenn Sie sich einen Moment gedulden, verrate ich sie Ihnen."

Bohlan überlegte kurz, ob er auch seinen PC einschalten sollte und suchte unter seinem Tisch nach dem Computer.

„Es reicht, wenn Sie Ihre Maus bewegen, das System ist bereits eingeschaltet." Bohlan warf einen Blick über den Schreibtisch und erhaschte einen schmunzelnden Blick. Er fasste die Maus und rüttelte ein wenig über das Pad. Der Bildschirm sprang an und baute die Startmaske auf. Das Logo der Hessischen Polizei erschien. Bohlan erschrak fast ein wenig über die geräuschlose Schnelligkeit seines neuen Dienstcomputers. Er lehnte sich unentschlossen zurück, nahm dann die Akten und blätterte darin herum. An der einen oder anderen Stelle stockte er und las sich die Drohbriefe durch. Wie Gerding bereits festgestellt hatte, gab der Inhalt der Akten nicht viel her. Die aus Zeitungsbuchstaben zusammengeklebten Sätze enthielten meist derbe Beschimpfungen wie „Boris, hau wieder ab, oder es fließt Blut" oder „Wenn du wirklich kandidierst, gibt es Mord und Totschlag." Ähnlich mussten die Telefonanrufe geklungen haben. Das Ganze erschien Bohlan wie ein Witz, bestenfalls klang es nach einem schlecht gemachten Fernsehkrimi aus vergangenen Zeiten. Eigentlich war nicht zu verstehen, dass Gerding um die Sache so einen Wind machte, eine eigene SOKO gründete und sogar einen ehemaligen Kommissar mit Engelszungen überredet hatte, wieder in den Dienst zurückzukehren. Nachdem er fertig gelesen hatte, klappte Bohlan die Aktendeckel zu, schaute auf die Uhr und fühlte, wie es in seinem leeren Magen grummelte.

„Was halten Sie von einem kleinen Imbiss?"

„Keine schlechte Idee. Wenn es Ihnen nichts ausmacht, bringen Sie mir etwas aus der Kantine mit. Bis Sie wiederkommen, habe ich das hier fertig."

Bohlan stand auf, verließ das Büro und streifte durch die Gänge des Polizeipräsidiums auf der Suche nach der Cafeteria und nach alten Bekannten. Die Cafeteria fand er. Er kaufte zwei Brötchen und zwei Kaffee. Dummerweise hatte er Julia Will nicht danach gefragt, ob sie Milch oder Zucker zum Kaffee nahm. Er erinnerte sich kurz daran, dass sie den Kaffee in Gerdings Büro mit Zucker voll gekippt hatte und nahm mehrere Stück Würfelzucker mit. Die Kondensmilch ließ er stehen und wunderte sich darüber, dass so etwas überhaupt noch angeboten wurde.

Als er wieder in seinem Büro angekommen war, war seine Kollegin immer noch am PC beschäftigt. Er stellte ihr den duftenden Kaffee und ein belegtes Brötchen mit Käse vor die Nase.

„Nun machen Sie mal eine Pause, sonst werden Sie noch zum Internet-Junkie."

Bohlan ließ sich wieder in seinen Schreibtischstuhl fallen. Will nahm einen Schluck aus ihrem Kaffeepott und biss in das Brötchen. Dann machte sie sich eine Notiz auf dem Blatt Papier, das neben der Tastatur lag. Bohlan bemerkte den von oben bis unten voll geschriebenen Zettel erst jetzt. Will blickte Bohlan herausfordernd an.

„Na, neugierig, was ich herausgefunden habe?"

„Ich bin gespannt wie ein Flitzebogen."

Den ironischen Unterton in Bohlans Stimme überging Will geflissentlich.

„Ich habe zunächst eine Recherche zu Boris Brandt gemacht

und mir dann einen kurzen Überblick über die Frankfurter Roten verschafft."

Will warf einen kurzen Blick auf ihren Notizzettel.

„Boris Brandt ist Anfang vierzig. Er ist in Frankfurt geboren und aufgewachsen. Nach seiner Schulzeit auf einem Gymnasium in Eschersheim trat er den Roten bei und engagierte sich in einem Ortsverein und vor allem bei der Jugendorganisation, den „Jungen Sozialisten". Das war die Zeit Ende der achtziger Jahre bis Mitte der neunziger Jahre. Er schaffte es in den Vorstand seines Ortsvereins und war Sprecher der Parteijugend. Nebenbei schrieb er Texte und Gedichte, die er erfolgreich als Songtexte verkaufen konnte. Dann, etwa Mitte der neunziger Jahre, zog er sich plötzlich aus der Politik zurück. Über die Gründe konnte ich nichts finden. Er schloss ein Politologie-Studium ab und zog nach Berlin, wo er zunächst weiter Lieder schrieb. Später wurde er Produzent und gründete eine Agentur für Künstler und Sportler. Anfang des neuen Jahrtausends saß er in der Jury einer Castingshow, fiel dort für seine markanten Sprüche auf und wurde so etwas wie eine Kultfigur. Genauso plötzlich wie er damals verschwand, tauchte er vor einem Jahr wieder in Frankfurt auf und mischte sich in die Lokalpolitik ein. Es gelang ihm schnell, alte Kontakte zu reaktivieren und dann - vor zirka einem halben Jahr - ließ er durchblicken, dass er sich eine Kandidatur zur Oberbürgermeisterwahl vorstellen könne."

„Wie wurde das in der Partei aufgenommen?"

„Unterschiedlich. Soweit ich das bislang beurteilen kann, polarisiert er ziemlich stark. Entweder sind die Mitglieder total begeistert oder er stößt auf offene Ablehnung."

„Warum?"

„Zum einem wird ihm vorgeworfen, ein roter Millionär zu sein, der den Sozialismus predigt und in Saus und Braus lebt."

„Ist das so?"

„Finanziell scheint er zumindest ausgesorgt zu haben. Er hatte einige Charterfolge als Texter und Produzent. Ansonsten sieht es eher nach einem zurückgezogenen Leben aus. Die Yellow Press gibt nicht so viel her."

„Wie sieht es im privaten Umfeld aus?"

„Da ist es schwierig, Informationen zu bekommen. Er ist wohl

verheiratet und hat zwei Kinder. Aber die Familie lebt in Berlin."
„Was führt noch zu Aversionen gegen ihn?"
„Nun ja, er gilt als begnadeter Redner und Demagoge. Er kann die Menschen in seinen Bann ziehen. Eine einzige Rede kann ausreichen, um die Stimmung kippen zu lassen. Das ruft Neider auf den Plan."
„Das könnte vielleicht die Drohungen erklären."
„Vielleicht, anderseits gibt es so etwas doch öfter und es tauchen nicht gleich Drohungen auf."
„Können Sie etwas dazu sagen, wie seine Chancen in der Partei stehen? Gibt es Mitbewerber?"
„Das ist ein spannender Punkt. Die Roten sind in der Opposition und haben eigentlich keine Person, die sich spontan aufdrängen würde."
„Dann müsste man doch froh sein, dass sich eine Person mit bekanntem Namen zur Verfügung stellt."
„Dass es bislang keine offiziellen Bewerbungen gab, heißt ja nicht, dass nicht hinter den Kulissen einiges gelaufen ist."
„Da haben Sie Recht." Will blickte Bohlan nachdenklich an.
„Ergibt sich irgendwas aus der Akte?"
„Nicht wirklich. Bislang haben wir nur die Aussage von Boris Brandt. Er vermutet Gegenspieler in der Partei, will aber keine Namen nennen. Aus den Drohbriefen lassen sich keine Rückschlüsse ziehen und die Telefonanrufe sind von einem der wenigen öffentlichen Telefone geführt worden, die es noch gibt. Und zwar am Hauptbahnhof. Das kann jeder gewesen sein."
Bohlan runzelte die Stirn. Will kaute auf ihrem Kugelschreiber.
„Wir haben also nicht viel in der Hand. Der einzige Anhaltspunkt ist die Partei und mögliche Gegenspieler Brandts. Hier müssen wir uns einen Überblick verschaffen."
Will stand auf und ging zum Flipchart, der am Besprechungstisch stand. Sie nahm einen Filzstift und schrieb in die Mitte des Papiers den Namen Boris Brandt und versah ihn mit einem Kreis.
„Fällt Ihnen spontan noch ein anderer Name ein?"
Bohlan überlegte kurz.
„Der Parteivorsitzende heißt - glaube ich - Gerrit Gross. Dann gibt es noch einen Bundestagsabgeordneten, warten Sie mal. Moritz und dann irgendwas mit K."

Will schrieb die beiden Namen ebenfalls auf.

„Lassen Sie uns mal die Rollen tauschen. Ich habe da im Internet noch einige Namen gefunden." Will ging zu Bohlan, der immer noch lässig in seinem Stuhl saß und übergab ihm den Filzstift. Widerwillig stand er auf. Will überflog ihren Notizzettel und rief ihrem Kollegen weitere Namen zu. Nach einigen Minuten legte Bohlan den Filzstift zur Seite und setzte sich wieder an seinen Schreibtisch. Er setzte den Kaffeepott an. Nur mit Mühe konnte er verhindern, dass er den mittlerweile erkalteten Kaffee wieder ausspuckte. Mit verzogenem Gesicht schaute er auf den Flipchart.

„Sieht so aus, als wäre unser Kandidat von seinen Genossen ziemlich eingekreist."

Beide mussten lachen.

„Ich denke, wir kommen so nicht weiter", stellte Bohlan lakonisch fest, nachdem das Lachen verhallt war.

„Was schlagen Sie vor?"

„Wir brauchen einen Insider, der uns mehr über die derzeitige Situation und die handelnden Personen bei den Roten verraten kann."

„An wen denken Sie da?", wollte Will wissen und knabberte weiter an ihrem Kugelschreiber

„Das ist ein Problem. Unsere Ermittlungen sollen möglichst still und leise erfolgen. Wenn wir an die fraglichen Personen selbst herangehen, kommt heraus, dass wir ermitteln."

Will blickte nachdenklich aus dem Fenster. Bohlan tippelte mit den Fingern auf dem Tisch irgendeinen belanglosen Rhythmus. Will drehte den Kopf zu Bohlan.

„Warum soll eigentlich alles so heimlich still und leise erfolgen?"

„Noch wissen wir nicht, was dahintersteckt. Zu viel Öffentlichkeit könnte Auswirkungen auf den Wahlkampf haben. Wir wissen auch nicht, ob wirklich ein Gegenspieler seine Finger im Spiel hat.", überlegte Bohlan.

„Oder eine private Geschichte, ein verärgerter Künstler oder einer, der aus der Castingshow geflogen ist. Brandt fiel ja auch mit seinen derben Sprüchen auf."

„Das halte ich für höchst unwahrscheinlich. Die Drohungen

stehen im konkreten Zusammenhang mit Brandts Rückkehr nach Frankfurt und seiner politischen Aktivität."

„Also, wen könnte man dazu befragen?", hakte Will erneut hartnäckig nach, erhielt aber keine Antwort. Die Frage stand einige Minuten im Raum. Beide waren verstummt und hingen ihren Gedanken nach. Es war Bohlan, der die Denkruhe durchbrach, nachdem er einen Blick auf seine Armbanduhr geworfen hatte.

„Es ist Nachmittag. Haben Sie eigentlich schon eine Bleibe in Frankfurt?"

„Ja, eine kleine möblierte Wohnung in Niederursel. Die sollte fürs Erste genügen."

„Was halten Sie davon, wenn wir für heute Schluss machen. Ist schließlich Ihr erster Tag. Ich fahre Sie nach Niederursel."

Will blickte Bohlan erfreut und erstaunt zugleich an.

„Sie werden ja noch ein richtiger Gentleman."

Ohne eine Miene zu verziehen stand Bohlan auf und griff seine Jacke.

„Wir kommen momentan nicht weiter. Vielleicht fällt uns unterwegs ein Ansatzpunkt ein."

4. Kapitel

Eine viertel Stunde später bog Bohlans schwarzer Lupo von der Rosa-Luxemburg-Straße auf den Erich-Ollenhauer-Ring ab. Der Kommissar lenkte sein Fahrzeug gekonnt durch den dichten Verkehr in den Kreisel, in dessen Mitte ein großes, modernes Einkaufszentrum lag. Den beiden war in den vergangenen Minuten kein Wort über die Lippen gekommen. Jeder hing seinen Gedanken nach. Julia Will schaute interessiert aus dem Fenster und verfolgte melancholisch die Straßennamen.

„Das passt ja wie die Faust aufs Auge zu unserem Fall", plapperte es plötzlich aus ihr heraus.

„Wie meinen Sie das?", entgegnete Bohlan, der immer noch mit dem dichten Verkehrsaufkommen beschäftigt war, das heimkehrende Berufstätige und Besucher des Einkaufszentrums produzierten.

„Die Straßennamen. Haben Sie nicht auf die Straßennamen geachtet?"

Bohlan verstand nicht gleich, ließ sich dann aber die Namen durch den Kopf gehen: Erich Ollenhauer, Karl Kautzky, Rosa Luxemburg, Eduard Bernstein.

„Ja, Sie haben Recht!"

Nach einer Weile fügte er hinzu: „Die Nordweststadt wurde in den sechziger Jahren gebaut. Sie zeugte vom aufgeklärten Zeitgeist, der damals herrschte. Hochhäuser, Mehrfamilienhäuser, Reihenhäuser und Bungalows wurden in der Absicht miteinander gemischt, die Trennung der Gesellschaftsschichten zu überbrücken. Die einzelnen Straßenzüge sind mit Brücken versehen. Man kann durch die ganze Nordweststadt laufen, ohne jemals eine Hauptverkehrsstraße überqueren zu müssen."

Will nickte wissend und fügte hinzu: „Ein fast ökologischer Absatz. Aber was ist heute daraus geworden!"

„Die Mischung geht mehr und mehr verloren. Die Ausländerquote ist extrem hoch. Die Mittelschicht zieht es in die Neubaugebiete, zum Beispiel am Riedberg. Das ist nur ein paar Minuten von hier entfernt."

„Ja, so ist es überall. Bald haben wir Ghettos wie in Amerika."

Bohlan bog vom Hammarskjöldring auf die Niederurseler Landstraße ab. Der Wagen näherte sich dem alten Niederurseler Ortskern.

„Gleich sind wir da. Sie haben sich einen schönen Stadtteil ausgesucht. Alt-Niederursel ist ein kleines, dörfliches Idyll. Enge Sträßchen und Fachwerkhäuser gibt es dort noch zuhauf. Und eine schöne Apfelweinkneipe, den Lahmen Esel."

„Dann müssen wir da unbedingt mal einen Ebbelwoi zusammen trinken."

Bohlan sah Will verdutzt an.

„Sie haben sich auf Ihren Einsatz hier wirklich gut vorbereitet. Sogar das Frankfurterisch haben Sie sich angeeignet."

Will schmunzelte und entgegnete augenzwinkernd.

„Nein, ich bin hier aufgewachsen. Halten Sie bitte dort vorne. Da ist das Häuschen meiner Oma."

Bohlan trat abrupt auf die Bremse. Die Reifen quietschten und der Wagen kam zum Stehen. Will wurde heftig nach vorne gedrückt, bis der Gurt sie auffing.

„Sind Sie denn jetzt völlig übergeschnappt?"

„Wieso ich? Sie halten mich doch die ganze Zeit zum Narren. Warum haben Sie mir nicht gesagt, dass Sie aus Frankfurt kommen?"

„Sie haben mich nicht gefragt."

Bohlan zählte in Gedanken bis zehn und atmete langsam ein und aus. Dann öffnete er die Tür.

„Ist auch egal. Ich trage Ihnen den Koffer rein und dann machen wir Schluss für heute. Einverstanden?"

„Einverstanden."

Nachdem Bohlan den Koffer ins Haus getragen und sich kurz von seiner neuen Kollegin verabschiedet hatte, dachte er für einen Moment daran, wirklich einen Schoppen im Lahmen Esel zu trinken. Obwohl der Gedanke verlockend war, entschied er sich dagegen. Für einen Absacker war halb fünf am Nachmittag einfach zu früh. Er kramte aus dem Ablagefach der Fahrertür einige CDs hervor, entschied sich für „The very best of Meat Loaf" und schob sie in den Player. Gleich bei den ersten Tönen von „Bad out of hell" drehte er die Lautstärke auf Maximum und fuhr zurück auf die Rosa-Luxemburg-Straße. Die Schnellstraße führte über das alte Buga-Gelände an Ginnheim vorbei. Gleich nach dem Fernsehturm kam die Abzweigung auf die A66 Richtung Wiesbaden. Diese nahm Bohlan und nach weiteren zehn Minuten bog er in die Ausfahrt nach Höchst ab, von wo aus er sich zu seinem Hausboot am Mainufer durchschlängelte. Nachdem er sein Auto auf dem Parkplatz abgestellt hatte, lief er am Ufer entlang zur „Jenny", wie er sein Hausboot getauft hatte. Dort angekommen, schmiss er sich in seine Trainingsklamotten und stand wenig später mit Hanteln hantierend im Wohnzimmer, den Blick auf das Wasser gerichtet. Am Abend entschied er, in die Höchster Altstadt zu schlendern, wo er in seine Stammkneipe „Leonardo" einkehrte, die, obwohl sie von einem Italiener geführt wurde, gutbürgerliche Küche und Bier bot. Almasa und Leonardo begrüßten Bohlan herzlich, hatten aber alle Hände voll zu tun, so dass ein Gespräch mit ihnen auf später verschoben werden musste. Er setzte sich an die Theke, lauschte den Diskussionen und beobachtete Almasa, die blonde

Bedienung, die Leonardos Freundin war und mit der er seit einiger Zeit ein Verhältnis hatte. Die Männer neben ihm holten zu einem verbalen Gemetzel aus. Sie schimpften über die Bonzen in Berlin, stopften alle in einen Sack und droschen drauf. Angeschlagen und ausgezählt taumelten die Politiker aus ihrem Jutegefängnis und machten den Spitzenmanagern Platz, die als Nächste durch die Arena getrieben wurden. Später bezogen die Fußballer der Eintracht Prügel, aber nicht wegen ihrer Spitzengehälter, sondern wegen ihrer Niederlage am Wochenende. So ungerecht kann die Welt sein, dachte Bohlan und leerte sein Glas. Er erwarb vom Zeitungsverkäufer die noch druckfrischen Ausgaben des nächsten Tages und verabschiedete sich. Den weiteren Abend verbrachte er mit einer Flasche Dornfelder auf der Couch. Schon bald lag neben ihm ein dicker Notizblock und auf dem Boden verstreut die aktuellen Frankfurter Tageszeitungen, angefangen von der Zeitung mit dem Klugen Kopf bis hin zum Boulevard. Brandts Pressekonferenz war der Aufhänger in den Regionalseiten. Es gab große Berichte von der Pressekonferenz selbst und natürlich auch über Brandts Vita zu lesen. Zudem hatten die üblichen Verdächtigen der Lokalpolitik ihre Statements in die Blöcke und Mikrofone der Reporter diktiert. Wie nicht anders zu erwarten, waren die Reaktionen zweigeteilt. Von großer Zustimmung bis zur völligen Ablehnung. Die linke Szene jubilierte und die Konservativen schütteten Asche und Glut über Brandts Haupt. Bohlan hatte sämtliche Artikel mindestens dreimal durchgelesen und sich entsprechende Notizen gemacht. Über seinen Körper und seine Gedanken hatte sich eine leichte, weinhaltige Schwerfälligkeit gelegt. Er machte sich daran, die Zeitungsteile aufzuheben und zusammengefaltet auf einen Stapel zu legen. Dann nahm er noch einmal seine Aufzeichnungen zur Hand, sortierte die knapp fünf DIN A4-Seiten, versah die einzelnen Seiten mit Nummern und ging sie durch. Es fiel ihm schwer, sich zu konzentrieren. Beim Lesen kam er sich vor wie ein Insider der Frankfurter Lokalpolitik. Er wusste nun sämtliche Namen der politischen Lokalgrößen, kannte Vorsitzende, Fraktionsvorsitzende und andere exponierte Mandatsträger. Zufrieden über die Ergebnisse seines ersten Arbeitstages goss er sich den letzten Rest Dornfelder in sein Glas, das sich zur Hälfte füllte. In diesem Moment klingelte sein

Telefon. Bohlan blickte auf seine Armbanduhr. Sie zeigte halb eins. Wer besaß die Frechheit, um diese Zeit anzurufen? Widerwillig nahm er das Telefon, drückte den Verbindungsknopf und murmelte etwas Unverständliches in den Hörer.

„Hallo Herr Bohlan, hier ist Julia Will."

Für die vorgerückte Stunde klang seine Kollegin erstaunlich aufgeweckt. Bohlan hielt die Luft an. Entweder war wirklich etwas passiert oder seine neue Kollegin war von allen guten Geistern verlassen.

„Ich hoffe sehr, dass Ihr Anruf einen wichtigen Grund hat."

Bohlan fiel es schwer, klare Worte zu bilden.

„Haben Sie etwa schon geschlafen? Das tut mir leid."

„Nein, aber trotzdem, was gibt es denn?"

„Ich habe jemanden aufgetan, der uns weiterhelfen kann."

„Hat das nicht Zeit bis morgen?"

„Ja, genau. Morgen früh hat er Zeit. Er heißt Timo Eberhardt und ist Juniorprofessor an der Frankfurter Uni. Raten Sie mal, über welches Thema er gerade promoviert?"

„Bekomme ich jetzt vier Antworten vorgegeben?", versuchte sich Bohlan mit einem Scherz.

„Nein, wir sind hier nicht bei Günther Jauch. Aber ich verrate es Ihnen trotzdem. Das Thema lautet: Die Entwicklung der Frankfurter Roten von 1945 bis heute unter besonderer Berücksichtigung der parteiinternen Führungszirkel."

„Bingo, das klingt wirklich interessant." Bohlan war plötzlich wieder hellwach und fügte hinzu: „Jedenfalls in unserer Situation."

„Morgen um zehn Uhr hat er für uns Zeit. Da muss der Brandt bis Mittag warten. Treffpunkt ist sein Büro im Uniturm. Wissen Sie, wo das ist?"

„Ja. Ist viertel vor zehn am U-Bahn Ausgang Bockenheimer Warte okay?

„Ja, kenne ich. Dann bis morgen und gute Nacht."

5. Kapitel

Pünktlich um viertel vor zehn stand Bohlan am Eingang zu der im Boden versinkenden U-Bahn, die den Eingang zur U-Bahn-Station markierte. Keine zwei Minuten später sah er Julia Will die Treppe hinaufhechten. Trotz des enormen Tempos war sie kaum außer Atem, als sie oben angekommen war. Sie trug eine schwarze Wollmütze und ihr Haar, das sie zu einem Pferdeschwanz gebunden hatte, hing über ihrem Mantel. Bohlan gab sich betont gelassen.

„Sportlich, sportlich!"

„Man muss sehen, wo man bleibt. In unserem Beruf gibt es nicht viel Zeit für die regelmäßige sportliche Betätigung. Wie halten Sie sich denn fit?"

„Momentan schaffe ich es noch, morgens meine Strecke zu laufen. Mal sehen, wie lange es gut geht."

„Beneidenswert. Ich muss mir noch einen sportlichen Ausgleich suchen. In den letzten Jahren habe ich einige Kampfsportarten ausprobiert. Mal sehen, ob sich was Passendes findet."

Bohlan betrachtete seine Kollegin und versuchte, sie sich auf Judomatten vorzustellen. Eine Vorstellung, die ihm gut gefiel.

Die beiden machten sich auf den Weg Richtung Universität.

„Wie haben Sie denn gestern noch den Professor aufgetrieben?"

„Den kenn ich noch aus meiner Schulzeit. Wir hatten uns zwar in den letzten Jahren etwas aus den Augen verloren, aber es war nicht schwer, seine Telefonnummer herauszubekommen."

Die beiden schritten die Senckenberganlage entlang am Juridikum und dem alten Universitätsgebäude vorbei. Wenig später erreichten sie den Uniturm, ein hässliches graues Hochhaus, in dem die geisteswissenschaftlichen Fakultäten ansässig waren. Gemeinsam mit unzähligen Studenten, die zu ihren Vorlesungen strömten, zwängten sich die beiden Kommissare in einen der Aufzüge und fuhren bis zum dreizehnten Stockwerk, wo Eberhardt sein Büro hatte.

Will klopfte an die Bürotür. Als sie glaubte, ein „Ja" gehört zu haben, drückte sie die Klinke. Das Büro war mit Schreibtisch, Besucherstühlen und vollen Bücherregalen komplett zugestellt und wirkte dadurch um ein Vielfaches kleiner, als es sowieso schon war.

Timo Eberhardt, der hinter dem Schreibtisch gesessen hatte, war zur Begrüßung aufgestanden. Er war Anfang dreißig, groß und korpulent. Eine eckige Brille mit schwarzem Rand gab seinem rundlichen Gesicht eine markante Note. Er hatte dunkelblonde Haare, die er zur Seite gescheitelt trug. Eberhardt trug Jeans, hellbraunes Hemd und ein dunkelbraunes Jackett. Er zwängte sich an seinem Schreibtisch vorbei und begrüßte Julia Will offensichtlich hoch erfreut, beugte sich zu ihr herunter und gab ihr links und rechts ein Küsschen auf die Wangen.

„Mensch, Julia, schön dich zu sehen. Es ist eine Ewigkeit her."

„Ja, es ist viel Zeit vergangen."

„Setzt euch."

Eberhardt machte eine einladende Geste, sah dann aber erst, dass er die beiden Stühle von gestapelten Büchern befreien musste. Er raffte die Bücher zusammen und sah sich Platz suchend in seinem Zimmer um. Nach kurzer Zeit stopfte er die Bücher resignierend in eine Lücke des Regals und setzte sich an seinen Schreibtisch. Will und Bohlan hatten sich auf den beiden Stühlen niedergelassen.

„Die Kripo beschäftigt sich also mit den Roten. Das ist ja mal was. Ansonsten werden doch nur die extremistischen Parteien observiert."

„Wir observieren nicht, dafür ist der Verfassungsschutz zuständig. Wir ermitteln. Dazu brauchen wir einige Hintergrund-Informationen. Mehr kann ich leider dazu nicht sagen", entgegnete Bohlan.

„Ja, Julia hat mir gestern schon so etwas angedeutet. Bei den Frankfurter Roten ist zurzeit einiges los. Womit soll ich anfangen?"

„Vielleicht ganz von vorne, damit wir den Einstieg bekommen. Aber bitte so knapp wie möglich."

Eberhardt lehnte sich in seinem Stuhl zurück, während er nach einem geeigneten Anfang suchte.

„Also gut, erstes Semester. Frankfurt war seit dem Ende des Zweiten Weltkrieges eine linke, zutiefst sozialdemokratische Stadt. Bedeutende Sozialdemokraten waren hier Oberbürgermeister: Walter Kolb, der Widerstandskämpfer Willi Brundert, Werner Bockelmann, übrigens ein Onkel von Udo Jürgens, alle mit satten

Mehrheiten ausgestattet. Fünfzig Prozent plus x. Ein rotes Parteibuch war für ein Fortkommen in der städtischen Verwaltung mehr als hilfreich. Stadt und Partei waren so eng miteinander verwoben, dass die Satzung der Frankfurter Roten sogar bestimmte, dass der Oberbürgermeister Sitz und Stimme im Parteivorstand hatte. Mit Rudi Arndt begann in den siebziger Jahren der Abstieg. Er wollte die Alte Oper in die Luft sprengen, erhielt dafür den Beinamen „Dynamit Rudi" und verlor sang- und klanglos die Wahl gegen den aufstrebenden Walter Wallmann. Die Partei musste ihre Satzung ändern, sonst wäre Wallmann Mitglied im Vorstand der SPD gewesen. Ansonsten herrschte die Meinung vor, die Wahl Wallmanns sei ein Betriebsunfall gewesen, korrigierbar bei der nächsten Wahl. Doch es folgte ein rasanter Abstieg der Partei, der mit dem Aufstieg Wallmanns korrelierte. Die Prozente purzelten förmlich in den Keller und die Parteiprominenz focht ihre persönlichen Grabenkriege aus. Zudem wilderten die Grünen in der roten Wählerschicht. Danny Cohn-Bendit und Joschka Fischer waren führende Personen, in den Anfangsjahren auch Jutta Ditfurth. Währenddessen regierte Wallmann, wurde später hessischer Ministerpräsident und übergab die Stadt an seinen Nachfolger Wolfram Brück. Dieser agierte allerdings glücklos und blieb eine blasse Erscheinung." Eberhardt sprach ruhig und besonnen und mit einer sehr angenehmen Baritonstimme. Bohlan und Will saßen auf ihren Stühlen und folgten aufmerksam und interessiert den Ausführungen.

„Die Roten berappelten sich und taten das einzig Richtige. Sie holten einen Kandidaten von außerhalb mit bundespolitischem Renommee: Volker Hauff, übrigens ein entfernter Verwandter des Schriftstellers Wilhelm Hauff. Er war Bundesminister unter Helmut Schmidt gewesen und suchte nach der Wende in Bonn eine neue Aufgabe. Er schaffte es im zweiten Anlauf und mit Hilfe der Grünen, in Frankfurt wieder eine Mehrheit zu holen. Der Jubel war groß und man hatte noch Größeres vor. Eine richtige Aufbruchstimmung herrschte in der Partei und auch in der Stadt. Das war Anfang der neunziger Jahre. Hätten sich die Roten auf das besonnen, was sie den Wählern versprochen hatten, und sich auf das Regieren konzentriert, wäre vieles nachhaltig möglich gewesen. Doch es kam anders. Die alten Konflikte in der Partei brachen wieder aus und es stellte sich heraus, dass Hauff keinen Heimatflügel hatte. Nach viel Streit und Gemauschel trat er entnervt zurück. Er wollte nicht - wie andere - mit den Füßen zuerst aus dem Römer getragen werden. Es folgte Andreas von Schoeler, der zuvor von den Liberalen zu den Roten übergetreten war. Rote und Grüne hatten nur eine hauchdünne Mehrheit und dann kam die Stunde der „vier Schweine“. Vier Stadtverordnete aus den eigenen Reihen verweigerten im Römer die Gefolgschaft. Schoeler trat zurück und wollte sich vom Volk neu legitimieren lassen. Er gab zwar sein Bestes, doch auch er hatte mit den Flügeln der Partei zu schaffen und letztlich verlor er die Wahl gegen die aufstrebende Petra Roth.“

Eberhardt unterbrach seinen Vortrag, um ein Glas Wasser zu trinken. Will nutzte die Zeit für eine Frage.

„Eigentlich hat sich doch die Geschichte aus den Siebzigern wiederholt, oder?“

Eberhardt, der fertig getrunken hatte, nahm das Wort wieder an sich. „Ja, das kann man so sehen. Im Kern scheiterten die Roten wieder an sich selbst und die Partei stürzte tiefer als jemals zuvor. Nach meinen Informationen ist sie personell derart angeschlagen, dass sie sich aus dieser Krise nur schwer wird befreien können. Viele, die schon in den achtziger Jahren für das ganze Dilemma verantwortlich waren, mischen immer noch kräftig mit oder ziehen hinter den Kulissen die Strippen. Viele Alte kleben seit Jahrzehnten an ihren Sesseln. Unverbrauchte und unabhängige Köpfe hatten und haben es schwer, vor allem weil versäumt wurde, einen Nachwuchs aufzubauen und zu schulen.“

„Aber wird sich dieses Problem nicht früher oder später biologisch lösen?“ Diesmal war es Bohlan, der die Frage stellte.

„Sicher, das ändert aber nichts daran, dass ganze Politikergenerationen weggebrochen sind. Wichtige Ressourcen wurden aus Übermut, Arroganz und dem Glauben, unverzichtbar zu sein, achtlos über Bord geworfen. Viele Talente wurden in den vergangenen Jahren nicht gefördert. Sie wurden sich selbst überlassen, im schlimmsten Fall sogar aus der Partei gedrängt. Selbst wenn die Alten wegsterben, bleiben keine Kommunalpolitiker übrig, die die Zeit hatten, die Mechanismen im Römer kennenzulernen. Die wenigen, die nachgekommen sind, sind eher farblose Gestalten, die sich angepasst haben. Personen ohne eigene Ideen und ohne Ausstrahlung."

„Könnte das nicht auch ein Vorteil sein? So stirbt der alte Politikstil aus", wandte Will ein.

„Möglich wäre das, aber es wird sehr viel Zeit in Anspruch nehmen. Man kann das vielleicht mit der Fußballnationalmannschaft vor zehn Jahren vergleichen. Es gab nur Mitläufer, aber keinen Spielmacher. Und einen Spielmacher, eine Person mit eigenem Glanz, den kann man nicht einfach so aus dem Hut zaubern."

„Schöner Vergleich, das leuchtet mir ein."

„Zudem klagen die Roten über einen erheblichen Mitgliederverlust. Heute gibt es gerade mal noch viertausend Genossen in Frankfurt. Davon sind bestimmt zweidrittel im Rentenalter oder zumindest nahe dran. Die Partei ist total überaltert."

„Und was ist mit Boris Brandt?"

„Aha, kommen wir also zum entscheidenden Punkt. Boris Brandt, der „rote Millionär", wie ihn einige nennen. Tja, der könnte in der Tat alles verändern. Das ist ein Spielmacher, um bei dem Fußballvergleich zu bleiben. Er hat Charisma, eigene Ideen und vor allem: er ist unabhängig. Noch dazu kommt er in der Bevölkerung gut an. Wenn er es halbwegs geschickt anstellt, wird er die Oberbürgermeisterwahlen gewinnen. Brandt ist zwar ein Mann aus den Hochglanzmagazinen, aber er ist kein Dummschwätzer. Ein Promi mit politischem Background. Er hat in seiner Jugend politische Erfahrung gesammelt."

Eberhardt konnte sich ein süffisantes Lächeln nicht verkneifen.

„Außerdem hat er auch Politologie studiert. Im Prinzip spielt er selbst ohne Risiko, denn sein Auskommen ist gesichert, um es gelinde auszudrücken. Er muss nichts werden, er will und kann es höchstens."

„Wo ist dann das Problem? Die Roten könnten doch froh sein, so einen zu bekommen."

„Sein Erfolg innerhalb der Partei hängt im Wesentlichen von zwei Faktoren ab. Der erste Faktor ist die derzeitige Frankfurter Führungsriege der Roten und der zweite ist ein politisch-strategischer Faktor. Womit soll ich anfangen?"

„Ich denke, das ist egal, arbeiten wir zuerst den personellen Punkt ab."

„Okay. Die derzeitige Führungsriege ist über Brandts Kandidatur nicht gerade erfreut. Denn sie ist mit ihr nicht abgesprochen. Man hatte andere Pläne. Der Parteichef Gerrit Gross hatte sich selbst zur Kandidatur entschlossen. Er ist zwar in der Partei angesehen, hat aber keinerlei Ausstrahlung. Aber er hat es geschafft, die Flügel der Partei zu einen und sollte er gewinnen, wären die Posten schon jetzt schön verteilt. Darauf spekulieren viele. Alle, die sich engagieren, weil sie etwas werden wollen, sind auf seiner Seite. Brandt macht in den Zirkeln und der gesamten Funktionärsschiene keinen Stich. Anders sieht es aber bei der Basis aus. All die, denen die gesamte Linie der letzten Jahre nicht passt, sind auf seiner Seite. Wie viele das sind, weiß man nicht so genau. Sollte es zu einer Mitgliederbefragung kommen, könnte Brandt es schaffen. Und hier hat Gross im letzten Jahr einen entscheidenden Fehler gemacht. Er hat genau eine solche Befragung angekündigt und versichert, dass das Ergebnis für ihn eine bindende Wirkung haben wird. Damals war aber von Brandt noch keine Rede und Gross wollte sich selbst zum Volkstribun machen."

„Der Schuss scheint wohl nach hinten losgegangen zu sein", warf Bohlan ein.

„Ja, ist er und auch der zweite. Anfangs setzte Gross darauf, Brandt zum kleinen Schröder stilisieren zu wollen. Als Junger Sozialist war Brandt dem gemäßigten Flügel zuzuordnen, er wollte sogar mal den Namen von „Junge Sozialisten" in „Junge Sozialdemokraten" ändern. Nun fährt aber Brandt selbst auf der linken Schiene, um nicht zu sagen, er greift von links an. Und das ist auch der zweite Kriegsschauplatz. Brandt setzt auf linke Mehrheiten in aller Konsequenz. Er hat lange in Berlin gelebt und ist mit dem dortigen Regierenden Bürgermeister befreundet. Aus den Erfahrungen dort hält er die Linkspartei für koalitionsfähig."

„Ich sehe da nicht so das Problem."

„Es ist ein heikles Thema. Es geht darum, die Linke hoffähig zu machen oder sie einfach zu ignorieren und zu hoffen, dass sie auch bald wieder verschwindet. Bei den Roten gibt es nicht wenige, die gegen die Zwangsvereinigung mit der KPD in der DDR gekämpft haben. Die wollen jetzt nicht mit der Nachfolgeorganisation koalieren."

„Aber die noch Lebenden lassen sich doch an einer Hand abzählen."

„Ich vermag noch nicht so genau einzuschätzen, wie das bei den Roten wirkt, es hat auch etwas mit politischer Moral zu tun. Das muss man abwarten. Sollte sich die Linke auf Dauer stabilisieren, ist Brandts Idee in jedem Fall richtig. Es könnte jetzt aber noch zu früh sein. Aber das alles hat doch bestimmt nichts mit dem aktuellen Fall zu tun?"

„Nicht direkt. Aber es ist für uns sehr wichtig, einen gewissen Background zu haben."

Bohlan strich sich mit der Hand über den Kopf und überlegte kurz, wie er seine Gedanken am besten formulieren sollte.

„Wenn man sich die Frankfurter Roten ansieht, beziehungsweise die Personen dort, wie weit würde man gehen, um Brandt zu verhindern?"

„Das ist eine schwierige und interessante Frage. Politisch gesehen sicher sehr weit: Verunglimpfungen, Versuche der Ausgrenzung und so weiter, das sicher alles."

„Und weiter?", hakte Will nach.

„Was meinst du damit?"

„Erpressung, Gewalt, Mord?"

Eberhardt schluckte erkennbar: „Dazu kann ich nichts sagen. Möglich ist vieles."

„Ja, natürlich. Mord und Totschlag haben nicht unbedingt etwas mit Herkunft, Stand und Sozialisation zu tun, da haben Sie Recht."

„Menschliche Abgründe tun sich überall auf. Kann ich Ihnen sonst noch weiterhelfen?"

„Hilfreich wäre erst mal eine Liste der wichtigen Funktionsträger in der Partei. Damit kämen wir schon sehr viel weiter."

Eberhardt öffnete seine Schreibtischschublade und holte einen Computerausdruck heraus, den er Brandt über den Tisch hin zuschob.

„Bitte sehr, das habe ich heute Morgen schon erledigt. Julia hatte mir gestern bereits angedeutet, dass Sie so etwas benötigen könnten."

„Das nenn ich mal 'nen Service."

Bohlan griff nach dem Papier und warf einen flüchtigen Blick darauf.

„Ich stehe Ihnen natürlich auch weiterhin für Fragen zur Verfügung. Leider drängt nun aber die Zeit. Meine Vorlesung beginnt in wenigen Minuten."

„In Ordnung, wir wollen Sie nicht länger aufhalten. Sie haben uns schon ein großes Stück weitergeholfen."

Bohlan streckte Eberhardt seine Hand zum Abschied entgegen. Eberhardt kam um den Tisch herum, verabschiedete sich von Bohlan und wandte sich an Will.

„Da du wieder in Frankfurt bist, sollten wir unbedingt mal etwas zusammen essen und über die guten alten Zeiten plaudern."

Julia Will lächelte zur Überraschung von Bohlan ein wenig verlegen.

„Eine gute Idee."

So wortfaul hatte Bohlan seine neue Kollegin in den wenigen Tagen, die er sie kannte, noch nicht erlebt. Die beiden Kommissare verließen das Zimmer, während Eberhardt seine Vorlesungsunterlagen zusammensuchte.

6. Kapitel

„Das war eine aufschlussreiche Unterhaltung", bemerkte Bohlan, als der Aufzug schon fast das Erdgeschoss erreicht hatte.

„Eberhardt kennt sich prima in der Materie aus. Er könnte ein Trumpf in unserer Ermittlungsarbeit sein."

„Nur in der Ermittlungsarbeit?"

Will wurde ein zweites Mal verlegen und für den Bruchteil einer Sekunde flog eine rötliche Färbung über ihr Gesicht.

„Wir sind alte Freunde, mehr nicht."

Bohlan beschloss, diese Sache einstweilen auf sich beruhen zu lassen. „Na dann mal ab ins Präsidium. Wir sollten sehen, ob wir einen Termin bei Boris Brandt ergattern können."

Die beiden Kommissare machten sich auf den Weg zum Parkplatz am Bockenheimer Depot, einem ehemaligen Straßenbahndepot, das in einen Theater- und Kultursaal umgebaut worden war. Es lag dem Campus direkt gegenüber und war Aufführungsort des Frankfurter Schauspiels. Doch bevor sie Bohlans Auto erreichten, klingelte sein Handy. Am anderen Ende war Klaus Gerding.

„Seid ihr noch in der Nähe der Uni?"

„Ja, wir laufen gerade Richtung Parkplatz und sind in einer viertel Stunde im Präsidium."

„Nein, es gibt eine Änderung. Wir hatten hier einen anonymen Anruf. In der Kiesstraße 23 soll eine weibliche Leiche liegen. Dritter Stock bei Mandell. Angeblich befindet sich der Wohnungsschlüssel unter der Fußmatte. Übernehmt das bitte. Ich habe den absoluten Personalnotstand. Wenn es tatsächlich stimmt, ruft an, damit ich die Spurensicherung vorbeischicken kann."

„Okay, wird gemacht."

Bohlan bestätigte pflichtbewusst den Auftrag, obwohl er sich über diese zusätzliche Sache ärgerte. Noch mehr ärgerte er sich aber darüber, dass er nicht gewagt hatte, zu widersprechen. Immerhin war das ganz klar eine Sache für die Mordkommission und nicht für die neue SOKO. Aber was sollte er machen? Dienstanweisung war Dienstanweisung. Er schilderte Will kurz, was zu erledigen war. Die beiden liefen wortlos und zügig die Bockenheimer Landstraße in Richtung Kiesstraße entlang. Jeder hing seinen Gedanken nach. Während Bohlan das soeben geführte Gespräch mit Eberhardt überdachte, kroch eine Angst in ihm empor. Angst vor dem, was vielleicht gleich auf sie zukommen könnte. Eine Leiche zu finden war nie einfach, auch wenn Bohlan schon einige in seinem Leben gesehen hatte. Ein Blick zu Julia Will offenbarte ihm, dass auch sie unter starker Anspannung stand. Mit einer Leiche in Berührung zu kommen war jedes Mal eine furchtbare Sache, die unter die Haut ging. Ein Abstumpfen hatte Bohlan nie gespürt. Aber noch gab es die Hoffnung, dass sich jemand nur einen üblen Scherz erlaubt hatte. Nach etwa dreihundert Metern hatten sie die Abbiegung zur Kiesstraße erreicht. Die Nummer dreiundzwanzig war ein altes, aber gut erhaltenes und gepflegtes Haus. Bohlan überflog die Klingelschilder. „P. Mandell" stand auf einem. Entgegen allen Erwartungen ließ sich die Haustür öffnen. Das Treppenhaus roch nach altem Haus und Bohnerwachs. Eine Holztreppe führte nach oben. Die Wände im Eingangsbereich waren mit cremefarbenen Kacheln versehen. Bohlan und Will stiegen die Holzstufen hinauf. Ab und an knarrte eine der Dielen. Im dritten Stock angekommen, hob Bohlan den roten Fußabtreter mit der Aufschrift „Herzlich Willkommen“ hoch und fand tatsächlich einen Schlüsselbund. Mit pochendem Herzen schloss er die Wohnungstür auf. Die Wohnung machte einen ordentlichen und geschmackvollen Eindruck. Der Holzboden blinkte. Die Wände im Flur waren rot gestrichen, Fußleisten, Türrahmen und Türen strahlten ebenso wie die mit Büchern voll gestellten Regale in weiß. Bohlan wusste sofort, dass es kein übler Scherz gewesen war. Der leicht süßliche Geruch, der sich in seiner Nase festsetzte, war zu verräterisch. Auch Julia Will hatte den Duft von verwesendem Fleisch bereits wahrgenommen. Die erste Tür, die sie öffneten, führte sie ins Badezimmer, die zweite ins Wohnzimmer. Beide Zimmer waren aufgeräumt, gerade so, als sei frisch geputzt worden. Bohlan schritt den Flur entlang und öffnete die dritte Tür. Es war die Tür zum Schlafzimmer. In der Mitte des Raumes stand ein breites Bett mit Kopf- und Fußteilen aus Messing. Links und rechts eingerahmt von weißen Nachttischen, auf denen jeweils ein Kerzenständer stand, ebenfalls aus Messing. Die Kerzen waren zur Hälfte heruntergebrannt. Über dem Bett hing ein Spiegel. Das Bett war mit schwarzem Stoff bezogen. Genau in der Mitte des Bettes lag eine junge, blonde Frau. Arme und Beine waren mit Handschellen an Kopf- und Fußteil fixiert. Die Frau war von verführerischer Schönheit. Sie hatte einen schlanken Körper, der Üppigkeit genau an den entscheidenden Stellen aufwies. Wenn man von den schwarzen Lederstiefeln absah, war sie nackt. Auf dem Stoff zeichnete sich eine Blutlache ab, die von einem Schnitt in der Kehle herrührte.

„Oh mein Gott.“ Will stöhnte auf und Bohlan zückte sein Handy. Er schilderte Gerding den Leichenfund. Dieser versprach die Spusi zu verständigen und wies Bohlan an, so lange am Tatort zu verweilen. Nach Beendigung des Telefonats trat Bohlan ein wenig näher an die Leiche heran. Er wurde den Eindruck nicht los, dass er diese Frau erst vor kurzer Zeit irgendwo gesehen hatte, konnte ihr Gesicht aber nicht zuordnen. Während er vor der Toten stand, hatte Will sich dicht neben ihn gedrängt. Auch sie betrachtete die Tote.

„Merkwürdig“, murmelte Will. „Irgendwie kommt mir diese Frau bekannt vor.“ Bohlan konnte den Blick nicht von der Toten abwenden und überlegte.

„Genau das Gleiche denke ich auch die ganze Zeit.“

„Entweder ist es jemand, den man kennen muss, oder wir haben sie zusammen gesehen“, vermutete Will.

„Im letzteren Fall kommen nicht viele Personen in Betracht.“

„Haben wir es seit gestern überhaupt mit einer weiblichen Person zu tun gehabt?“

„Ich kann mich an keine erinnern.“

Plötzlich schien es ihm wie Schuppen von den Augen zu fallen und das, was ihm in den Sinn fuhr, erhellte nicht gerade seine Stimmung.

„Ich weiß, woher ich sie kenne. Gestern Morgen gab es diese Fernsehübertragung von Brandts Pressekonferenz. Erinnern Sie sich an die Frau an Brandts Seite?“

„Nicht so richtig, aber blond war sie.“

„Sie war nicht nur blond, das war diese Lady hier.“

Bohlan kramte sein Handy aus der Jackentasche und wählte erneut Gerdings Nummer.

„Klaus, weißt du, wie die Frau heißt, die gestern bei der Pressekonferenz neben Brandt saß?“

„Nein, vermutlich wird es eine Referentin von ihm gewesen sein.“

„Okay, ich glaube, die Tote hier ist diese Frau. Zumindest sieht sie ihr ziemlich ähnlich. Ich mache jetzt mit meinem Handy ein Foto und schickte es dir. Gleiche es bitte mit dem Mitschnitt von gestern ab.“

„Gute Idee, bis gleich.“

Es vergingen keine fünf Minuten, bis Gerding zurückrief.

„Bingo, würde ich sagen. Du hast Recht, es ist die Referentin von Brandt. Sie heißt übrigens Patricia Mandell. Das habe ich bereits recherchieren lassen. Ihr wartet noch die Spusi ab und dann kommt ihr so schnell es geht ins Präsidium. Es gibt einiges zu besprechen.“

Bohlan steckte sein Handy wieder in die Jackentasche und schaute Will mit ernster Miene an: „Ich denke, wir ermitteln jetzt auch in einem Mordfall.“

„Das ist offensichtlich."

„Ich meine: *wir* ermitteln. Es ist Brandts Referentin."

7. Kapitel

Als sie im Präsidium angekommen waren, wählten sie den schnellsten Weg in Gerdings Büro, der bereits auf sie gewartet hatte. Die Stimmung war angespannt und Gerding machte ein ernstes Gesicht.

„Es ist genau das eingetreten, was wir verhindern wollten. Wir haben einen Mordfall in unserem Politikthriller. Vermutlich wird die Presse bald Wind von der ganzen Sachen bekommen und dann ist es mit der Ruhe hier endgültig vorbei."

Gerding tupfte seine Stirn mit einem Tuch ab.

„Es ist nicht sicher, dass der Mord etwas mit unseren Erpressungen zu tun hat", wandte Will ein.

„Davon können Sie ausgehen. Die Tote ist Brandts Referentin. Wir haben einen Erpresser, der im Vorfeld immer damit gedroht hat, es würde etwas passieren, wenn Brandt tatsächlich kandidieren sollte. Brandt hat gestern seine Kandidatur bekannt gegeben und noch in der Nacht danach ist eine seiner Mitarbeiterinnen tot."

„Der gesamte Vorfall in der Wohnung sieht aber eher nach einem Mord mit sexuellem Hintergrund aus."

„Mag sein. Vielleicht hängt das eine auch nicht mit dem anderen zusammen. Im Übrigen ist es eigentlich auch egal, was bei den Ermittlungen am Ende herauskommt. Die Presse wird schon dafür sorgen, dass in der Öffentlichkeit ein Zusammenhang hergestellt wird. Aus diesem Grund habe ich beschlossen, dass die weiteren Ermittlungen in dem Mordfall von Ihnen beiden geführt werden. Noch heute wird Ihr Team mit zwei weiteren Kommissaren verstärkt. Sobald sich die Sache noch weiter zuspitzt und ich irgendwo anders Personal entbehren kann, bekommen Sie noch weitere Unterstützung."

Bohlan wollte etwas einwenden, sah aber, dass es sinnlos war. Zudem bemerkte er ein Kribbeln im Bauch, das er lange nicht gespürt hatte. Er kannte dieses Gefühl noch von früher, als er mit

Leib und Seele Ermittler gewesen war. Immer, wenn er einen neuen Fall übertragen bekommen hatte, hatte es sich bemerkbar gemacht. Das Verbrechen begann, Besitz von ihm zu ergreifen. Es strahlte auf seinen ganzen Körper aus und übermannte seine Gedanken.

„Was habt ihr bisher herausgefunden?"

Gerding riss Bohlan aus seinen Gedanken.

„Noch nicht viel, wir haben uns durch die Akte gewühlt, im Internet recherchiert und von einem Politikwissenschaftler erste Einblicke in die Partei bekommen. Ich denke, dieser Mann wird uns noch sehr nützlich sein."

„Das ist doch schon mal was. Habt ihr bereits mit Boris Brandt gesprochen?"

„Nein, das stand als Nächstes auf unserer Liste."

Bohlan war überrascht, wie selbstbewusst seine Kollegin klang.

„Ich sehe schon, Sie haben alles im Griff. Ich möchte zeitnah auf dem Laufenden gehalten werden. Spätestens, wenn die ersten Presse-Fuzzis anrufen, müssen wird uns wieder zusammensetzten."

Mit diesen Worten stand Gerding auf und signalisierte, dass die Unterredung beendet war. Bohlan und Will erhoben sich von ihren Stühlen und machten sich auf den Weg in ihr Büro.

Dort angekommen nahm sich Bohlan die gestrige Liste mit den Führungsköpfen vor und glich sie mit den Aufzeichnungen ab, die er sich während des Gespräches mit Timo Eberhardt gemacht hatte. Hier und da brachte er eine Ergänzung an. Schließlich erstellte er eine neue Übersicht auf dem Flipchart. Als er aufschaute, saß Will bereits wieder an ihrem Computer und war im Internet unterwegs. Im selben Moment wurde die Tür aufgestoßen. Ein junger Mann, vielleicht Ende zwanzig, bekleidet mit weißem Hemd, roter Krawatte und Tommy-Hilfiger-Jeans trat ein. Er trug seine blonden Haare kurz geschnitten und links gescheitelt. Haargel sorgte für die bleibende Form. Hinter seiner kantigen Silberrandbrille blitzten zwei blaue Augen.

„Schon mal was von anklopfen gehört?"

Bohlan war sichtlich ungehalten und der zweite Mann, der hinter dem Eindringling gestanden hatte, betrat nun den Raum. Bei dessen Anblick hellte sich Bohlans Miene deutlich auf.

„Mensch, Walter, bist du immer noch hier?"

„So ist es, nicht jeder kann es sich leisten, einfach mal so fünf Jahre die Füße hoch zu legen und den Gott einen lieben Mann sein lassen.“ Bohlan war aufgestanden und auf Walter zugestürmt. Die beiden begrüßten sich herzlich und fielen sich in die Arme.

Walter Steinbrecher, ein gestandener Kommissar Anfang fünfzig, hatte dicht gelocktes, ergrautes Haar. Seine Erscheinung erfüllte das Klischee des Altrockers vortrefflich. Er trug eine schwarze Lederhose und einen schwarzen, wenn auch ausgewaschenen, Schlabberpulli. Seine Lederjacke, ebenfalls schwarz, hatte er über seine Schulter geworfen.

„Du hast dich überhaupt nicht verändert. Fährst du immer noch deine Harley?“

„Klar, was denkst du denn.“

„Kommt rein und setzt euch.“

Und zu dem anderen Mann gewandt: „Wie heißen Sie eigentlich?“

„Mein Name ist Jan Steininger.“

Steininger setzte sich aufrecht auf einen der Stühle am Besprechungstisch, während Steinbrecher sich auf den Stuhl neben ihn fallen ließ und die Beine weit von sich streckte.

„Ich nehme mal an, Sie sind unsere Verstärkung?“

Julia Will musterte die beiden amüsiert, bevor sie eine Kopfbewegung zu Bohlan machte.

„Nehmen Sie ihm den Empfang nicht so übel, mein Kollege ist manchmal ein bisschen kauzig, aber eigentlich ganz okay.“ Wills Blick war währenddessen zu Bohlan und zurück gewandert. Steininger versuchte ein Lächeln. Steinbrecher packte eine Tüte Tabak und Zigarettenpapier aus und begann, sich eine Zigarette zu drehen. Steininger sah ihn entsetzt an.

„Packen Sie das wieder ein, hier herrscht Rauchverbot!“

Bohlan schüttelte den Kopf und murmelte kaum verständlich: „Steinbrecher und Steininger, unterschiedlicher könnten zwei Menschen nicht sein, aber wir werden das Ding schon schaukeln.“

Will fügte in Gedanken hinzu: doch, vielleicht Bohlan und Will. Und ergänzte laut: „Vielleicht wird das unsere Stärke.“

Dann umriss sie kurz die bisherigen Ermittlungen und Bohlan schob ihnen die Akten zu.

„Das Beste ist, Sie verschaffen sich selbst einen Einblick. Ansonsten können Sie den Damen und Herren von der Gerichtsmedizin ein wenig Dampf unter den Hintern machen. Außerdem fehlen die Fotos vom Tatort und ein Bericht der Spusi steht auch noch aus."

Julia Will schaute Bohlan an und wunderte sich. Sie hatte ihn noch nie so viel am Stück reden gehört. Steininger und Steinbrecher nickten kurz und machten sich über die Akten her, während Bohlan und Will nach ihren Mänteln griffen und das Zimmer verließen.

8. Kapitel

„Wir lassen das Auto mal stehen. Es ist wenig sinnvoll, in die Parkstraße zu fahren, das packen wir in zehn Minuten auch mit der Bahn und zu Fuß."

Bohlan und Will hatten gerade das Portal des Präsidiums verlassen. Will nickte zustimmend und war froh, dass sie sich heute für die Turnschuhe entschieden hatte. Die beiden eilten zur Unterführung der Adickesallee, stiegen in die U-Bahn ein und fuhren eine Station bis zur Holzhausenstraße. Von dort aus liefen sie durch das beginnende Westend am ehemaligen IG-Farben-Haus, in dem heute Teile der Frankfurter Universität untergebracht sind, vorbei und nahmen die erste Abzweigung zur Fürstenbergerstraße. Nach nur wenigen weiteren Metern bogen sie in die Parkstraße ein und standen vor dem Haus, in dem Boris Brandt sein Frankfurter Büro untergebracht hatte. Sie klingelten bei „B.B. Musik und Medien GmbH" und betraten kurze Zeit später einen großen hellen Empfang, der schlicht, aber stilvoll im modernen Design eingerichtet war. Eine junge Sekretärin begrüßte sie und führte sie in einen Besprechungsraum. Vier schwarze, mit Leder bezogene Cocktailsessel warteten dort. Vor ihnen stand ein niedriger Glastisch, der mit Zeitschriften beladen war. Die Wände waren weiß und mit großen modernen Gemälden bestückt. Die Vorzimmerdame, vermutlich eine Studentin, sah der ermordeten Patricia Mandell erschreckend ähnlich. Sie brachte ein Tablett mit Getränken, räumte einige Zeitschriften zur Seite und stellte das Tablett auf den Glastisch. Kaum hatte sie das Zimmer wieder verlassen, betrat Boris Brandt den Raum. Er war von mittelgroßer Statur, sportlich und schlank. Brandt trug Hemd, Jeans und Jackett. Seine dunkelbraunen, vollen und leicht gewellten Haare waren rechts gescheitelt. Sein Gesicht, vom Solarium gebräunt, brachte die meeresblauen Augen besonders gut zur Geltung. Mit Brandt zogen auf wundersame Weise Frische und Dynamik in den Raum ein. Der Elan, der ihn antrieb, war für die beiden Kommissare mit Händen greifbar. Brandt lächelte die beiden an und begrüßte sie mit Handschlag.

„Guten Tag, Sie kommen bestimmt wegen der Erpressungen", sprudelte es aus ihm heraus. „Ich wusste gar nicht, dass die Frankfurter Polizei so gut aussehende Kommissarinnen beschäftigt."

Dann ließ er sich auf einem der freien Cocktailsessel nieder und blickte die beiden erwartungsvoll an. Er sah in denkbar ernste Gesichter.

„Herr Brandt", begann Bohlan, „eigentlich wollten wir Sie heute besuchen, um uns mit Ihnen über die Erpressungen zu unterhalten. Nun ist aber etwas anderes dazwischengekommen. Vermissen Sie nicht Ihre nette Referentin?"

„Sie meinen Frau Mandell? Die ist in der Tat heute noch nicht erschienen. Aber wir haben erst in einer Stunde einen Besprechungstermin. Sie erledigt auch viel von zu Hause aus."

„Sie wird in einer Stunde hier nicht erscheinen können. Wir haben sie heute Morgen tot in ihrer Wohnung gefunden."

Brandts Gesicht verlor schlagartig an Farbe. Wie vom Donner gerührt saß er in seinem Sessel und rang nach Worten.

„Patricia ... ist tot? Das kann nicht sein. Gestern war sie doch noch ... Was ist passiert?"

Der Musikmanager war nur noch zum Stammeln fähig.

„Genaues können wir Ihnen noch nicht sagen. Wir hatten heute Morgen einen anonymen Anruf und haben Frau Mandell tot in ihrer Wohnung gefunden. Sie war nahezu nackt und mit Handschellen an ihr Bett gefesselt. Außerdem war ihre Kehle aufgeschlitzt. Das war vermutlich die Todesursache."

Brandt war völlig entsetzt. Von seinem Lächeln war nichts mehr geblieben. Er saß fassungslos da, die Hände vors Gesicht geschlagen. Nach einer Weile wischte er sich über die Augen und sprang abrupt auf, um ziellos im Zimmer herumzuirren. Bohlan und Will beobachteten ihn. Es vergingen einige Minuten, die den Kommissaren fast endlos vorkamen. Es war Julia Will, die die Stille nicht mehr aushielt und das Schweigen brach.

„Haben Sie vielleicht eine Idee, wer so etwas getan haben könnte?"

„Nein", murmelte Brandt. „Patricia war eine lebenslustige, ja lebenshungrige junge Frau. Aufgeschlossen, fleißig, kreativ. Das ist ein herber Schlag."

„Wo waren Sie gestern Abend?", wollte Bohlan wissen.

„Sie glauben doch nicht im Ernst, dass ich etwas mit der Sache zu tun habe?"

„Nein, natürlich nicht. Ich frage nur routinemäßig. Eine Berufskrankheit, Sie wissen schon."

„Also schön, Sie werden es ja sowieso herausbekommen. Ich war bei ihr. Wir haben noch die nächsten Schritte unserer Kampagne durchgesprochen, was gegessen und getrunken und dann noch ... ein wenig Spaß miteinander gehabt."

Bohlan und Will sahen sich interessiert an.

„Verstehe ich das richtig, Sie und Frau Mandell hatten eine Affäre?"

Brandt antwortete nicht sofort, sondern lief ein paar weitere Schritte durch den Raum, setzte sich dann wieder in seinen Sessel.

„Das ist schwer zu beschreiben. War es eine Affäre? Wir waren das ein oder andere Mal zusammen im Bett. Es war eher ein Spiel. Wir haben uns auch dort gut verstanden."

„Wann haben Sie die Wohnung verlassen?"

Brandt überlegte kurz.

„Das kann ich Ihnen genau sagen, es muss halb zehn gewesen sein. Um zehn war ich mit einem Bekannten im Club Voltaire verabredet. Dort saßen wir bis zirka ein Uhr zusammen. Dann bin ich nach Hause gefahren."

„Wie heißt der Bekannte?"

„Sie behandeln das doch vertraulich, oder?"

„Soweit es geht, ja. Wir geben jedenfalls keine Pressemitteilung heraus. Aber gegebenenfalls müssten wir das Alibi überprüfen."

„Ich war mit Thomas Kunkel im Club Voltaire."

Bohlan und Will sahen sich verständnislos an. Bohlan stellte dann die Frage, die beide bewegte.

„Müssen wir den kennen?"

„Nein, nicht unbedingt. Thomas Kunkel ist der Sprecher der Frankfurter Linken. Wir kennen uns aus der gemeinsamen Zeit bei den Jungen Sozialisten."

„Interessant. Sie sagen, Sie sind dann nach Hause gefahren. Wo wohnen Sie und kann das jemand bestätigen?"

„Mein Haus steht in Heddernheim. Ich wohne dort alleine. Meine Familie ist noch in Berlin."

„Sie haben noch Familie in Berlin?"

„Ja, meine Frau und zwei Kinder."

„Wie alt sind Ihre Kinder?"

„Zwölf und elf. Ich weiß, ich müsste bei ihnen sein, aber meine Frau und ich haben uns auseinander gelebt."

„Wie alt war Frau Mandell eigentlich?"

„Fünfundzwanzig." Nach einer Weile fügte er hinzu: „Ich weiß, das ist ziemlich jung. Sie ist schon seit drei Jahren bei mir. Zunächst hatte sie einen Studentenjob, fiel ziemlich schnell durch ihre Ideen, ihre außergewöhnliche Kreativität auf. Sie hat viel im Bereich Marketing in der Plattenfirma gemacht. Als ich mich entschlossen habe, wieder nach Frankfurt zu gehen, um Politik zu machen, sah sie das auch als Chance für sich. Sie wollte etwas Neues ausprobieren. Aber ich bitte Sie, hängen Sie das mit unserer Affäre nicht an die große Glocke. Es wird so oder so schon genug Wirbel geben."

„Von uns dringt nichts nach außen", versprach Bohlan.

„Wissen Sie, ob Frau Mandell noch andere Liebhaber hatte?"

„Kann ich Ihnen nicht sagen. Wundern würde es mich nicht. Sie ist - verzeihen Sie - war sehr attraktiv und wie gesagt auch lebenslustig und experimentierfreudig."

„Frau Mandell war mit Hand- und Fußfesseln am Bett festgebunden. War das eines Ihrer Spielchen?"

„Solche Dinge gehörten auch dazu, ja."

„Könnte der Mord im Zusammenhang mit den Drohungen gegen Sie stehen?", schaltete sich Bohlan ein.

Brandt antwortete nicht gleich. Er schien nachzudenken.

„Kann ich nicht sagen. Es wurde nicht konkret mit einem Ereignis gedroht. Möglich wäre es schon. Aber warum sollte sich ein solcher Anschlag gegen Patricia wenden? Ich bin immer davon ausgegangen, dass ich das Opfer sein sollte. Wenn es überhaupt zu einem Opfer kommen würde."

„Sie haben die Drohungen nicht so ganz ernst genommen?"

„Na ja, ich will mich nicht erpressen lassen. Sicher, im Hinterkopf waren sie immer da, aber zugegeben, ich habe nicht mit einem Mord oder so etwas gerechnet."

„Haben Sie eigentlich einen Verdacht, von wem die Drohungen ausgehen könnten?"

„Darüber habe ich schon viele Nächte gegrübelt. Allerdings ohne konkretes Ergebnis. Irgendjemand aus der Parteiführung. Ich dachte, die wollen mich einschüchtern, damit ich aufgebe und die wieder ihre Bärenfelle vor der Jagd verteilen können."

„Wen meinen Sie, wenn Sie das sagen?", bohrte Will nach.

„Gross und Bepperling, vielleicht steckt auch Klaus dahinter. Wer weiß das schon?"

„Haben Sie mal daran gedacht, warum Sie sich das alles antun? Sie könnten doch in Ruhe weiter Platten produzieren."

„Ja, könnte ich und mache ich auch. Aber ich war schon immer ein politischer Mensch, der sich einmischt und etwas verändern will. Als ich jung und bei den Jungen Sozialisten war, habe ich viele Fehler gemacht. Ich habe nicht taktiert, sondern das gesagt, was war. Damit bin ich manchen auf den Schlips getreten. Wir wollten richtig aufräumen, haben aber die Macht der Zirkel und Hinterzimmerverabredungen unterschätzt. Dort wurde gekungelt, die Delegierten beschwatzt und die Felle ins Trockene gebracht. Nach drei Jahren saß ich zwischen allen Stühlen."

„Und dann haben Sie sich eine Auszeit genommen?"

„Ich habe damals sehr viel nachgedacht und bin zu der Überzeugung gekommen, dass es das Beste ist, erst mal mein Leben in Ordnung zu bringen. Andere haben sich engagiert und angepasst. Sie haben sich verkauft für einen Job als Fraktionsassistent, Referent oder gar ein Abgeordnetenmandat. Was meinen Sie, was da alles gemauschelt wird. Von denen, die da ganz vorne stehen, ging es niemandem um die Inhalte. Es ging immer um persönliche Interessen."

„Sehen Sie das nicht ein bisschen zu negativ?"

„Ja, es gibt auch viele engagierte Menschen in den Ortsvereinen zum Beispiel, auch wenn es weniger werden. Und dann gibt es einige wenige, die eine so starke Position haben, dass sie sich alles leisten können."

„Und denen wollten Sie nacheifern?"

„Nehmen Sie Diether Dehm zum Beispiel. Der war für viele ein rotes Tuch und hat seine Klappe auch ganz weit aufgerissen. Er ist für seine Positionen eingetreten und letztlich konnte es ihm egal sein, ob er in der Partei was wird oder nicht, weil er finanziell unabhängig war. Das gilt natürlich auch noch für andere. Aber gegen die Macht der Zirkel und Kungelkreise war wenig zu wollen. Jetzt bin ich in einer ähnlichen Position. Ich kann es mir erlauben, Dinge beim Namen zu nennen."

„Sie gehen unkonventionelle Wege und haben sich für eine Koalition mit der Linkspartei ausgesprochen. Könnte das ein Grund für die Drohungen gegen Sie sein?"

„Ich habe mit diesem Bekenntnis sicher viele überrascht. Aber glauben Sie mir, ich habe lange über mögliche Strategien nachgedacht. Im Umgang mit den Linken erleben wir Mystifikationen, die ihresgleichen suchen. Dass die Konservativen die Linke für die Wiederkehr von Ulbricht und Honecker halten, überrascht mich nicht. Aber dass viele in meiner Partei einen ähnlichen Eindruck erwecken wollen, finde ich eher verwunderlich. Die Linke ist eine linkssozialistische Partei, wie es sie hundertfach in Europa gibt. Aber wenn Sie mich so direkt fragen, ich halte in meiner Partei mittlerweile vieles für möglich."

„Gut, Herr Brandt, ich denke, das war es fürs Erste. Uns werden sicher noch einige Fragen kommen. Wir bleiben in Kontakt."

Brandt wollte gerade aufstehen, um die beiden Kommissare zu verabschieden, als es an die Tür klopfte und unmittelbar danach seine Sekretärin, die vorhin die Getränke gebracht hatte, eintrat.

„Boris, das ist eben per Fahrradkurier gekommen."

Sie übergab ihm den Umschlag, den Brandt sofort aufriss. Er holte ein Blatt mit aufgeklebten Zeitungsbuchstaben heraus und warf einen kurzen Blick darauf. Dann überreichte er es den beiden Kommissaren wortlos.

JETZT WEISST DU, DASS ICH ES ERNST MEINE.

Bohlan und Will starrten fassungslos auf die Nachricht. Nach einer Weile gaben sie das Blatt an Brandt zurück.

„Herr Brandt, wir müssten uns noch in Mandells Arbeitszimmer umsehen“, lenkte Bohlan das Gespräch auf ein anderes Thema.

„Sicher, kommen Sie mit.“

Mandells Arbeitszimmer war im gleichen Stil eingerichtet wie die übrigen Räume. Am Fenster stand ein großer, moderner Schreibtisch. Im Regal stapelten sich Bücher und Ordner.

„Was hat Patricia Mandell eigentlich genau für Sie gearbeitet?“

„Sie war einzig und allein für die Kampagne meiner Kandidatur zuständig.“

„Ein ganz schöner Luxus, den Sie sich da leisten.“

„Ja, aber ich habe einen ganzen Parteiapparat gegen mich.“

Bohlan und Will schauten sich um, ohne etwas Konkretes zu finden.

„Passen Sie auf, dass vorerst nichts verändert wird.“

Bohlan schlich um den Schreibtisch herum.

„Wir werden den Computer noch von unseren Experten durchchecken lassen.“

„Muss das sein? Ich meine da sind die Daten meiner gesamten Kampagne drauf.“

„Ja, aber Sie bekommen die Daten selbstverständlich zurück.“

9. Kapitel

Auf dem Weg ins Polizeipräsidium diskutierten Bohlan und Will heftig über die Aussagen Brandts.

„Was halten Sie von Boris Brandt?“, wollte Bohlan wissen und Will antwortete schnell: „Ich halte ihn für sympathisch und glaubwürdig, vielleicht ein bisschen eingebildet und eitel.“

„Weil Sie eine Frau sind oder weil er Sie als Mensch überzeugt?“

„Was soll denn diese Frage?“

„Geben Sie zu, Sie finden ihn attraktiv. Ich habe Sie beobachtet.“

„Für wen halten Sie mich“, echauffierte sich die junge Kommissarin und fuhr etwas ungehalten fort: „Unbenommen ist Brandt ein attraktiver Mann, aber deswegen hänge ich nicht an seinen Lippen und nehme ihm alles ab, was er von sich gibt.“

Sie überlegte kurz und da Bohlan schwieg, fügte sie nach einiger Zeit hinzu: „Was meinen Sie, kommt Brandt als Täter in Betracht?“

„Eher unwahrscheinlich. Dafür sehe ich kein Motiv. Auch war er zu geschockt. Seine Reaktion wirkte echt. Für einen definitiven Ausschluss müssen wir die Ergebnisse der Gerichtsmedizin abwarten und diesen Thomas Kunkel befragen. Haben Sie von dem eigentlich schon einmal etwas gehört?“

„Nein, der Name war mir bis dato völlig unbekannt.“

„Dann sollten Sie nachher mal das Internet befragen.“

„Sehr witzig. Aber selbstverständlich werde ich das gleich machen, vielleicht finde ich ja auch etwas über diesen Diether Dehm.“

„Da kann ich Ihnen auch weiterhelfen. Dehm war eine schillernde Persönlichkeit in der Frankfurter Politik- und Kulturszene. Ein kreativer Kopf, der Lieder schrieb und sang und vor allem mit Klaus Lage und die Bots erfolgreich war. Als er drohte zu mächtig zu werden, kamen Gerüchte auf, er sei als „IM Musikant“ für die Stasi tätig gewesen. Dehm tauchte ab und als stellvertretender Bundesvorsitzender der PDS wieder auf. Heute sitzt er für die Linken im Bundestag, schreibt Musicals und auch Bücher.“

„Sie kennen sich ja richtig aus.“

„Ich lebe seit meiner Geburt in dieser Stadt, da bekommt man schon was mit.“

„Fällt Ihnen eigentlich die Ähnlichkeit der beiden auf? Brandt und Dehm meine ich?“

„Zwei Plattenmillionäre, die sich in die Lokalpolitik einmischen und von den Mächtigen der Partei blockiert werden.“

„War an den Stasivorwürfen denn was dran?“

„Das kann ich nicht sagen. Dazu sollten wir bei der nächsten Gelegenheit Timo Eberhardt befragen. Vielleicht hat er nähere Informationen.“

Sie hatten das Präsidium erreicht und beeilten sich, in ihr Büro zu kommen. Als sie die Tür öffneten, fanden sie Steininger und Steinbrecher vor, wie sie sie verlassen hatten. Steininger saß kerzengerade an seinem Tisch, ein Glas Wasser, akkurat auf einem Stück Küchenrolle platziert, vor sich. Steinbrecher fläzte sich auf seinem Stuhl, die Beine auf dem Tisch und eine leere Kaffeetasse vor sich. Beide blickten von ihren Akten auf.

„Na ihr zwei, wie weit seid ihr?“, wollte Will wissen.

„Im Prinzip sind wir durch, scheint ein interessanter Fall zu werden. Wie war's bei Brandt?“, entgegnete Steinbrecher.

„Sehr aufschlussreich.“

Bohlan blickte zu Steinbrecher.

„Hast du noch 'ne Runde Kaffee übrig? Dann verrat ich dir mehr.“

„Ich übernehme das mit dem Kaffee“, mischte sich Will ein. Steinbrecher grinste verschmitzt.

„Nicht nötig, da hinten steht unsere neue Büromaschine.“ Steinbrechers Grinsen wurde noch breiter als sonst.

„War meine erste Amtshandlung. Der alte Zustand war nicht auszuhalten.“

„Das glaube ich dir aufs Wort, du alter Kaffeejunkie.“

„Vorsicht, keine Beleidigungen.“

Steinbrecher rappelte sich auf und schlurfte zur Kaffeemaschine.

Nachdem er die Tassen für seine beiden Kollegen gefüllt hatte, lobte Bohlan Steinbrechers Kaffee über den grünen Klee. Dann berichtet er von der Unterredung mit Brandt.

Der weitere Nachmittag verlief überhaupt nicht zu Bohlans Zufriedenheit. Sowohl die Spusi als auch die Gerichtsmedizin vertrösteten ihn wegen Arbeitsüberlastung auf später. Will konnte Eberhardt nicht erreichen und versuchte stattdessen, Informationen über Thomas Kunkel zu beschaffen. Immerhin hatten Steininger und Steinbrecher herausgefunden, dass am frühen Abend eine Vorstandssitzung bei den Roten stattfinden sollte. Bohlan schickte die beiden in die Fischerfeldstraße, wo sich die Parteizentrale der Roten befand. Schließlich saß er alleine in dem großen Büro und nahm die ungeliebte Arbeit des Berichteschreibens in Angriff. Er tippte eine

Stunde lustlos auf der Computertastatur herum. Von Zeit zu Zeit blickte er aus dem Fenster auf den dichten Feierabendverkehr. So gern er auch im Dickicht ermittelte und Menschen befragte, so sehr hasste er diese Schreibtätigkeit. Immerhin war es am Computer einfacher als früher mit der Schreibmaschine. Trotzdem war Bohlan kein Mann des geschriebenen Wortes. Er brauchte lange zum Formulieren und lange, um die Buchstaben auf der Tastatur zu finden.

10. Kapitel

Steinbrecher machte Steininger den Vorschlag, auf seinem Motorrad mitzufahren. Dieser wies das Ansinnen zunächst brüsk zurück. Doch dann kramte Steinbrecher eine zweite Lederjacke hervor und hielt sie seinem jüngeren Kollegen mit einem Appell an die männliche Ehre unter die Nase. Schließlich willigte Steininger ein und kletterte hinter den in Polizeikreisen „Alt-Rocker“ genannten auf die Harley. Die Fahrt vom Präsidium zur Parteizentrale dauerte zwanzig Minuten. Obwohl der Weg unspektakulär durch die Frankfurter Innenstadt führte und Steinbrecher an einer hohen Geschwindigkeit gehindert war, klammerte sich Steininger in jeder Kurve fest an seinen Vordermann. Trotz der spätherbstlichen Kälte war Steininger bei der Ankunft schweißgebadet und froh, die Fahrt heil und unbeschadet überstanden zu haben. Das Parteihaus lag schräg gegenüber vom ehemaligen Arbeitsamt, das im Zuge der Staatsmodernisierung in Jobcenter umbenannt worden war. Auf der anderen Seite floss der Main nur wenige Meter entfernt und spülte den Ballast vergangener Jahre davon. Das Gebäude selbst, ein schmuckloser Zweckbau, hatte in den letzten Jahren ein Facelifting erfahren. Der betonlastige Bau wirkte durch die neuen Glas- und Spiegelflächen relativ modern. Es stand quer zur Straßenführung, was ihn schlanker erscheinen ließ. An ihm war ein hallenähnlicher Vorbau auf Stelzen angeschlossen, der die Parkplätze überdachte und als Sitzungs- und Tagungsstätte für die Parteigremien diente. Steinbrecher lenkte seine Harley auf das Gelände und parkte direkt vor der Pforte. Beide stiegen ab und betraten um kurz vor sechs das Parteihaus. Nachdem sie sich an der Pforte ausgewiesen und den Grund ihres Besuches genannt hatten, wurden sie wenige Minuten später von einer Mitarbeiterin der Geschäftsstelle abgeholt und in den ersten Stock geleitet, wo sich das Büro von Gerrit Gross befand. Der Raum war mit fünfzehn Quadratmetern nicht gerade üppig bemessen. Ein leicht schräg in den Raum gestellter Schreibtisch teilte ihn. Gleich hinter der Eingangstür stand ein kleiner, runder Besprechungstisch, um den vier Stühle gruppiert waren. An den weiß gestrichenen Wänden hingen gerahmte Schwarz-Weiß-Portraits Parteiführer vergangener Jahrzehnte. Steininger und Steinbrecher setzten sich und warteten auf Gerrit Gross, der kurze Zeit später eintraf. Gross, ein Mann um die fünfzig, hatte ein farbloses Gesicht, das von glatten, gescheitelten grauen Haaren und einem lieblos gestutzten Vollbart eingerahmt war. Er trug eine braune Cordhose und ein kariertes Hemd und begrüßte die beiden Kommissare mit Handschlag, bevor er hinter seinem Schreibtisch Platz nahm.

„Herr Gross, Sie wissen, warum wir hier sind?“, begann Steinbrecher.

„Nein, helfen Sie mir bitte weiter.“

„Patricia Mandell wurde heute Morgen tot in ihrer Wohnung aufgefunden und wir fragen uns jetzt, wer diesen Mord zu verantworten hat.“

Gross saß ungerührt hinter seinem Schreibtisch und sah die beiden verständnislos an.

„Wer ist diese Patricia Mandell?“

„Nennen wir sie mal persönliche Referentin Ihres Parteifreundes Boris Brandt“, klärte Steinbrecher nach einer kurzen Pause auf.

„Ach du Scheiße! ...“, entfuhr es Gross und er fügte schnell hinzu: „Entschuldigung, das ist mir jetzt gerade so herausgerutscht. Ja, natürlich, diese junge, blonde Frau, die immer mit Boris zusammen aufgetaucht ist. Sie ist tot? Was ist passiert?“

„Details möchten wir jetzt nicht nennen. Jedenfalls wurde sie heute Morgen ermordet aufgefunden.“

„Jetzt bleibt uns aber auch nichts erspart.“

Gross strich mit der rechten Hand über seinen Bart. Sein Blick wirkte leer, seine Erscheinung abgeschlafft.

„Nicht gerade einfühlsam, was Sie hier von sich geben.“

„Entschuldigung. Das ist natürlich eine tragisches Geschichte. Aber ich muss auch meine Partei im Hinterkopf haben. Wir stehen bald in einem wichtigen Wahlkampf und so eine Geschichte kommt da sehr ungelegen."

„Ein Mord kommt immer ungelegen. Was haben Sie gestern Abend gemacht?", hakte Steinbrecher nach.

„Sie glauben doch nicht im Ernst, dass ich etwas mit diesem Mord zu tun habe. Was sollte ich denn für ein Motiv haben?"

Gross rutschte unruhig auf seinem Stuhl hin und her.

„Ihnen wird schon seit längerem Interesse an der OB-Kandidatur nachgesagt und plötzlich kommt Ihnen Boris Brandt in die Quere."

„Jetzt lassen Sie aber mal die Kirche im Dorf. Niemand kommt mir in die Quere, auch nicht dieser Boris Brandt. Und gestern Abend hatten wir hier eine Sitzung, die ging bis zwei Uhr."

„Wer war denn da alles dabei?"

„Alle Vorstandsmitglieder und die wichtigen Mandatsträger. Wir haben immerhin einen Wahlkampf vor uns und da ist einiges vorzubereiten."

„Gibt es eine Anwesenheitsliste?"

„Ja, natürlich. Da steht genau drauf, wer alles da war, wann er gekommen und gegangen ist. Kurze Abwesenheit für Zigarettenpause oder Toilette natürlich ausgeschlossen."

„Diese Liste benötigen wir in jedem Fall."

„Selbstverständlich."

Gross stand auf und verließ den Raum. Während Steininger immer noch stumm wie ein Fisch dasaß, ließ Steinbrecher seinen Blick über die Schwarz-Weiß-Fotos der Bundesvorsitzenden gleiten.

„Zum Glück erleben die da das ganze Elend hier nicht mehr."

Sein Kollege zuckte nur mit den Schultern. Kurze Zeit später kam Gross mit der Liste zurück. Steinbrecher überflog sie kurz. Natürlich wies sie sowohl Bepperlings als auch Moritz Klaus' Namen auf. Auch diese beiden hatten also ein Alibi für den Tatzeitpunkt. Die beiden Kommissare verabschiedeten sich und verließen das Gebäude. Da sich Steininger für einen Umstieg auf die öffentlichen Verkehrsmittel entschloss, konnte Steinbrecher die Stärken seiner Maschine richtig ausspielen.

11. Kapitel

Am späteren Abend hallte das Donnern von Steinbrechers Höllenmaschine durch die Kleine Hochstraße und verstummte vor dem Club Voltaire. Der Kommissar schwang sich von seinem Motorrad und betrat die im Souterrain liegende Kneipe. Er ließ seinen Blick durch den Raum schweifen. Die Gäste sahen aus, als hätten sie schon vor zehn oder zwanzig Jahren auf den Stühlen gesessen und seitdem die gleichen Themen diskutiert. Endlich hatte er den Mann entdeckt, den er suchte. Ganz hinten im Eck saß an einem Tisch Tom Bohlan und las gelangweilt in einem Flugblatt, das gegen Hartz IV wetterte. Steinbrecher wühlte sich an den Diskutanten vorbei und stolperte fast, als er die Stufen nehmen wollte, die den Eingangsbereich vom hinteren Sitzbereich trennten. Einigermaßen erschöpft ließ er sich auf den freien Stuhl an Bohlans Tisch fallen. Die beiden Kommissare hatten sich zu einem zwanglosen Abend verabredet und wollten zugleich im Club Voltaire ein bisschen Milieuluft schnuppern.

„Ich hab von den Politikern so was von die Schnauze voll. Die reden und reden und zerreden dabei die Zukunft unseres Planeten."

Steinbrecher nahm einen tiefen Schluck aus seinem Glas und Bohlan nickte ihm bekräftigend zu, schwieg aber.

„Als ich noch zur Schule ging, das war Ende der Siebziger, da sagten sie uns, dass sich viele Umweltprobleme durch klügere Nutzung der Rohstoffe lösen lassen. Wie waren wir uns damals sicher: Wenn wir vierzig sind, dann gibt es längst etwas Besseres als Erdöl."

Mit dem Unterarm wischte er den Schaum vom Mund, den das Bier hinterlassen hatte.

„Ja, du hast Recht. Und so war es mit allem. Die Achtundsechziger würden das schon richten. Mehr Bürgerrechte, gleiche Rechte für Frauen und Schwule." Bohlans Blick schweifte durch den Raum und blieb an einer Gruppe junger Typen hängen, die mit wichtiger Miene den Raum betraten und sich an einem freien Stehtisch niederließen.

„Wir hatten eine Vorstellung von einer fortschrittlichen, aufgeklärten Zukunft. Wenn ich mir die Gesellschaft heute so anschaue, fühle ich mich regelrecht um meine Zukunft betrogen."

Steinbrecher kam aus dem Politisieren gar nicht mehr heraus.

„Immerhin haben wir eine Kanzlerin und der Regierende Bürgermeister Berlins ist ein Schwuler."

Bohlans Einwand kam etwas abwesend, weil er immer noch die Neuankömmlinge musterte.

„Und Amerika hat einen schwarzen Präsidenten. Wie sagte er doch schön: Ich stehe hier und schwöre einen Eid, wo vor vierzig Jahren ein schwarzer Mann noch nicht mal eine warme Mahlzeit bekommen hätte. Aber ist dir das genug? Was hat sich wirklich geändert? Nichts, stattdessen streiten die linken Parteien mal wieder über die bessere Strategie. Schau dir mal an, was die Kids so machen und was im Fernsehen für eine Scheiße läuft. Vermutlich schleift die Politik jeden ab. Man muss einfach zu viele Kompromisse eingehen."

Die Typen am Stehtisch schoben sich Papiere zu und diskutierten erregt. Wahrscheinlich die Parteijugend, die über einen Antrag stritt, dachte Bohlan und wandte sich wieder seinem Kollegen zu.

„Was hältst du eigentlich von diesem Brandt?"

„Tja, einerseits eine zwielichtige Gestalt. Andererseits ist er kein Berufspolitiker. Das könnte sich als Vorteil herausstellen. Er ist ein Außenseiter, der niemandem verpflichtet ist. Ich habe unsere Politiker satt. Ich habe diesen ganzen Sumpf satt. Vielleicht ist so einer wie Brandt tatsächlich die letzte Chance."

„Wenn man vom Teufel spricht!"

Bohlans Blick ging wieder Richtung Eingang und auch Steinbrecher wandte seine Aufmerksamkeit zum Tresen, wo gerade Boris Brandt eingetroffen war und ein Bier orderte. Dann gesellte er sich zu den Typen am Stehtisch und wurde von den Jungspunden freudigst begrüßt. Die beiden Kommissare beobachteten die Szenerie einige Zeit. Natürlich entging ihnen nicht, dass Brandt für seine jungen Parteifreunde eine Runde schmiss.

„Ich wüsste gerne, was die da mit zusammengesteckten Köpfen besprechen."

Steinbrecher entfuhr ein unverständliches Murren, während er auf sein leeres Glas starrte.

„Geh doch mal unauffällig vorbei, dich kennt er noch nicht."

Steinbrecher erhob sich eine bisschen widerwillig und schlurfte in Richtung Theke. Bohlan versuchte ein möglichst unbeteiligtes Gesicht zu machen und vermied es, seinen Blick hinter seinem Kollegen herlaufen zu lassen. Stattdessen wandte er sich den Fotografien an den Wänden zu, die alle in Schwarzweiß gehalten waren und anklagende und düstere Szenen zeigten: Obdachlose, in Decken gehüllt, wechselten sich ab mit verdreckten Kindern in abgenutzter Kleidung. Die Fotos konnten käuflich erworben werden und einem Informationsblatt entnahm Bohlan, dass die Hälfte des Erlöses an eine Initiative gegen Armut floss. Die andere Hälfte war für den Künstler bestimmt, der KD Baumann hieß.

„Ich hab noch eine Runde mitgebracht."

Steinbrechers Rückkehr riss Bohlan von den Bildern los.

„Die schmieden Pläne für die bevorstehende Urabstimmung der Parteimitglieder über den OB-Kandidaten."

„Interessant!"

Die Kommissare tranken langsam ihre Gläser aus und passten den Moment ab, in dem Brandt zu den Toiletten im Keller verschwunden war. Dann verließen sie den Club.

12. Kapitel

Am nächsten Morgen traf Bohlan etwas verkatert, aber erstaunlich früh im Präsidium ein. Als er die Tür zu seinem Büro öffnete, die in den letzten Tagen mehr und mehr den Charakter einer Einsatzleitstelle angenommen hatte, erschrak er. Er schloss die Tür wieder und vergewissert sich auf dem Schild, das neben der Tür angebracht war, dass er den richtigen Raum betreten wollte. Dann drückte er erneut auf die Klinke und trat ein. An einem der Tische saß eine große, blonde und ungemein gut aussehende Frau. Sie trug eine enge Jeans und einen ebenso engen Pulli, der ihre weiblichen Rundungen besonders zur Geltung brachte. Sie telefonierte. Vor ihr stand ein Pott mit Kaffee. Bohlan schlich sich an ihr vorbei, wobei sie ihm einen kurzen Augenaufschlag zuwarf. Er nahm hinter seinem Schreibtisch Platz und begann, seine E-Mails zu checken.

Kurze Zeit später betrat Klaus Gerding das Zimmer. Die junge Frau beendete ihr Telefonat abrupt und wurde als Paulina Köster vorgestellt. Bohlan streckte der neuen Assistentin die Hand entgegen.

„Na dann, auf eine gute Zusammenarbeit."

„Ich werde mich bemühen."

Köster lächelte und Bohlan gab ihr eine Liste mit zu erledigenden Telefonaten. Danach nahm er Gerding zur Seite.

„Willst du die Ermittlungen durch das weibliche Personal verlangsamen?"

Gerding grinste kurz.

„Es werden schon alle ihre Hormone im Griff haben."

Kösters Anwesenheit hinterließ bei den anderen Kommissaren ihre Spuren, wenn auch unterschiedliche. Während Steiningers Gesicht eine merklich rötliche Färbung annahm und sein „Danke" fast nicht zu verstehen war, als Köster ihm einen Kaffee brachte, quittierte Steinbrecher den weiblichen Neuzugang mit vortrefflich gespielter Ignoranz. Gegen neun erschien Will als Letzte mit einem nicht besonders frischen Gesicht. Die dicken Ränder unter den Augen und die Tatsache, dass sie gleich einen extra starken Kaffee orderte, zeugten davon, dass sie in der vergangenen Nacht nicht allzu viel geschlafen haben konnte. Bohlan verkniff sich jeden Kommentar.

„Kollegen, ich wünsche allen einen guten Morgen. Bevor wir in die Details der gestrigen Ermittlung einsteigen, möchte ich zunächst Paulina Köster bei uns begrüßen. Sie wird hier im Büro die Organisation übernehmen und Telefondienst machen. Ich gehe davon aus, dass ihre Erscheinung dazu beitragen wird, dass wir alle gerne ins Büro kommen."

Für den letzten Satz erhielt Bohlan einen bösen Blick von Will, der aber durch ein Lächeln von Paulina Köster mehr als ausgeglichen wurde.

„Ich habe heute Morgen die Ergebnisse der Spusi und der Gerichtsmediziner erhalten. Patricia Mandell verstarb gegen halb zwölf. Todesursache war – wie zu erwarten – der Schnitt in der Kehle. Ansonsten wurden an ihrem Körper jede Menge blauer Flecken festgestellt, die Zeugnis dafür sind, dass sie mehr als unsanft behandelt wurde. Es gibt keine Anzeichen für ein gewaltsames Öffnen der Wohnung. Das heißt, Mandell muss den Mörder freiwillig in die Wohnung gelassen haben. Alles wirkte sehr aufgeräumt. Offensichtlich fehlte nichts. Geldbörse ist mit Inhalt noch vorhanden. Es wurden zwar jede Menge Fingerabdrücke festgestellt, aber keine einschlägig bekannten. Es gab Spermaspuren, aber nur eine Sorte. Hier müssten wir noch abklären, ob Brandt ein Kondom benutzt hat oder nicht. Ansonsten hätten wir einen Anhaltspunkt für den möglichen Täter."

Bohlan sah in die Runde. Sein Blick fiel auf Steinbrecher.

„Was habt ihr im Parteihaus herausgefunden?"

Steinbrecher, der wie gewohnt in Leder gekleidet war und dem man den gestrigen Abend in keinster Weise ansah, legte seinen Kugelschreiber zur Seite.

„Wir haben nur mit Gross gesprochen. Nach seinen Angaben war mehr oder weniger die gesamte Parteiprominenz zur Tatzeit in einer Sitzung. Diese begann um neunzehn Uhr und endete gegen zwei. Wir haben eine Anwesenheitsliste. Bis auf Zigaretten- und Toilettenpausen ist dort alles verzeichnet."

„Was ist mit Bepperling und Klaus?"

„Die waren auch da. Die Promis haben alle ein Alibi."

„Was war denn das für eine Sitzung?", wollte Will wissen.

„Vorstandssitzung."

Steinbrecher schob Will die Liste zu, die sie kurz überflog. Dann kramte sie in ihren Aufzeichnungen. Bohlan wollte gerade fortfahren, doch Will kam ihm zuvor.

„Komisch, wenn das eine Vorstandssitzung war, dann waren ungefähr zehn Personen zu viel da. Bepperling und Klaus zum Beispiel. Der eine ist Fraktionsvorsitzender, der andere Bundestagsabgeordneter, aber Mitglied im Vorstand sind sie nicht."

„Gross sprach davon, dass auch andere Mandatsträger dabei waren, weil es um die Vorbereitung des OB-Wahlkampfes ging."

„Dann wiederum finde ich es merkwürdig, dass Brandt nicht dabei war, schließlich ist er ein möglicher oder auch wahrscheinlicher Kandidat."

Bohlan blickte nachdenklich in die Runde. Sein Blick traf Steinbrecher.

„Gross äußerte sich so, dass man dieses Problem noch in den Griff bekommen wird."

„Hat er das so gesagt?"

„Nicht wörtlich, aber inhaltlich, ja."

„Das ist mit Sicherheit interessant. Diesen Punkt sollten wir im Auge behalten." Bohlan wandte sich an Will. „Vielleicht kann uns Eberhardt mehr dazu sagen."

Will nickte und sortierte ihre Unterlagen. Nach kurzer Suche beförderte sie die Mitschrift des gestrigen Abends zu Tage.

„Thomas Kunkel ist Sprecher der Frankfurter Linken. Er ist mit Brandt gut befreundet. Die Freundschaft reicht bis tief in die neunziger Jahre zurück, als beide noch in der Jugendorganisation der Roten waren. Sie gehörten dem gleichen innerparteilichen Flügel an, fielen durch unkonventionelle Aktionen auf. Kunkel ist 2002 aus der Partei ausgetreten und zum „Linken Protest" gewechselt, einer gewerkschaftsnahen Abspaltung. Die erregten Aufsehen durch die Zusammenarbeit mit den Postkommunisten im Osten. Schließlich schlossen sie sich zusammen. Kunkel ist so alt wie Brandt. Er studierte Soziologie, war dann in der Werbung tätig. Eberhardt hält es für mehr als wahrscheinlich, dass Brandt und Kunkel in einem sehr engen Kontakt zueinander stehen."

„Also dürfte die Aussage von Brandt realistisch sein. Wir sollten in jedem Fall ihre Alibis für den Tatzeitpunkt überprüfen", warf Steinbrecher ein.

„Ja. Es sind zwei Punkte, die wir abklären müssen. Erstens: Ist das Alibi von Brandt wasserdicht? Zweitens: Wer war eigentlich diese Patricia Mandell? Genauere Informationen über ihr Leben haben wir bisher nicht."

Gerding, der die ganze Zeit schweigend am hinteren Ende des Tisches gesessen und die Diskussion aufmerksam verfolgt hatte, klopfte auf den Tisch.

„Das erscheint mir ein guter Ansatz zu sein. Lassen Sie Brandt noch nicht außen vor. Es spricht vieles gegen ihn. Er war kurz vor der Tat mit Mandell zusammen, hatte sogar Sex mit ihr. Möglicherweise war der Tod auch gar nicht beabsichtigt, sondern nur ungewolltes Ergebnis eines Sexspiels."

„Eine durchgeschnittene Kehle soll ein ungewolltes Ergebnis eines Sexspiels sein? Das erscheint mir doch ziemlich unwahrscheinlich", wandte Will ein.

„Glauben Sie mir, ich habe in meiner langen Tätigkeit hier schon einiges erlebt. Und bizarre Sexphantasien gibt es genug. Möglicherweise steigert ein scharfes Messer an der Kehle die sexuelle Ekstase“, entgegnete Gerding.

Zu seiner Linken rutschte Steininger unruhig auf seinem Stuhl hin und her. Gerding sprach ihn direkt an: „Was ist Ihre Meinung?“

„Kann ich nicht sagen, ich habe es noch nicht ausprobiert.“

Lautes Gelächter unterbrach Steininger, der einen Schweißausbruch bekam und versuchte souverän fortzufahren.

„Ich denke auch, dass wir Brandt noch nicht ausschließen sollten. Vielleicht hat er alles inszeniert, um sich in der Öffentlichkeit als Opfer darstellen zu können.“

„Starker Tobak“, ereiferte sich Will. „Brandt wird seit Wochen mit Drohungen überschüttet, dann wird seine Referentin, mit der er eine Affäre hat, ermordet und Sie glauben an eine Inszenierung?“

„Warum verteidigen Sie diesen Brandt so? Sie müssen doch zugeben, dass er eine etwas zwielichtige Erscheinung ist“, schob Steininger nach.

„Ich würde ihn nicht als zwielichtig bezeichnen, er ist vielleicht etwas ungewöhnlich. Aber lassen wir das.“

Will feuerte ihren Kugelschreiber auf den Tisch und lehnte sich genervt zurück. Bohlan überlegte, wie er die Besprechung zum Abschluss bringen sollte. Kontroversen und verschiedene Sichtweisen waren immer gut und wichtig. Er hatte schon viele Ermittlungen erlebt, die durch einseitige und subjektiv eingeschränkte Ermittlungen völlig an die Wand gefahren worden waren. Er hatte aber das Gefühl, dass eine weitere Diskussion zum jetzigen Zeitpunkt nicht zu neuen Ergebnissen führen würde.

„Julia Will und ich werden uns in der Wohnung von Patricia Mandell noch einmal genauer umsehen. Vielleicht finden wir dort doch noch das eine oder andere Detail. Danach statten wir Thomas Kunkel einen Besuch ab. Steinbrecher und Steininger versuchen möglichst viel über Patricia Mandell herauszubekommen. Wer war sie? Woher kommt sie? Vielleicht können auch die Berliner Kollegen weiterhelfen. Mandell kam mit Brandt aus Berlin. Vielleicht gibt es dort noch Freunde, Bekannte, Verwandte. Wo wohnen zum Beispiel ihre Eltern? Ein anderer Ansatzpunkt könnte auch das

Büro von Brandt sein. Versuchen Sie, dort noch Informationen über Mandell zu bekommen."

Damit war die Besprechung beendet. Gerding entschwand wortkarg und wieselflink in den oberen Stock. Steinbrecher und Steininger gingen zu ihren Arbeitsplätzen. Köster räumte die Gläser und Tassen zusammen, nicht ohne sich auffallend oft und dicht an Bohlan vorbeizudrängeln. Der Duft ihres Parfums bahnte sich seinen Weg und verfehlte seine Wirkung nicht. Bohlans Blicke entgingen Will nicht, die sich missmutig eine Aspirintablette einwarf.

Bohlan hatte ein Dienstfahrzeug geordert. Angesichts der stetig steigenden Benzinpreise sah er nicht ein, ständig mit seinem Privatfahrzeug durch Frankfurt zu fahren. Wenig später saßen sie in einem nigelnagelneuen Opel Van.

„Haben Sie eigentlich gestern zu lange gezecht, oder warum geht es Ihnen heute so übel?"

Will schaute ihren Kollegen finster an und blickte dann starr nach vorne auf die Straße. „Ich wüsste nicht, was Sie das angeht."

„Wenn es einen dienstlichen Hintergrund hat, dann interessiert es mich schon. Sie waren doch gestern Abend bei Eberhardt, oder?"

Bohlan entging die gewisse Gereiztheit, die in Wills Schweigen lag, nicht.

„Sie sollten vorsichtig sein. Das Vermischen von Dienstlichem mit dem Privaten bekommt einem nicht immer."

„Das sagt gerade der Richtige."

„Wie meinen Sie das?"

„Meinen Sie, ich habe nicht bemerkt, was Sie der Köster für gierige Blicke nachgeworfen haben? Ihr Männer seid doch alle gleich. Aber die ist doch wohl eindeutig zu jung für Sie."

Wills Stimme klang ungewohnt schnippisch. Bohlan musste innerlich grinsen.

„Man wird doch mal schauen dürfen."

„Ach, vergessen Sie's, wir haben einen Mordfall zu lösen."

Sie erreichten gerade die Einfahrt zum Parkplatz, der neben dem Bockenheimer Depot lag. Bohlan drückte auf den roten Automatenknopf und nahm den Parkschein entgegen. Die Schranke öffnete sich.

„Ist Ihnen auch aufgefallen, dass die Köster der Mandell ziemlich ähnlich ist? Jung, blond und gut aussehend. Vielleicht steht sie auch auf Fesselspiele."

Will nahm den Parkschein entgegen und verzog keine Miene.

„Wir könnten sie Undercover bei Brandt einschleusen."

„Das ist ein guter Gedanke. Ein kleiner Trumpf im Ärmel, falls wir anders nicht weiterkommen."

Die beiden stiegen aus und gingen den gleichen Weg wie am Tage zuvor. Ein bekannter Bohnerwachsduft stieg ihnen beim Betreten des Treppenhauses entgegen. Als sie Mandells Etage erreicht hatten, stürmte Will zielstrebig auf die Wohnungstür zu. Bohlan fasste sie am Arm und hielt sie zurück. Will blickte Bohlan erschrocken an, ohne jedoch einen Mucks von sich zu geben. Bohlan bedeutete ihr, dass sie die Tür betrachten sollte. Jetzt sah auch Will, was ihr Kollege entdeckt hatte. Das Polizeisiegel war zerbrochen, die Tür nur angelehnt.

Bohlan zückte seine Dienstwaffe und drückte langsam, auf die Vermeidung jedes Knarrens bedacht, die Wohnungstür auf. Kein Mucks war zu hören. Bohlan trat ein, Will folgte ihm. Gemeinsam schlichen sie durch den Flur. Die Wohnung wirkte gegenüber dem Vortag kaum verändert. Vorsichtig lugten sie in jeden Raum. Bad, Küche, Schlafzimmer. Dann standen sie vor der Tür, die zum Wohn- und Arbeitszimmer führte. Die Tür war nicht verschlossen und von drinnen drang ein leises Rascheln nach draußen. Bohlan vergrößerte vorsichtig den Türspalt und lugte hinein. Am Schreibtisch saß - mit dem Rücken zur Tür - eine blonde Frau. Sie war damit beschäftigt, Mandells Schreibtisch zu durchwühlen. Bohlans laute Stimme ließ sie kurz zusammenzucken.

„So, die Aktion ist beendet. Ich habe eine Waffe auf Sie gerichtet. Hände hoch und langsam umdrehen!"

Mit hoch erhobenen Armen drehte sich die Frau mitsamt dem Drehstuhl langsam um. Sie hatte dichte blond gelockte Haare, grüne Augen und ein rundes Gesicht. Auf der linken Wange war der Ansatz eines Grübchens zu sehen. Sie trug Jeans, Turnschuhe, einen schwarzen Pulli und darüber eine schwarze Lederjacke. Bohlan schätzte sie auf Anfang dreißig.

„Wer zum Teufel sind Sie und was machen Sie hier?"

„Sie können die Waffe herunternehmen. Ich werde Ihnen nichts tun und auch nicht weglaufen. Mein Name ist Mona Sell, ich bin Journalistin. Wollen Sie meinen Presseausweis sehen?"

Sells Augen deuteten auf eine Tasche, die auf dem Schreibtisch stand. „Sie finden ihn im Portemonnaie."

„Ich übernehme das."

Will eilte zum Tisch und kontrollierte den Presse- und Personalausweis. Danach schob sie die Tasche ein Stück zurück.

„Sie sagt die Wahrheit."

Bohlan senkte die Waffe, rückte einen Stuhl vom Esstisch und setzte sich gegenüber der Journalistin hin. Er fixierte ihre Augen.

„Dann wollen wir uns mal unterhalten, Frau Sell. Sie wissen, dass Sie sich mit dem Aufbruch des Polizeisiegels strafbar gemacht haben."

„Ja, das war blöd von mir. Hängen Sie es bitte nicht an die große Glocke. Ich bin kooperationsbereit."

„Das entscheiden wir später. Was suchen Sie hier?"

„Wie gesagt, ich bin Journalistin und recherchiere im Frankfurter Politiksumpf."

Sell versuchte, Lässigkeit vorzuspielen. Als wolle sie Licht ins Dunkel bringen, fuhr sie mit der Hand durch ihre Haare und beförderte die Lockenpracht aus ihrem Gesicht.

„Das klingt interessant. Wie tief sind Sie denn schon eingedrungen?" Bohlan musterte sein Gegenüber und taxierte sie. Die Journalistin hielt seinem Blick stand.

„Ich habe schon einige echt interessante Dinge herausgefunden. Aber vieles ist nicht belegbar. Noch nicht. Es gibt etliche Verstrickungen und zwar durch alle Parteigrenzen hindurch."

Sell blickte wissend. Bohlan zeigte keinerlei Reaktion.

„Die stellvertretende Parteivorsitzende der Roten hat ein Verhältnis mit dem Parteichef der Liberalen."

„Das ist eine alte Kamelle."

„Diether Dehm soll Stasispitzel gewesen sein."

„Auch 'ne alte Kamelle. Und zudem nicht beweisbar."

„Möglicherweise habe ich etwas über die vier Schweine herausgefunden, die Andreas von Schoeler zur Strecke gebracht haben."

„Interessiert heute niemanden mehr. Frau Sell, Sie müssen uns schon mehr anbieten als Allgemeinsätze."

„Also gut, ich weiß, dass die Führungsriege der Roten Boris Brandt auf jeden Fall und mit allen Mitteln verhindern will. Dafür habe ich Zeugen. Ich weiß auch, dass Patricia Mandell nicht nur auf einer Seite gespielt hat."

Bohlan horchte auf, denn das war nun wirklich ein interessanter Ansatzpunkt.

„Was meinen Sie damit?"

Sell schien erkennbar Oberwasser zu bekommen und lehnte sich in ihrem Stuhl zurück. Die innere Anspannung schien von ihr zu weichen. „Nun ja, sie hat es mit ihrem Chef getrieben, was Sie vermutlich schon wissen. Aber sie wurde auch schon mit Michael Schwarz in verfänglichen Situationen gesehen."

„Michael Schwarz? Das ist doch der Wirtschaftsdezernent."

„Ja, genau. Er ist der kommende Mann der Konservativen. Stellen Sie sich mal die Situation vor. Schwarz kandidiert gegen Brandt und die Mandell steigt mit beiden in die Kiste."

„Ein wirklich interessanter Aspekt. Schade, dass Frau Mandell tot ist."

„Ja, das hätte eine Riesenstory werden können. Aber ich habe noch andere Eisen im Feuer."

„Woher wussten Sie eigentlich, dass Frau Mandell tot ist?"

„Ich hatte gestern Morgen einen Termin mit ihr. Da sie die Tür nicht geöffnet hat, habe ich draußen in meinem Wagen einige Zeit zugebracht. Ich habe Sie und Ihre Kollegen beobachtet. Das volle Programm. Na ja, und schließlich wurde ein Sarg hinausgetragen. Da musste ich nur eins und eins zusammenzählen."

„Und was haben Sie hier gesucht?"

„Nichts Konkretes. Man findet doch immer durch Zufall interessante Dinge."

„Haben Sie was gefunden?"

„Nein, ich bin vielleicht seit fünf Minuten in der Wohnung. Dann sind Sie schon gekommen."

„Okay, meine Kollegin wird noch Ihre Kleidung und Ihre Taschen durchsuchen und dann können Sie gehen. Bitte halten Sie sich zu unserer Verfügung. Wir sollten uns in den nächsten Tagen noch mal ausführlich unterhalten. Ach ja, und noch was, wenn Sie über den Tod von Frau Mandell berichten sollten, gibt es Ermittlungen wegen Ihres Einbruchs."

„Ist okay, aber ich hoffe, ich bekomme dafür auch eine Gegenleistung, wenn es später um Polizeiinformationen geht."

„Ich glaube nicht, dass Sie in der Position sind, Forderungen zu stellen." Bohlans Stimme klang schroff, doch er fügte mit einem Augenzwinkern hinzu: „Möglicherweise lässt sich da etwas machen."

Nachdem Will Sells Habseligkeiten durchsucht hatte, raffte Sell ihre Tasche zusammen und verließ die Wohnung. Bohlan und Will warteten, bis die Wohnungstür zugefallen und die Schritte im Treppenhaus verhallt waren. Bohlan verständigte das Präsidium wegen der kaputten Wohnungstür. Dann tat er es Will gleich, die bereits in Mandells Sachen stöberte. Das Durchsuchen war eine Arbeit, die in Bohlan schon immer zwielichtige Gefühle hervorgerufen hatte. Im persönlichen Hab und Gut einer Toten zu wühlen hatte etwas von Pietätsverletzung. Aber es war auch spannend und weckte die natürliche Neugier. Noch dazu förderte es manchmal Dinge zu Tage, die ein wenig Licht ins Dunkel brachte. War es nicht auch verdammte Pflicht und Schuldigkeit, den Mörder eines Opfers zu finden und dazu jedes Mittel zu nutzen? Die Schlafzimmerschränke überließ Bohlan seiner Kollegin. Er hatte keine Lust, sich durch Unterwäsche und Strapse zu arbeiten. Stattdessen kämpfte er sich durch das Wohn- und Esszimmer und die Fächer und Schubladen des Sekretärs. Nach einer Stunde sanken Will und Bohlan erschöpft zusammen. Sie hatten alles auf dem Kopf gestellt, ohne jedoch etwas wirklich Interessantes gefunden zu haben. Es gab einen Schuhkarton mit Postkarten, Liebesbriefen und Konzertkarten. Doch die waren alle älteren Datums und wurden von Bohlan in die Rubrik „Teenagerrest" einsortiert. Einen weiteren Karton mit Bildern, fast ausnahmslos aus der Kinder- und Jugendzeit von Mandell, stellte Bohlan zurück ins Regal. In den zahlreichen Ordnern in den Schränken befanden sich Studienmaterialien und Kampagnenentwürfe, allesamt aus Mandells Berliner Zeit. Unterlagen zu ihrer jetzigen Arbeit in Frankfurt waren nicht aufzufinden. Bohlan vermutete, dass sich diese Dinge alle in ihrem Dienstbüro befanden. Einen Computer oder Laptop fanden die Kommissare nicht, was ihnen merkwürdig vorkam. Zumindest ein Laptop hätte sich eigentlich in der Wohnung befinden müssen, zumal Patricia Mandell viel unterwegs und zu Hause gearbeitet hatte. Es gab also zwei Dinge, die noch zu klären waren. Das Büro in Brandts Agentur und die Frage nach Mandells Laptop.

Nachdem der Schlüsseldienst die Wohnungstür wieder in Gang gesetzt hatte, verließen Bohlan und Will die Wohnung. Sie nahmen den Weg durch die Leipziger Straße, die noch in den achtziger Jahren eine schöne Einkaufsstraße gewesen war. Nach und nach waren die alteingesessenen Geschäfte gewichen und hatten Bäckerketten, Döner- und Krimskramsläden Platz gemacht. Sie betraten eine Sandwichbar, gaben zwei Super-Schinkensandwiches in Auftrag und bekamen „Softdrinks so viel Sie wollen“ dazu.

„Das sind also Ihre Ernährungsgewohnheiten?“

Bohlan grinste Will breit an.

„Wenigsten gibt's reichlich Salat dazu.“

„Schon gut, war nicht so gemeint. Was glauben Sie, wie viel Fastfood ich schon in mich hineingestopft habe in all den Jahren bei der Polizei.“

„Was halten Sie von dieser Sell?“

Will wechselte abrupt das Thema und biss dabei in ihr Sandwich.

„Windige Journalistin. Habe vorher noch nie etwas von ihr gehört. Da sollten unsere Kollegen mal ein bisschen bohren.“

Bohlan sprach mit vollem Mund und war kaum zu verstehen.

„Möglicherweise könnte sie uns aber behilflich sein, ich meine, wenn sie im Politiksumpf recherchiert, dann weiß sie bestimmt mehr als wir.“

„Davon gehe ich aus. Ich glaube auch nicht, dass sie uns all ihr Wissen verraten hat. Da steckt mehr dahinter.“

„Ist auch eine merkwürdige Geschichte mit dem Schwarz.“

„Ja, in der Tat. Ich weiß noch nicht, was ich davon halten soll.“

„Ich glaube, die Mandell war gerissener, als alle glauben. Von wegen liebes und pfiffiges Mädchen.“

„Nur mal angenommen, sie hat sich tatsächlich mit Schwarz getroffen und es ist mehr gelaufen. Dann ist immer noch die Frage, hat sie das für ihren Chef gemacht oder wurde sie von den Konservativen auf ihren Chef angesetzt?"

„Fragen über Fragen."

Bohlan holte sich noch eine Cola und Will stürzte sich begeistert in neue Theorien.

„Oder dritte Möglichkeit: Sie war eine Doppelagentin. Vierte Möglichkeit: Sie handelte auf eigene Rechnung."

„Fünfte Möglichkeit: Sie lesen zu viele Agententhriller."

Will blickte genervt aus dem Fenster und tippelte mit den Fingern auf der Tischkante.

„Tatsache ist, dass wir, von ein paar Jugendbildern und Briefen abgesehen, überhaupt nichts über Patricia Mandell wissen. Ich hoffe sehr, dass unsere Kollegen etwas Licht ins Dunkel gebracht haben."

Bohlan und Will tranken noch einen Latte Macchiato aus Pappbechern und verließen die Sandwichbar Richtung Große Seestraße.

Bei Eintreffen der beiden Kommissare herrschte in den Räumen der Linken hektische Betriebsamkeit. Alles war vollgestellt mit Kisten, Regalen und Büchern. An den Wänden wechselten sich aktuelle Plakate mit solchen aus vergangenen Kampagnen ab. Funktionäre und Mitarbeiter liefen wild durcheinander, ein Fotograf war dabei, Aufnahmen zu machen. Keiner nahm Notiz von den beiden Kommissaren, bis Bohlan eine junge, leicht übergewichtige Mitarbeiterin am Empfang ansprach und nach Thomas Kunkel fragte. Die Angesprochene, die gerade ihre Fingernägel lackierte, blickte die beiden kurz und gelangweilt an.

„Thomas, dein Typ wird verlangt!"

Noch bevor ihre Worte in dem Gang, der zu den einzelnen Büros führte, verhallt war, wandte sie sich wieder ihren Nägeln zu. Kunkel, der wenig später den Gang entlang geschlurft kam, war groß gewachsen und hatte schwarze, stark gelockte Haare, die sich widerspenstig allen Kämmversuchen zu widersetzen schienen. Seine Gesichtsfarbe war blass, die Augen grün. Kunkel trug Jeans und

Hemd, darüber einen Pullunder, der farblich nicht passte. Ein süßlicher Männerduft lag in der Luft, als er den beiden Kommissaren die Hand entgegenstreckte.

„Guten Tag, was kann ich für Sie tun?"

Bohlan und Will stellten sich vor. Kunkel delegierte die beiden auf kürzestem Weg in sein Büro und eine schockiert dreinblikkende Empfangsdame blieb zurück. Kunkels Büro setzte den Einrichtungsstil des Empfangsbereiches nahtlos fort. Der viel zu kleine Raum beherbergte in erster Linie Regale, Kisten und Werbematerialien, ergänzt durch eine Sitzecke und einen Schreibtisch, beides im Ikea-Design. Das Flair eines achtziger Jahre Studentenvertretungsbüros wurde durch die offensichtlich gewollte Unordnung und die Ansammlung ungespülter Kaffeetassen verstärkt.

„Kann ich Ihnen etwas anbieten, Kaffee oder Wasser?"

„Danke momentan nicht. Sie wissen, warum wir kommen?",

Bohlan hatte sich einen Platz in der Sitzecke geschaffen und Will zückte Block und Stift.

„Ich kann es mir denken, ich hatte vorhin ein Telefonat mit Boris Brandt. Tragische Geschichte."

„Ja, tragisch und mysteriös zugleich."

„Sie können uns sicher sagen, was Sie Dienstagabend gemacht haben."

Kunkel warf einen kurzen Blick auf seinen Tischkalender.

„Natürlich. Ich habe bis zirka neun Uhr hier gearbeitet. Wir hatten eine Besprechung im Vorstand. Danach war ich im Club Voltaire."

Kunkel machte eine Pause.

„Mit Boris Brandt."

„Brandt sagt das Gleiche. Von daher haben Sie ein gegenseitiges Alibi. Wann haben Sie den Club verlassen?" Eine gewisse Süffisanz lag in Bohlans Stimme.

„Wir waren bei den letzten Gästen. Es muss so gegen halb zwei gewesen sein."

Kunkel zupfte mit den Fingerspitzen an seinen Locken. Will machte sich Notizen und Bohlan sah sich im Büro um.

„Ist alles noch ziemlich provisorisch hier?"

„Wir sind eine wachsende Partei. Außerdem legen wir nicht so viel Wert auf Designermöbel."

„Darin unterscheiden Sie sich von Boris Brandt."

„Ich glaube, Sie dürfen das nicht gleichsetzen. Brandts Büro ist ja kein Parteibüro."

„Da haben Sie Recht. Wie kommt es eigentlich, dass der potentielle Kandidat der Roten und der Sprecher der Linken die Nächte zusammen durchzechen?"

„Ist das so ungewöhnlich? Was meinen Sie, wer in Frankfurt alles mit wem die Nächte durchsäuft. Immobilienhaie mit Politikern, Banker mit Sozialisten. Intellektuelle mit halbdunklen Gestalten. Brandt und ich kennen uns seit zwanzig Jahren. Wir waren zusammen bei den Roten, bis sich unsere Wege politisch getrennt haben. Das hat an unserer privaten Sympathie nichts geändert."

„Gibt es viele Freundschaften zwischen Mitgliedern der Linken und der Roten?"

„Ach wissen Sie, das Verhältnis ist ambivalent. Achtzig Prozent unserer Mitglieder waren früher bei den Roten. Die Übergänge sind fließend. Sicher gibt es dort einige, die uns die Abspaltung krumm nehmen. Für die sind wir Spinner und ein rotes Tuch."

Kunkel musste selbst über sein Wortspiel lächeln und Bohlan dachte an Plakatwände mit roten Socken drauf.

„Aber ich glaube, dass die Mehrheit auch für uns Verständnis hat."

„Es wird vermutet, dass Ihre Treffen mit Brandt in der letzten Zeit deutlich mehr waren als nur freundschaftliche Gespräche."

„Das stimmt schon. Ich will natürlich nicht zu viel verraten, es geht um die zukünftige Zusammenarbeit der beiden Parteien. Da gibt es so ein paar Gedankenspiele."

„Und die wären?"

„Es gibt eine linke Mehrheit in Deutschland, die bislang nicht genutzt wird. In drei ostdeutschen Bundesländern könnten wir von heute auf morgen linke Regierungen stellen, selbst im Bund wäre einiges möglich. Warum sollten wir den Konservativen das Feld überlassen?"

„Brandt und Sie wollen in Frankfurt eine Vorreiterrolle übernehmen?"

„Wir wollen sehen, was wir zusammen erreichen können. Wenn daraus ein Signal wird, umso besser."

„Gibt es deswegen Unruhe in den Parteien?"

„Bei den Roten gibt es eine ziemliche Unruhe, bei uns weniger."

„Könnte das alles ein Mordmotiv sein?"

„Sie meinen Brandts Referentin musste sterben, weil Brandt mit uns zusammenarbeiten will? Das kann ich mir nicht vorstellen."

„Aber vielleicht will jemand Brandt davon abhalten, für die Roten zu kandidieren."

„Da gibt es sicher einige, die das verhindern wollen. Aber dass die deswegen einen Mord begehen, kann ich mir beim besten Willen nicht vorstellen."

Es klopfte an der Tür. „Herein", rief Kunkel lauter, als es notwendig gewesen wäre. Ein groß gewachsener, hagerer Mann erschien im Türrahmen. Typischer Vertreter der Sorte Bohnenstange, dachte Bohlan und betrachtete das farblose Gesicht, das von dunkelblonden, kurz geschnittenen Haaren umrandet und mit einem Dreitagebart versehen war. Trotz seiner Größe wirkte er etwas verloren.

„Entschuldigung, ich wollte nicht stören."

„Einen Moment, KD."

Kunkel machte eine entschuldigende Handbewegung.

„Lassen Sie ruhig, Herr Kunkel. Wir sind für heute fertig."

Bohlan war aufgestanden und Will packte ihre Sachen zusammen.

„Wie Sie meinen, dann komm rein!" Und zu den beiden Kommissaren gewandt: „Das ist KD Baumann, ein sehr guter, aber noch nicht so bekannter Fotograf. Er macht beeindruckende Bilder über das Leben in Frankfurt."

Bohlan überlegt kurz, wo er den Namen schon mal gelesen hatte. Julia Will streckte KD die Hand entgegen.

„Sehr erfreut."

„Baumann macht unsere Wahlkampfbilder und Plakate. Zurzeit wollen wir unsere Webseite etwas aufpeppen und brauchen neues Bildmaterial."

„Dann wollen wir mal nicht länger stören."

Bohlan schob Will nach draußen. KD Baumann sah von Kunkel zu den Kommissaren hinüber und warf ihnen düstere Blicke nach.

13. Kapitel

Als Bohlan an diesem Abend sein Hausboot betrat, war es schon lange dunkel. Ein stürmischer Herbstwind zog an den Häusertürmen vorbei und der Main wogte unruhig, so dass das Hausboot einen schunkelnden Rhythmus hinlegte. Bohlan schaltete das Licht in allen Räumen an. Er hasste es, wenn zu wenig Licht war. Aus dem Kühlschrank nahm er sich eine Flasche Radeberger und setzte sich auf das Sofa. Für einige Minuten ließ er - nach und nach einen Schluck Bier nehmend - den Tag Revue passieren. Er dachte an nichts Konkretes, zog keine Schlussfolgerungen. Die Stationen des Tages liefen wie ein Film im Schnelldurchgang ab. Er ließ Bilder auftauchen und wieder verschwinden, drückte an manchen Stellen die Stopptaste. Dann legte er eine alte Pink Floyd CD in den Player. Es war ein spätes Werk, das die Band Ende der Achtziger aufgenommen hatte. Gleichmäßige Ruderschläge schallten aus den Boxen, nach und nach setzte der typische Synthesizers- und E-Gitarrensound ein. „Signs of life" beschallte das Hausboot. Bohlan ließ die Musik auf sich wirken. Sein Körper entspannte sich. Als „Learning to fly" erklang, ertappte sich Bohlan, wie sein Fuß im Takt zu wippen begann. Den Refrain sang er lauthals mit. Nachdem er die Flasche Bier in großen Zügen ausgetrunken hatte, war er bereit, die Gedankenfragmente des Tages zu Ergebnissen zusammenzuführen. Brandt schied als Täter aus. Das Gespräch mit Kunkel hatte letzte Gewissheit und ein Alibi gebracht. Brandt mochte ein Selbstdarsteller und Medienstar sein, aber er war nicht der Mensch, der eine große Nummer mit Erpressung und Mord inszeniert. Zudem war er vom Tod seiner Referentin zu geschockt gewesen. Der Täter musste derjenige sein, der schon die ganzen Drohbriefe geschrieben hatte. Irgendwo in dieser Stadt gab es jemanden, der unter allen Umständen verhindern wollte, dass Brandt Kandidat oder gar Oberbürgermeister wird. Vermutlich gab es einige, die das nicht wollten. Aber wer würde für dieses Ziel einen Mord begehen? Wie weit war es mit der Demokratie gekommen? Sollten die Menschen nicht froh sein, wählen zu können? Es war in Deutschland noch gar nicht so lange her, dass es diese Freiheit in manchen Teilen des Landes nicht gegeben hatte.

Steckte wirklich ein prominenter Funktionär dahinter? Oder gar ein interner Machtzirkel? Fest stand, dass in der Partei andere Pläne geschmiedet worden waren. Welcher Funktionär wäre fähig, für die Verwirklichung seiner politischen Ziele einen Mord zu begehen? Die Vorstellung erschien Bohlan abwegig. Trotzdem musste man natürlich weiter in diese Richtung ermitteln. Die zweite Spur, die noch Überraschungspotential hatte, war die Spur Michael Schwarz. Hierzu gab es bislang nur die Aussage dieser dubiosen Journalistin. Die Verbindung zwischen Patricia Mandell und Michael Schwarz musste überprüft werden. Vielleicht lag hier der Schlüssel, der zum Täter führte. „Man wird sehen“, murmelte Bohlan vor sich hin. Möglicherweise war alles auch ganz anders. Vielleicht hatte es jemand nur auf Brandt abgesehen und wollte ihm eins auswischen. Doch warum wurde nicht ein Anschlag direkt gegen Brandt ausgeführt? Diese Frage ließ Bohlans Atem für einen Moment stocken. Wenn die Drohungen und der Mord in einem Zusammenhang standen und Brandt nicht aufgab, was wäre der nächste Schritt des Täters? Würde er nochmals morden? Wen würde es dann treffen?

Gegen zehn Uhr riss ein Klopfen Bohlan aus seinen Gedanken. Er rappelte sich auf und schleppte sich zur Tür. Dabei merkte er, dass ihm das Bier schon mehr zugesetzt hatte, als gut war. Schon am Klopfen erkannte er seinen Besuch. Er öffnete die Tür und Almasa schlüpfte durch den Spalt in die Wohnung. Bohlan spähte nach draußen in die Dunkelheit, konnte niemanden erkennen und ließ die Tür wieder ins Schloss fallen. Als er sich umdrehte, hatte Almasa bereits ihren Mantel ausgezogen und an den Haken gehängt. Sie wandte sich zu ihm, drückte ihren warmen und weichen Körper gegen ihn und Bohlan spürte die Erregung in ihm aufsteigen. Wenige Augenblicke später liebten sie sich auf dem Boden seines Wohnzimmers. Als Almasa das Boot wieder verließ, schnarchte Bohlan bereits tief und fest.

14. Kapitel

Außer Klaus Gerding, der andere Termine hatte, versammelten sich am nächsten Montag Punkt neun alle Mitglieder der Sonderkommission im Präsidium. Bohlan und Will berichteten über die Verhöre von Kunkel und Mona Sell. Steinbrecher und Steininger versuchten ein Bild von Patricia Mandells Leben zu zeichnen, was sich jedoch als schwierig erwies, da ihre Ermittlungen wenig ergiebig gewesen und Ergebnisse nur zäh geflossen waren. In Berlin war Mandell nicht sonderlich in Erscheinung getreten. Sie war 1983 im Westteil der damals geteilten Stadt geboren und aufgewachsen. Grundschule, Gymnasium und Studium. Alles in Berlin. Ihre Eltern, beides Lehrer, und ihre Geschwister wohnten noch dort. Während ihres Studiums hatte sie den einen oder anderen Nebenjob und sich anschließend in Brandts Musik- und Eventfirma unentbehrlich gemacht. Von einer Affäre mit Brandt war dort nichts bekannt. Jedenfalls konnte oder wollte niemand etwas sagen. Die Berliner Kollegen hatten die völlig schockierten Eltern über den Tod unterrichtet. Die Mutter erlitt einen Nervenzusammenbruch. Der Vater beschrieb Patricia als ein liebes und sehr gescheites Mädchen, das sich neben dem Studium auch für Politik interessiert hatte. Anfänglich bei den Grünen aktiv, dann zu den Roten gewechselt. Der Vater erzählte das wie den Wechsel eines Fußballers zu einem anderen Verein. Nirgends hatte sie sich in den Vordergrund gespielt. Für eine Verbindung zu Brandt sprach in diesem Zusammenhang nichts. Der hatte sich aus der Berliner Politik herausgehalten. Nur ab und zu hatte er in Wahlkämpfen kleinere Events organisiert.

Umso merkwürdiger war es, dass Patricia Mandell das geliebte Berlin verlassen und gegen Frankfurt am Main eingetauscht hatte. Als Erklärung hatte ihr Vater das Ende der Beziehung zu einem jungen Mann herangezogen. Sie war nach über zehn Jahre von jetzt auf gleich zerbrochen. Möglicherweise hatte das die junge Frau aus der Bahn geworfen. Vielleicht war das der Grund für einen Ortswechsel. Anfänglich hatten sich die Eltern große Sorgen gemacht, dann aber den Eindruck gewonnen, dass es in Frankfurt langsam besser ginge. Von einer Affäre oder einem neuen Freund war ihnen nichts bekannt. Es hatte ein regelmäßiger Kontakt bestanden. Jeden Sonntag hatte sie sich gemeldet. Herr und Frau Mandell wollten heute im Laufe des Tages kommen und sich um die Wohnung und alles Weitere kümmern. Den Namen des Exfreundes hatten Steininger und Steinbrecher auch herausgefunden. Paul Kunz hatte längst eine neue Freundin, wollte sogar heiraten. Er hatte eingeräumt, dass das auch der Grund für die plötzliche Trennung gewesen war. Dafür waren die beiden an einer anderen Stelle auf ein interessantes Detail gestoßen. In den letzten beiden Monaten waren mehrfach größere Beträge jenseits von fünftausend Euro auf Mandells Bankkonto in bar eingezahlt worden. Diese Einzahlungen waren auch nötig, da das Konto zuvor in den Miesen gestanden hatte, was die Ermittler verblüffte. Steininger hatte genau durchgerechnet und festgestellt, dass das Gehalt, das sie von Brandt bekommen hatte, lässig die Ausgaben für die normalen Lebenshaltungskosten hätte decken müssen. Die Einrichtung der Wohnung ließ nicht auf besondere Ausgaben schließen. Lediglich ihr Auto, ein Peugeot 206 CC mit Ledersitzen, war nicht billig, aber auch nicht so eklatant teuer. Steininger und Steinbrecher hatten nur die Kontoauszüge der letzten vier Monate zur Verfügung. Danach gab es ein Minus von fast zwanzigtausend Euro.

„Unmittelbar vor ihrem Tod war aus diesem Minus ein plus von zehntausend Euro geworden", schloss Steininger seinen Vortrag.

Julia Will griff ihre Verschwörungstheorien wieder auf.

„Nehmen wir mal an, es gab tatsächlich eine Verbindung zwischen Patricia Mandell und Michael Schwarz, dann wären Schweige- oder Spitzelgelder eine mögliche Erklärung."

Bohlan, der die ganze Zeit kommentarlos zugehört hatte, räusperte sich.

„Momentan halte ich das alles noch für Sensationsjournalismus. Aber vielleicht steckt tatsächlich mehr dahinter. Ich frage mich nur, warum sollte sich der konservative Wirtschaftsdezernent in den parteiinternen Vorwahlkampf der Roten einmischen?"

„Schwarz ist als besonders weit blickender Politiker bekannt", warf Steininger ein.

„Wie dem auch sein. Jedenfalls ist klar, dass auch in diese Richtung eine Recherche notwendig ist. Und dann haben wir noch diese Mona Sell, die mit Sicherheit nicht ihr ganzes Wissen Preis gegeben hat. Wir müssen ihr auf jeden Fall gründlich auf den Zahn fühlen."

Bohlan griff nach seiner Kaffeetasse und schlürfte das erkaltete Getränk hinunter. Dann wandte er sich an Steiniger und Steinbrecher.

„Ich brauche Informationen über Sells Vita. Für mich ist sie bislang ein unbeschriebenes journalistisches Blatt. Schafft mir alles bei, was ihr recherchieren könnt!"

Bohlan war drauf und dran, die Besprechung zu beenden, als die Tür aufgerissen wurde und Gerding hereinpreschte. Mit einem lauten Knall schlug er die aktuelle Ausgabe der Boulevardzeitung auf den Tisch und schaute auffordernd in die Runde. Sein hochroter Kopf verhieß nichts Gutes.

„Was hast du dir dabei eigentlich gedacht?", blaffte er und fuchtelte wütend mit der Zeitung vor Bohlans Gesicht herum. Der Kommissar blickte verständnislos zurück. Zugleich beschlich ihn ein merkwürdiges Unbehagen.

„Kandidat versinkt in Mordaffäre!"

Gerdings Stimme war laut und schrill, als er die Zeitung auseinanderfaltete und den Text vortrug.

„Die persönliche Vertraute des möglichen Kandidaten Boris Brandt, Patricia M., wurde nackt und tot in ihrer Wohnung aufgefunden. Die Kripo tappt im Dunkeln. Musste die junge Frau sterben, weil sie Brandts Gespielin war? Lesen Sie weiter auf Seite sieben."

Gerding feuerte die Zeitung auf den Tisch. Bohlan, der wie vom Donner gerührt war, sprang auf und lief wortlos im Büro herum. Gerding tippelte mit den Fingern auf den Tisch und fragte erneut:

„Gibt es dafür eine vernünftige Erklärung?"

„Nein", antwortete Bohlan und fügte hinzu: „Vielleicht doch. Wir haben gestern eine Journalistin in Mandells Wohnung überrascht. Sie war gerade dabei, alles zu zerwühlen. Zuvor hatte sie das Polizeisiegel beschädigt und die Tür aufgebrochen."

„Wo ist diese Journalistin jetzt?"

„Keine Ahnung. Wir haben sie laufen lassen. Allerdings hatte sie uns zuvor versichert, dass sie keinen Artikel schreibt."

„Ganz reizend, Tom, und das hast du ihr geglaubt?"

„Sie hat einen glaubwürdigen Eindruck gemacht. Und ich hatte ihr eindeutig zu verstehen gegeben, dass sie eine Anzeige wegen Einbruchs bekommt, wenn sie trotzdem was schreibt."

„Ich hatte sie gründlich untersucht, sie hat mit Sicherheit keine Beweisstücke aus der Wohnung mitgenommen", sprang Will ihrem Kollegen zur Seite.

„Wie heißt die Journalistin? Habt ihr ihre Daten schon überprüft?"

„Mona Sell, die Überprüfung sollte heute Morgen laufen."

„Dann mal los, schafft diese Frau her und stellt sie zur Rede." Gerding war außer sich und schnappte nach Luft. Will hatte zwischenzeitlich den Artikel auf Seite sieben gelesen.

„Also ich bin mir überhaupt nicht sicher, ob dieser Artikel etwas mit Mona Sell zu tun hat. Das Kürzel lautet fa und die Aussagen im Text beruhen im Wesentlichen auf vagen Vermutungen."

„Mag sein. Dennoch frage ich mich, wie die Zeitung an diese Informationen gekommen ist", blaffte Gerding. Bohlan war vor dem Fenster stehen geblieben und schaute grimmig nach draußen.

„Von mir hat keiner was gehört!"

„Das habe ich auch nicht vermutet. Entweder hat die Presse hellseherische Fähigkeiten oder einen Informanten, der mehr weiß als wir. Ich will Ergebnisse sehen und zwar schnell. Einen Politikskandal können wir uns nicht leisten."

Gerding stand auf und verließ, immer noch vor Wut schnaubend, das Zimmer. Will sah Bohlan fragend an, der sich wieder an den Tisch gesetzt hatte und in der Boulevardzeitung blätterte. Als er Seite sieben aufgeschlagen hatte, las er jedes Wort mindestens zweimal, um dann wieder von vorne zu beginnen. Der Text war nicht lang, aber er strotzte vor Behauptungen, Vermutungen und Unterstellung. Es war sogar ein „ermittelnder Kommissar" mit den Worten zitiert: „Wir tappen völlig im Nebel. Aber natürlich ist Brandt ein Hauptverdächtigter." Die Worte verschwammen vor seinen Augen. Hatte er sich in dieser Sell wirklich so getäuscht? Hätte er sie gleich verhaften müssen?

„Hallo Herr Kommissar, noch in der realen Welt?"

Bohlan blickte auf und bemerkte, dass die anderen drei ihn anstarrten.

„Mensch, Tom, so anspruchsvoll kann der Text doch gar nicht sein, dass du so lange zum Lesen brauchst?“, versuchte Steinbrecher es mit einem Scherz.

„Halt bloß die Klappe.“ Und mit einem entschiedenen Gesicht fügte Bohlan hinzu: „Ich kann mir einfach nicht vorstellen, dass dieser Artikel von der Sell stammt.“

Er schaute zu Will, die seine Einschätzung zu teilen schien. Wie begossene Pudel saßen die vier da. Keiner sagte ein Wort. Schon das von Steinbrecher verursachte Aufstellen einer Kaffeetasse war ein unangenehm klirrendes Geräusch, wofür er sich beinahe entschuldigt hätte. Es war Will, die nach einiger Zeit das Schweigen unterbrach.

„Also, ich möchte noch mal auf die Person Michael Schwarz zu sprechen kommen.“

Bohlan schaute sie entnervt an, wischte dann aber mit der Hand über den Tisch, als wolle er seine eigenen Gedanken beiseite schieben.

„Also gut, von mir aus. Vielleicht bringt uns das auf andere Gedanken.“

Will lächelte befriedigt und stand auf.

„Ich habe gestern Abend von zu Hause aus recherchiert und mich auch mit Timo Eberhardt ausgetauscht. Michael Schwarz ist ein paar Jahre jünger als Brandt und hat eine Bilderbuchkarriere zurückgelegt. Er engagierte sich in der Schülerschaft, einer konservativen Schülerorganisation. Nächste Station war der Vorsitz der Jungen Konservativen. Bemerkenswert in diesem Zusammenhang ist, dass er es geschafft hat, den seit einer halben Ewigkeit amtierenden Amtsinhaber sozusagen auf das Altenteil abzuschieben. Er ist Wirtschaftswissenschaftler und betreibt nebenbei eine Consulting-Firma. Dort fungiert er, seit er das Amt des Wirtschaftsdezernenten bekleidet, natürlich nur noch als stiller Teilhaber. Schwarz wird zum rechten Flügel der Frankfurter Konservativen gezählt, gilt als einer der Wortführer. Konservativ, extrem wirtschaftsfreundlich und das gepaart mit strikten law-and-order-Positionen. Man schreibt ihm große Ambitionen auf eine Nachfolge der amtierenden Oberbürgermeisterin zu. Jedenfalls ist kaum ein anderer Kandidat denkbar.“

„Sagt wer?“, fragte Bohlan.

„Sagt Timo Eberhardt. Er spricht von einem spannenden Duell, wenn Brandt gegen Schwarz antritt. Gegensätzlicher könnten die Kandidaten nicht sein.“

„Was wissen Sie über die Person Schwarz sonst noch?“

„Er ist verheiratet und Vater dreier Kinder.“

„Das klingt wirklich nach einem Bilderbuchleben. Wahrscheinlich ist seine Frau auch noch zu Hause geblieben und hütet Heim und Hof.“

„Bingo.“

„Sehr schön. Dann hätten wir alle Klischees bedient!“

„Nicht ganz. Fertig wären wir erst, wenn Schwarz jetzt noch eine schöne Sexaffäre mit der Mitarbeiterin von Boris Brandt gehabt hätte oder sie ihm gar als Spitzel auf den Hals gehetzt hätte.“

„Frau Kollegin, jetzt gehen aber wirklich alle Fantasien mit Ihnen durch.“

„Wieso, könnte doch wirklich etwas dran sein. Ich meine, Mona Sell hat doch auch so etwas angedeutet.“

„Ja, vielleicht. Möglich ist vieles. Was ich aber nicht verstehe, ist der Zeitpunkt. Nehmen wir einmal an, die Konservativen oder Schwarz wollen wirklich Brandt ans Leder. Warum sollten sie jetzt aktiv werden? Die könnten doch in aller Ruhe abwarten, wie die Roten sich wieder einmal selbst zerfleischen. Da müssen die sich nicht selbst die Finger schmutzig machen.“

„Das wäre die defensive Strategie. Aber möglicherweise denken die schon weiter und wollen Brandt möglichst früh verhindern. Mit Gross als Kandidaten hätten die Roten keine Chance. Einen Boris Brandt aber müssten die Konservativen mehr als fürchten.“

„Meint Timo Eberhardt“, warf Bohlan mehr feststellend als fragend ein.

„Jetzt hören Sie auf, immer auf Herrn Eberhardt herumzuhacken. Ich finden ihn sehr hilfreich für uns.“

„Schon gut. Ist er auch. Ich würde mich übrigens auch ganz gerne mal wieder mit ihm unterhalten.“

„Können Sie, ich bin heute Abend mit ihm im Lahmen Esel verabredet. Kommen Sie doch einfach mit.“

Bohlan musste grinsen „Ich überleg’s mir. Warum nicht?“

Dann wandte er sich an die beiden Anderen, die den Dialog schweigend verfolgt hatten.

„Was meint ihr dazu?“

„Also mir wird das momentan zu klischeehaft“, kommentierte Steininger: „Das klingt mir zu sehr nach Räuberpistole. Die Frankfurter Konservativen sind doch schließlich eine moderne Großstadtpartei, die in einer Koalition mit den Grünen regieren.“

„Was heißt das schon, ich glaube, dass uns in der nächsten Zeit einiges erwarten wird“, warf Steinbrecher ein: „Die holen ihren ganzen „Freiheit-oder-Kommunismus-Scheiß“ und die „roten Socken“ wieder aus den Schubladen und werden hetzen, was das Zeug hält. Trotzdem fehlt mir momentan noch der Zusammenhang. Wenn wir allerdings tatsächlich eine Verbindung zwischen Schwarz und Mandell nachweisen können, werden die Karten neu gemischt.“

„Danke für die Einschätzungen.“ Brandt lehnte sich zurück und streckte die Arme nach oben.

„Ich bin noch am Schwanken, ob wir zuerst Sell suchen und uns dann mit dem Schwarz beschäftigen oder andersherum.“

„Warum nicht beides gleichzeitig? Wir sind doch zu viert?“

„Könnten wir auch machen. Aber wenn wir von Sell noch Hintergrund-Infos bekommen könnten, hätten wir womöglich etwas in der Hinterhand, wenn Schwarz uns auflaufen lässt.“

„Dann ist die Entscheidung gefallen“, warf Will ein.

„Sie haben Recht“, antwortete Bohlan und blickte auffordernd zu Steininger und Steinbrecher:

„Ich hätte gerne noch Aussagen von Bepperling und Klaus. Denen sollten wir auch mal richtig auf den Zahn fühlen. Jetzt wo alle Welt weiß, was passiert ist, können wir richtig draufhauen.“

15. Kapitel

Wenig später befanden sich Bohlan und Will auf dem Weg von „Hibb de Bach“ nach „Dribb de Bach“. Die nördlich gelegene Altstadt und das südliche Sachsenhausen trennte der Main. Dort, nur wenige Kilometer entfernt vom lokalpatriotisch verhassten Offenbach, lebte und arbeitete Mona Sell. Als sie den Main überquerten, blickte Will auf die Häuserriegel der anderen Seite.

„Wussten Sie eigentlich, dass Sachsenhausen anders als viele andere Frankfurter Stadtteile nie eigenständig war?“

Bohlan blickte kurz zu Will, schwieg aber.

„Es gehört schon seit dem Mittelalter zu Frankfurt.“

„Interessant“, murmelte Bohlan: „Soweit ich weiß, wurde es als Lager für zwangsangesiedelte Sachsen durch Karl den Großen gegründet.“

„Soweit ich weiß, gibt es für diese These keine historischen Belege.“

„Und was meint Miss Oberschlau dazu?“

„Wahrscheinlich ist, dass sich der Ortsname von „Sassenhusen“ herleitet, also einem Ort, wo „Beisassen“ hausten. So wurden nämlich im Mittelalter Einwohner ohne volle Bürgerrechte bezeichnet.“

„Haben Sie über das Wochenende Frankfurter Geschichte studiert?“

„Nein, nur in einigen Büchern geblättert.“

Bohlan musste vor sich hin grinsen und wandte sich gedanklich zukünftigen Aufgaben zu. Entgegen Gerdings Aufforderung, die Journalistin ins Präsidium zu bestellen, hatte er sich mit ihr in einem Café verabredet. Bohlan hatte dabei mehr instinktiv als rational gehandelt. Natürlich war es eine trotzige Revolte gegen seinen Chef, aber er versprach sich eine entspanntere Atmosphäre und spekulierte darauf, der Journalistin in einem Café mehr entlocken zu können als in einer Verhörzelle. Zudem liebte Bohlan es, in der Stadt unterwegs zu sein. Nichts war für ihn unangenehmer, als Ermittlungen vom Schreibtisch aus zu führen. Er brauchte Luft zum Atmen und das umtriebige Leben einer Großstadt. Gegen elf trafen Bohlan und Will vor dem kleinen Café in der Nähe der

Schweizer Straße ein. Es hatte eine große Fensterfront zur Straße. Schon vor dem Betreten erblickten sie Mona Sell, die an einem der Tische direkt hinter dem Schaufenster saß. Die Kommissare gingen zur Eingangstür und betraten das kleine Café, das im französischen Stil eingerichtet war. Mona Sell winkte ihnen zu und die beiden zwängten sich durch das eng bestuhlte Café.

„Der Milchkaffee ist einzigartig", wurden sie von Sell empfangen. Bohlan und Will setzten sich an den Tisch und sahen die blondhaarige Journalistin, die ganz in schwarz gekleidet war, ernst an. „Frau Sell, wir sind heute nicht zu Ihnen gekommen, um nett zu plaudern. Es gibt ein Problem."

„Und das wäre?"

Bohlan zog die Boulevardzeitung aus der Manteltasche und knallte sie auf den Tisch: „Können Sie mir das bitte erklären?"

Sell nahm die Zeitung, breitete sie aus und wurde kreidebleich, bevor sie in schallendes Gelächter ausbrach. Als sie merkte, dass die beiden Kommissare keine Miene verzogen, sah sie sie ebenso ernst an.

„Sie glauben doch nicht im Ernst, dass ich etwas mit diesem Artikel zu tun habe. Das ist wirklich unter meinem Niveau."

„Was ist denn Ihr Niveau?", fragte Will.

„Ich bin freie Journalistin und schreibe vor allem gesellschaftskritische Reportagen, auch mal Reiseberichte und andere Publikationen. Außerdem habe ich zwei Romane veröffentlicht."

„Interessant, haben Ihre unorthodoxen Recherchemethoden auch etwas damit zu tun?"

„Ich gebe zu, dass das gestern keine Glanzleistung von mir war. Aber Sie können mir glauben, meine übliche Vorgehensweise ist das nicht."

„Wie kam es dann zu dieser Aktion?"

„Das kann ich Ihnen beim besten Willen nicht erklären. Bei mir sind irgendwie alle Sicherungen durchgebrannt."

„Ich will Ihnen sagen, was passiert ist", mischte sich Bohlan ein.

„Sie saßen vor diesem verdammten Haus und als Sie die Spusi und die Gerichtsmedizin gesehen haben, da haben Sie die ganz große Story gewittert. Die einmalige Chance, einen richtigen Knaller zu landen. Durch Zufall zur richtigen Zeit am richtigen Ort zu sein, das ist wie ein Sechser im Lotto. Dann haben Sie Ihre Story der Boulevardzeitung angeboten. Das ist passiert."

Sell schaute Bohlan entsetzt an.

„Sie glauben wirklich, was Sie da sagen, oder? Haben Sie jemals einen meiner Texte gelesen?"

„Nein, Frau Sell, das habe ich nicht. Wissen Sie, was merkwürdig ist? Außer Ihnen, uns und dem Mörder hat bislang niemand etwas von dieser Toten gewusst. Da stellt sich natürlich die Frage, wie die Boulevardzeitung jetzt zu diesen Informationen gekommen ist."

„Stimmt nicht. Sie werden doch in dieser Sache auch schon ermittelt und Personen verhört haben."

„Aber wir haben keine Details verraten, die können nur Sie oder wir wissen."

„Oder der Mörder. Vielleicht hat der die Presse informiert."

„Gut, das wäre auch eine Möglichkeit. Was mir aber immer noch nicht so klar ist, warum recherchiert jemand wie Sie, der - wie haben Sie das genannt - gesellschaftskritische Reportagen schreibt, im Frankfurter Politiksumpf und noch dazu mit etwas ... merkwürdigen Methoden?"

„Hier passieren zurzeit ziemlich spannende Dinge. Das politische System ist im Wanken. Unser Parteiensystem funktioniert nicht mehr. Keiner weiß, was die Zukunft bringt. Bekommen wir eine Republik, in der das bürgerliche Lager für lange Zeit in die Bedeutungslosigkeit abgleitet und die Linke das Kommando übernimmt? Oder scheitert die Linke wieder an sich selbst?"

„Ja, das klingt spannend, aber ich nehme Ihnen das nicht ab."

„Okay, es gibt auch noch eine private Komponente."

„Was ist das für eine Komponente?"

„Wie gesagt, eine private. Ich glaube nicht, dass Ihnen das etwas nützen würde. Es ist eine alte Geschichte, mehr kann ich nicht sagen."

Bohlan sah Sell lange und bohrend in die Augen. Sie hielt seinem Blick ohne Regung stand.

„Gut, Frau Sell. Das war's für heute."

Will hätte ein längeres Nachbohren Bohlans erwartet und blickte verwundert zu ihrem Kollegen.

„Jetzt haben Sie gar nicht den leckeren Milchkaffee probiert.“

„Macht nichts, vielleicht ein andermal.“

Bohlan erhob sich, setzte sich aber sogleich wieder.

„Ach ja, fast hätte ich es vergessen. Was ist das für eine Geschichte mit der Mandell und Michael Schwarz?“

„Tja, wenn ich das so genau wüsste. Ich weiß nur, dass sie sich ab und zu getroffen haben. Was sie dann getrieben haben, kann ich Ihnen nicht sagen.“

„Woher wissen Sie das?“

„Man hört so dies und das und einmal habe ich sie auch zusammen gesehen.“

„Wann war das und wo?“

„Vielleicht vor zwei Wochen. Und es war Zufall. Ich hatte einen Termin im Marriott. Ich saß im Hotelfoyer und wartete auf meinen Gesprächpartner, als Mandell und kurze Zeit später Schwarz dort auftauchten. Die Mandell hat sich an der Rezeption einen Schlüssel geben lassen. Dann ist sie zu Schwarz gegangen, der in einem Sessel schräg gegenüber saß, hat ihm etwas gesagt und ist dann im Aufzug verschwunden. Vielleicht fünf Minuten später ist dann Schwarz zum selben Aufzug gelaufen. Jede Wette, die hatten was am Laufen.“

Etwa zur selben Zeit saßen Steininger und Steinbrecher im Fraktionsbüro der Roten im Haus Silberberg, einem Seitengebäude des Römers. Ihnen gegenüber saß Bepperling. Der Fraktionsvorsitzende der Roten war Mitte fünfzig, groß und von unförmiger Gestalt. Seine ergrauten Haare trug er kurz geschnitten. Mit selbstzufriedener Miene hieß er, in einem Ledersessel sitzend, die beiden Kommissare willkommen.

„Sie kommen bestimmt wegen der toten Brandt-Referentin.“

„Das lässt sich nicht leugnen. Um es kurz zu machen: Was haben Sie zur Tatzeit gemacht?“, preschte Steinbrecher vor.

„Wenn Sie mir sagen, wann die Tatzeit war, kann ich Ihnen sicher weiterhelfen. Allerdings kann ich nicht ganz nachvollziehen, warum Sie der Auffassung sind, ich könnte etwas mit dem Mord zu tun haben.“

„Das lassen Sie mal unsere Sache sein. Es war Dienstagabend, so gegen dreiundzwanzig Uhr."

„Dienstag, lassen Sie mal überlegen, da hatten wir eine Sitzung in der Fischerfeldstraße."

„Sie waren die ganze Zeit anwesend?"

„Ja, natürlich."

„Was halten Sie von Boris Brandt?"

„Was soll ich von ihm schon halten. Charismatische Erscheinung mit einer gewissen Außenwirkung, die allerdings schnell verpuffen dürfte, wenn man seine politischen Inhalte hinterfragt."

„Wie stehen seine Chancen, Kandidat zu werden?"

„Ich denke, sie standen schon mal besser."

„Wie meinen Sie das?"

„Nun, ich denke, wir haben einen guten Parteivorsitzenden und dieser ganze öffentliche Wirbel um Brandt wird ihm nicht gerade nutzen."

„Und wenn es anders kommen sollte?"

„Dann werden wir mit dieser Situation auch fertig. Brandt wird auf Dauer keine Ein-Mann-Show stemmen können. Dafür hat er zu wenig politische Erfahrung."

„Halten Sie es für möglich, dass manche Kreise in Ihrer Partei Brandt auf Teufel komm raus verhindern wollen und dabei auch vor ... Erpressung oder Mord nicht zurückschrecken würden?"

„Du liebe Zeit, wir sind eine politische Partei und kein Mafiahaufen. Das halte ich für ausgeschlossen."

„Auch nicht wegen seines offenen Bekenntnisses, mit den Linken koalieren zu wollen?"

„Ach, das meinen Sie! Na ja, diese Diskussion sorgt schon für einigen Wirbel, aber Straftaten schließe ich deswegen aus. Dafür gibt es in der Politik andere Mittel."

„Welche?"

„Dazu möchte ich mich nicht äußern."

Steininger warf Steinbrecher einen kurzen Blick zu, der so viel sagen sollte, wie, das bringt doch alles nichts. Da Steinbrecher das genauso sah, verabschiedeten sie sich. Bepperling, der seine schwitzigen Hände rieb, griff zum Telefonhörer, als er wieder alleine war.

Nach dem Gespräch mit Mona Sell trennten sich Bohlan und Will. Bohlan machte sich auf den direkten Weg zu Moritz Klaus, der sein Wahlkreisbüro in Sachsenhausen hatte. Julia Will wollte die Spuren von Michael Schwarz erschnuppern. Das Büro von Klaus lag in einem Ladenlokal in der Schweizer Straße. Als Bohlan das Büro betrat, saßen Klaus und seine Mitarbeiterin am Schreibtisch und sichteten allerlei Papiere. Durch das Klingeln der Tür aufgeschreckt, schauten die beiden in Richtung Eingang. Sie schienen Bürgerbeute zu wittern.

„Guten Tag, kommen Sie herein!" Klaus hatte eine angenehm ruhige und tiefe Stimme. Er setzte ein Autoverkäuferlächeln auf und ging auf Bohlan zu. Klaus war ein großer, drahtiger Mann um die fünfzig, sah aber deutlich jünger aus. Er war lässig gekleidet, trug Jeans, Sneakers und einen legeren Sakko. Seine dunkelblonden Haare waren akkurat links gescheitelt. Die Hornbrille mit dem modernen, schwarzen Rand bestimmte sein Gesicht.

„Guten Tag, mein Name ist Tom Bohlan. Ich hatte mit Ihrer Mitarbeiterin telefoniert."

„Dann müssen Sie dieser Kommissar sein, von dem meine Mitarbeiterin erzählt hat. Kommen Sie und setzen Sie sich. Möchten Sie einen Kaffee? Wir haben hier so einen modernen Apparat. Der kann alles."

„Wenn Sie mich so nett fragen, nehme ich gerne einen Kaffee mit viel Milchschaum."

„Birgit, machst du mal bitte zwei Latte?"

Dann setzten sich die beiden an den Tisch.

„Nettes Büro haben Sie hier."

„Danke."

„Sie können sich sicher denken, warum ich hier bin."

Klaus nahm die Brille ab und rieb die Augen. Für einen kurzen Moment wirkte er müde und angespannt.

„Ja, die tragische Geschichte von Frau Mandell. Furchtbar. Ich habe davon heute in der Zeitung gelesen."

„Halten Sie es für denkbar, dass der Tod im Zusammenhang mit der Kandidatur von Boris Brandt stehen könnte?"

Klaus' knochige Hände zogen die Haut um die Augen wieder glatt. Dann setzte er seine Brille wieder auf und antwortete mit erkennbar gespieltem Erstaunen: „Nein, halten Sie das etwa für denkbar?“

„Ja“, bemerkte Bohlan knapp und betont kurz. Für einen Moment herrschte überraschtes Schweigen. Die Mitarbeiterin mit dem Namen Birgit stellte zwei Latte im Glas auf den Tisch.

„Ich weiß nicht, was sollte das bewirken?“, versuchte Klaus eine Erklärung vorzutäuschen.

„Vielleicht, dass Brandt nicht antritt oder dass er so diskreditiert wird, dass er nicht gewählt bzw. nominiert wird.“

Klaus schüttelte vehement den Kopf und schaute Bohlan ungläubig an. „Ich habe in der Partei schon einiges erlebt, auch am eigenen Leibe. Aber das ginge zu weit. So weit würden die nicht gehen.“

„Wen meinen Sie, wenn Sie *die* sagen?“, hakte Bohlan nach.

„Die Kreise, die Greise, die Mächtigen.“

„Wo waren Sie denn am Dienstagabend?“

„Sie glauben doch nicht, dass ich ... Na gut, Sie müssen das fragen. Dienstagabend, da war diese Sitzung im Parteihaus.“

„Ach ja, ich vergaß. Alle Sozialdemokraten von Rang und Namen waren dort“, spielte Bohlan den Unwissenden. „Alle bis auf Brandt.“

„Sehen Sie, die scheiden alle als Täter aus. Ich auch.“

„Wissen Sie, so einfach ist das nicht, es gibt auch Auftragsmörder.“

„Herr Bohlan, ich glaube, jetzt geht wirklich die Fantasie mit Ihnen durch.“

„Vielleicht haben Sie Recht.“ Bohlan nahm einen Schluck Kaffee und ließ seinen Blick durch das Büro schweifen. Es war hell und freundlich und mit grau schwarzen Büromöbeln eingerichtet. An den Wänden hingen schwarzweiße Aufnahmen von Politikern aus besseren Zeiten: Brandt, Wehner, Schmidt, aber auch Vogel und ein Zigarre rauchender Schröder. Irgendwie schienen diese Fotos eine gewisse Tradition in den Parteibüros zu haben.

„Schöne Aufnahmen haben Sie da.“

„Ja, da bin ich auch stolz drauf. Es sind wirklich schöne Portraitmotive.“

„Was ist denn mit dem Bild zwischen Scharping und Schröder passiert?“ Bohlan deutete auf eine kahle Stelle zwischen den beiden Aufnahmen.

„Da hing mal der Lafontaine, aber das ist Vergangenheit."

„Was halten Sie eigentlich von Brandts neuer linken Vision?"

„Ich habe nichts gegen die Linke. Für mich ist das eine Strategiefrage. Ich persönlich würde nicht mit denen zusammenarbeiten, weil uns das auf Dauer schwächt. Noch gibt es die Möglichkeit, dass die Linke zumindest im Westen wieder verschwindet."

„Sie haben also persönlich nichts gegen die Linken?"

Klaus machte ein nachdenkliches Gesicht und schien mit sich zu hadern. Bohlan witterte eine Chance, mehr zu erfahren.

„Sprechen Sie ruhig aus, was Sie denken."

„Wissen Sie, viele schimpfen über die alten Ostkader. Ich habe eher Probleme mit den Altkommunisten aus dem Westen, die glauben, bei den Linken eine neue Heimat gefunden zu haben."

„Warum?"

„Es gibt da einen, der war mal ganz oben bei den Roten in Frankfurt, jetzt ist er es bei den Linken. Als wir jung waren, hatten wir Kontakte zu der FDJ-Jugend in der DDR. Das haben wir zusammen organisiert. Viele Dinge wussten nur wir beide. Nach der Wende habe ich mir meine Stasiunterlagen angesehen. Da standen erstaunliche Sachen drin. Dinge, die nur er und ich wissen konnten."

„Wen meinen Sie damit?"

„Denken Sie mal drüber nach, ich will mir keine Klage einhandeln."

Klaus löffelte seinen Milchschaum und Bohlan dachte einen Moment nach.

„Nehmen wir mal an, Boris Brandt wird nicht Kandidat. Wer wird es dann?"

„Vermutlich Gerrit Gross."

„Sie selbst haben keine Ambitionen?"

„Ich, wie kommen Sie darauf?"

„Das ist keine Antwort, ich habe mich ein wenig umgehört. Sie sind auch ein Volkstribun, der sich gut verkaufen kann. Zudem verankert in der Stadt, bekannt wie ein bunter Hund. Gross ist eher ein Technokrat mit wenig Ausstrahlung."

Klaus wirkte ein wenig verlegen, versuchte dies aber gekonnt zu überspielen und lächelte.

„Ich bin als Bundestagsabgeordneter sehr zufrieden."

„Gut, Herr Klaus, ich denke, das war es fürs Erste. Wenn ich noch Fragen habe, melde ich mich." Bohlan stand auf, und die beiden Männer verabschiedeten sich per Handschlag.

Nach dem Gespräch schlenderte Bohlan die Schweizer Straße entlang und schaute in das eine oder andere der vielen Schaufenster, die sich zunehmend mit Weihnachtsartikeln füllten. Der Kommissar genoss die spätherbstlichen Sonnenstrahlen und ließ in Gedanken die heutigen Gespräche Revue passieren. Moritz Klaus hatte ehrlich und aufrichtig gewirkt, doch Bohlan war sich nicht sicher, ob seine Freundlichkeit nicht in erster Linie eine aufgesetzte Masche war. Wem konnte man noch das abnehmen, was er darstellte? Die Politiker versuchten alle möglichst authentisch zu wirken, doch bei den meisten war es eine aufgesetzte Maske. Eine vorgegaukelte Fassade, die mehr Schein als Sein versprach und doch nur das Gegenteil bezeugte. Ihm fiel ein, was Steinbrecher über Klaus zusammengetragen hatte und schemenhaft tauchten die zwei Meter großen Wahlplakate in seinem Gedächtnis auf, die Klaus im letzten Bundestagswahlkampf an jeder Straßenecke hatte platzieren lassen und die ihn in lebensechter Größe gezeigt hatten. Dann fuhr er zum Präsidium, wo der unangenehme Teil der Arbeit auf ihn wartete. Bohlan versuchte das Schreiben der fälligen Berichte mit allerlei Ausflüchten vor sich her zu schieben und hoffte inständig, dass seine Kollegen möglichst schnell im Präsidium aufkreuzen würden. Man könnte einen Kaffee trinken, die Ergebnisse diskutieren, und der Schreibkram könnte ruhigen Gewissens liegen bleiben. Doch leider war niemand im Büro, nicht einmal die Praktikantin. War es nicht ihre Aufgabe, das Telefon besetzt zu halten? Bohlan setzte sich in seinen Schreibtischstuhl und dachte nach. Was hatte der heutige Tag gebracht? Realistisch betrachtet, war er nicht viel weitergekommen. Weder das Gespräch mit Sell noch das mit Moritz Klaus hatten verwertbare Informationen zu Tage gefördert. Von Steinbrecher hatte er die telefonische Information, dass auch das Gespräch mit Bepperling keine neuen Erkenntnisse gebracht hatte. Steinbrecher hoffte auf das Zusammentreffen mit Mandells Eltern, doch Bohlan hegte nicht viel Hoffnung, dass dies die Ermittlungen wesentlich bereichern würde. Wenn Mandell in krumme Geschichten verwickelt gewesen sein sollte, dann wussten die Eltern davon nichts. Und vermutlich würden sie auch keine Informationen über die Einzahlung der hohen Barbeträge auf das Bankkonto haben. Dennoch könnte es natürlich Überraschungen geben. Julia Will war seit dem gemeinsamen Gespräch mit Sell verschwunden und ging ihrer Spur nach. Bohlan hatte mehrfach vergeblich versucht, sie auf ihrem Handy zu erreichen. Auf SMS-Anfragen reagierte sie auch nicht. Obwohl Bohlan nicht viel von Sells Michael-Schwarz-ist-für-alles-verantwortlich-Theorie hielt, war er gespannt, ob und was sie herausfinden würde. Gedankenverloren bewegte er die Maus. Der Bildschirm sprang an und zeigte das Symbol der Hessischen Polizei. Bohlan gab sein Passwort ein, checkte seine E-Mails – ohne etwas Wichtiges zu finden – und wollte gerade missmutig mit dem Schreiben der Berichte beginnen, als die Tür aufschlug und Paulina Köster den Raum betrat. Köster war fast mehr erschrocken als Bohlan. Die Anwesenheit des Kommissars brachte sie ersichtlich aus ihrem Konzept. Mit einem „Upps“ auf den Lippen verschüttete sie einen Schluck Kaffee.

„Nur nicht erschrecken, es kommt schon mal vor, dass ein Kommissar bei seiner Arbeit anzutreffen ist.“

„So habe ich das gar nicht gemeint, Herr Bohlan, ich hatte nur nicht damit gerechnet, dass jemand im Büro ist.“

„Ich hab's auch nicht so gemeint. Gab es irgendwelche spektakulären Ereignisse den Tag über?“

Paulina Köster stellte den Kaffee ab und versuchte den Fleck auf ihrem Pulli zu entfernen, was nur halbwegs gelang. Dann nahm sie ein Blatt Papier, das auf ihrem Schreibtisch lag und warf einen Blick darauf.

„Wenn Sie nur an spektakulären Dingen interessiert sind, dann leider Fehlanzeige.“

„Was gab's denn sonst noch, was Sie für berichtenswert erachten?“

„Viele Anrufe waren es nicht. Einige Anwohner aus der Kiesstraße wollten Dinge über wechselnde Männerbesuche bei Frau Mandell berichten.“

„Aha, das ist ja schon mal was. Was haben Sie diesbezüglich veranlasst?“

„Die Stones haben das übernommen“, antwortete Köster mit einem neckischen Augenaufschlag.

„Die wer?“

„Tschuldigung. Steinbrecher und Steininger, wollte ich sagen.“

Bohlan musste laut losprusten. „Nette Bezeichnung. Ist die von Ihnen?“

„Ja“, erwiderte Köster. Ihr Gesicht hatte sich leicht gerötet.

„Das muss Ihnen aber nicht peinlich sein. Ist eine wirklich treffende Bezeichnung. Was haben denn die Stones gesagt?“

„Sie wollten mit den Anrufern Kontakt aufnehmen, sobald sie mit den Eltern von Mandell gesprochen haben.“

„Sehr schön.“

„Kann ich Ihnen irgendwie helfen?“

„Eigentlich nicht. Ich muss einige Berichte schreiben.“

„Klingt nicht gerade begeistert.“

„Nein, das ist die Arbeit, die ich wirklich nicht mag. Ermitteln, Informationen beschaffen, Personen verhören und befragen, das macht mir Spaß - meistens jedenfalls. Aber diesen Schriftkram hab ich noch nie gemocht.“

Köster nickte und versuchte dabei einen verständnisvollen Gesichtsausdruck zu machen, fügte dann hinzu: „Ich schreibe gerne Texte. Aber das wird Ihnen auch nichts helfen.“

„Nicht wirklich.“

„Haben Sie es denn schon mal mit einem Diktiergerät versucht?“

Bohlan schaute sie nachdenklich an und verlor sich fast in Kösters Augen. Nach einen Moment des Schweigens fügte er hastig hinzu: „Nein, bislang hatte ich keine Sekretärin.“

„Wir können es ja mal versuchen.“

„Wie meinen Sie?“

„Sie nehmen Ihre Protokolle auf Band auf und ich tippe sie dann ab. Ich bin ziemlich schnell im Schreiben.“

„Warum nicht? Einen Versuch ist es allemal wert. Beschaffen Sie mir so ein Diktiergerät.“

16. Kapitel

Gegen neun traf Bohlan im Lahmen Esel ein. Die Gaststätte lag direkt an der U-Bahn-Station Niederursel und somit am Ortsende. Früher hatte eine Straße die U-Bahn-Schienen entlang direkt nach Oberursel geführt und dem kleinen Stadtteil Leben zugeführt. Jetzt endete die ehemalige Hauptverkehrsstraße einige Meter entfernt im Nichts. Ihr Straßenrand diente als Parkplatz für Kneipenbesucher. Eine Ortsumfahrung hatte für Ruhe und Abgeschiedenheit gesorgt. Anfängliche Proteste einiger Niederurseler Geschäftsleute endeten mit der Schließung ihrer Geschäfte. Einige konnten sich behaupten, nur wenige profitierten von der Verkehrsberuhigung. Dazu zählte der Lahme Esel, der seit dieser Zeit sogar einen stärkeren Zulauf verzeichnete. Das konnte aber auch mit der Geschäftstüchtigkeit des jungen Inhabers zu tun haben. Der langjährige Wirt war bei einem Sonntagsausflug mit dem Fahrrad gestürzt und mit dem Kopf so unglücklich auf dem Bordstein aufgeschlagen, dass er auf der Stelle verstorben war. Sein damaliger Thekenhelfer hatte die Gunst der Stunde genutzt und die Wirtschaft übernommen. Mit viel Arbeit und einigen neuen Ideen hatte er das alteingesessene Lokal zu neuen Höhen geführt. Die Einrichtung war typisch für ein Frankfurter Apfelweinlokal. Gutbürgerlich mit viel Holz und ohne neumodischen Schnickschnack. Es gab Ebbelwoi aus dem Bembel und traditionelle Gerichte. Angefangen vom Handkäs mit Musik über Ochsenbrust mit Grüner Soße bis hin zur Rinderleber. Bohlan öffnete die Tür. Eine Geruchswelle aus Alkohol und Bratkartoffeln wartete angriffslustig hinter einem dunklen Vorhang, der die Kälte vor dem Eindringen abhalten sollte. Der Kommissar schob den Vorhang entschlossen mit beiden Händen zur Seite und stand fast direkt neben der Schanktheke, umweht von der verbrauchten Kneipenluft. Der Mann hinter dem Tresen lächelte ihm freundlich zu und Bohlan wunderte sich, wie er es früher ausgehalten hatte, als die Luft noch zusätzlich vom Zigarettenrauch durchdrungen war. Rechts hinter ihm ertönte eine bekannte Stimme. „Hallo Herr Bohlan, hier, hinter Ihnen."

Bohlan wandte den Kopf und erblickte Timo Eberhardt, der an einem großen runden Tisch saß. Bohlan drehte sich um und ging auf Eberhardt zu, der aufgestanden war, um den Kommissar zu begrüßen. Der Kommissar deutet auf den Messingständer mit der Aufschrift „Stammtisch“, der in der Mitte des Tisches stand.

„Meinen Sie nicht, dass dieser Platz für zu viel Aufsehen sorgt?“

„Sie wollen doch Infos direkt von der Quelle, oder?“, lächelte Eberhardt und fügte hinzu: „Keine Angst bis zehn Uhr haben wir hier Ruhe. Dann erst erscheinen die Lokalgrößen.“

„Interessant. Wer soll das sein?“

„Lassen Sie sich überraschen. Ich möchte Ihnen nicht alles verraten. Wo haben Sie eigentlich Julia gelassen?“

„Das kann ich Ihnen nicht sagen, sie wollte direkt hierher kommen. Ich dachte, Sie hätten nähere Informationen.“

„Leider nicht. Diesbezüglich muss ich Sie enttäuschen.“

Bohlan lächelte und war insgeheim froh darüber, dass er offensichtlich nicht der Einzige war, der über Wills Verbleib nicht informiert war.

„Auch einen Ebbelwoi?“ Eberhardt deutete auf den vor ihm stehenden Bembel.

„Ja, betrachten wir das mal als außerdienstlich. Allerdings brauch ich dazu noch eine Flasche gelbe Limonade.“

„Sie wollen doch nicht etwa das gute Stöffche panschen, Herr Kommissar?“

„Bei aller Liebe, anders krieg ich das Gesöff nicht runter.“

„Bei der Beamteneinstellung wundert mich nicht mehr, dass Brüssel die Bezeichnung Apfelwein verbieten will“, flachste Eberhardt und Bohlan grinste breit. Eine Bedienung kam. Bohlan orderte eine Flasche gelbe Limonade und ließ sich die Karte bringen. Wenig später schob sich Julia Will hektisch durch den Vorhang. Eberhardt grinste Bohlan verschmitzt an und hielt sich einen Finger vor den Mund. Bohlan verstand sofort und spielte das Spiel mit. Die beiden ließen Will durch das ganze Lokal laufen, ohne sich bemerkbar zu machen. Will stürmte an den Tischen vorbei, schaute suchend links und rechts und machte am anderen Ende angekommen, kehrt. Dann kam sie zurück und erblickte die beiden scheinbar in ein Gespräch vertieft.

„Guten Abend, die Herren. Entschuldigung, ich habe es einfach nicht früher geschafft.“

„Schon okay“, knurrte Bohlan. „Verschnaufen Sie erst mal.“

„Kann man sich an dem Bembel beteiligen?“

„Klar.“ Eberhardt setzte ein Lächeln auf.

Die Bedienung brachte noch ein Glas und Rippchen mit Kraut für Bohlan. Will bestellte einen Spundekäs.

„Kommen noch mehr, oder war's das jetzt?“, nörgelte die Bedienung und stampfte Richtung Tresen.

„Und, was habt ihr schon besprochen?“

„Den Tabellenplatz der Eintracht und die Bedrohung des Ebbelwois durch Brüssler Bürokraten“, erwiderte Eberhardt und Bohlan fügte hinzu: „Beides gab Grund für heftige Diskussionen.“

Wills Blick wanderte von Eberhardt zu Bohlan.

„Na, ihr scheint euch ja prächtig zu verstehen.“

„Ja“, kam es von Bohlan zurück. „Gibt es etwas Neues von Ihren Ermittlungen?“

„Ich habe einige interessante Dinge herausgefunden, aber das sollten wir später besprechen“, antwortete Will mit einem Blick auf Eberhardt. „Schließlich geht es heute Abend um die fundierten Kenntnisse unseres Herz-und-Nieren-Politologen.“ Es folgte ein flirtendes Lächeln in Richtung Eberhardt.

„Na ja, das ist ein bisschen viel der Ehre. Ich kann nur mein bescheidenes Wissen und meine Sicht der Dinge einbringen.“

„Und die wäre?“, fragte Bohlan lakonisch.

„In Bezug auf was?“

„Die Roten und die Linken. Wie soll das weitergehen?“

„Dazu gibt es keine endgültige Meinung. Es gibt zwei Ansätze und die Zeit wird zeigen, welcher sich durchsetzt und ob es der richtige ist.“

„Und was glauben Sie, was richtig wäre?“

„Ich persönlich glaube, dass nur ein Kandidat, der die Linke eint, gewinnen wird. Wenn Brandt das in Frankfurt schafft, wird er Oberbürgermeister. Die Einigung der Linken, in welcher Form auch immer, ist die Eintrittskarte zur Macht. Die Aufspaltung der Roten ist ein historischer Fehler, der als Wiederholung nicht besser wird. Diese Sektiererei hat schon den Nazis an die Macht geholfen, zusammen mit dem Versagen des Bürgertums natürlich. Die Braven und Betuchten haben die Republik damals an die braunen

Horden ausgeliefert. Die Aufspaltung der Linken war und ist ein Versagen ideologischer Kleingeister. Der nächste Fehler war, eine Zusammenarbeit mit den Postkommunisten völlig auszuschließen. Die Konservativen hatten da weniger Probleme. Die Liberalen waren am dreistesten und haben sich ganze zwei Ostparteien samt Vermögen einverleibt. Nur die Roten wollten moralisch sauber bleiben. Die Republik sähe heute anders aus, würden die Linken wieder für die gleiche Sache streiten." Eberhardt griff nach seinem Glas und nahm einen großen Schluck, während die beiden Kommissare über das Gehörte nachdachten. Bohlan ergriff als Erster das Wort.

„Sie meinen, die Linke hätte nach der Einigung eine Mehrheit."

„Herr Kommissar, sie hat sie heute bereits. Rechnerisch zumindest. Schauen Sie sich doch mal die Verhältnisse im Osten an. In jedem ostdeutschen Bundesland könnten Rote und Linke ohne Probleme die Regierung stellen. Das Gleiche gilt für den Bund und zunehmend auch für die Westländer. Es ist eine Mehrheit, die die Linke nicht nutzt. Und die Roten versuchen alles, um sie nicht nutzen zu müssen. Das ist doch absurd."

„Und was ist mit dem Vorwurf der Stasi-Partei?"

„Ach, hören Sie doch auf. Da glaubt doch allenfalls noch ein eingefleischter Konservativer dran. Seit der Einheit sind zwanzig Jahre vergangen. Die Linke von heute hat mit der SED doch viel weniger zu tun als die Ost-Konservativen mit den ehemaligen Blockflöten. Dank der Konservativen wurde eine ehemalige FDJ-Aktivistin Kanzlerin."

„Sie sind ja ein richtiger Revoluzzer!" Bohlan hob sein Glas. „Und wissen Sie was, Sie gefallen mir."

Auch Julia Will hob ihr Glas und die drei stießen an.

„Aber was hat das alles mit unserem Fall in Frankfurt zu tun?", wollte Will wissen.

„Lass es mich mal so formulieren, die Roten sind noch nicht so weit, sich mit der Linken einzulassen. Es gibt zwei Lager, die sich erbittert gegenüberstehen. Die einen wollen einen Versuch und die anderen lehnen ihn mit Vehemenz ab. Einige wegen Lafontaine, andere aus Prinzip. Für sie ist die Linkspartei das Symbol für Stasi, Mauer und Zwangsvereinigung. Manche sind aus der

DDR geflohen oder saßen in Bautzen. Der Riss zieht sich auch durch die Frankfurter Genossen. Die Situation ist deswegen heikel, weil Brandt eigentlich bislang nicht zum linken Parteiflügel gezählt wurde. Die Strategie des linken Parteiflügels um Gerrit Gross war die, Brandt als Schröder- und Show-Mann madig zu machen. Brandt indes strickte hinter den Kulissen einen Deal mit der Linkspartei. Dies scheint nun auch die Mehrheitsverhältnisse bei den Roten zu kippen. Brandt steht kurz vor der Nominierung. Er hat die Mehrheit der einfachen Mitglieder hinter sich."

„Und warum wäre das alles so schlimm?"

„Brandt ist stark, er stellt sich gegen jede öffentliche Parteilinie. Ausgestattet mit einer charmanten Art, genügend Zeit und wirtschaftlichem Kapital in der Hinterhand sind seine Chancen ausgezeichnet. Übrigens nicht nur bei den Roten. Er ist der geborene Antipolitiker. Das Volk liebt ihn und der Volksfrontvorwurf wird an ihm abgleiten. Kann sein, dass er auch in der eigenen Partei Tabula rasa machen wird."

„Wir hatten heute übrigens zwei Gespräche mit den Herren Bepperling und Klaus", schaltete sich Bohlan ein. „Können Sie zu den beiden etwas sagen?"

Eberhardt leerte sein Glas und während Bohlan es wieder füllte, begann er mit seinen Ausführungen.

„Bepperling hat es zu seinem Markenzeichen gemacht, jeden Tag gleich auszusehen. Beinahe so als wäre er dem Film „Und täglich grüßt das Murmeltier" entsprungen. Schwarze Anzughose, weißes Hemd. Früher trug er dazu eine dunkelbraune Wildlederjacke. Ein an und für sich zeitloses Modell. Wäre er Referatsleiter in der Stadtverwaltung geblieben, hätte sich daran auch nichts geändert. Dann hatte ihn die Personalnot der Roten auf den Sitz des Fraktionsvorsitzenden befördert. Seither gönnt er sich an den meisten Tagen auch eine Krawatte und ein ordentliches Jackett. Das Lehramt-Studium hatte er aufgrund seiner Prüfungsangst nicht abschließen können. Dafür konnte er umso besser Kungeln. Der damalige Wirtschaftsdezernent hat ihn zu seinem persönlichen Referenten gemacht. Als die Amtszeit des Dezernenten zu Ende war, endete auch Bepperlings Zeit als Referent. Tagein, tagaus darbte er in seinem Büro und träumte von einer Karriere in der Partei und von der Macht. Er wollte endlich jemand sein, der etwas zu sagen hatte. Die Zeiten des übermächtigen Wirtschaftsdezernenten, der ihn jahrelang gedeckelt und klein gehalten hatte, sollten ein für alle Mal der Vergangenheit angehören. Nun hatte er Zeit, eine gesicherte Existenz und das Wissen, dass im rechten Parteizirkel alles auf ihn zulief. Jeder der halbwegs etwas auf sich hielt, engagierte sich im linken Zirkel oder bei den neuen Netzwerkern. Im rechten Parteiflügel war Nachwuchs nicht gerade Massenware. Die betagten Greise, die sich an Stöcken und mit Prothesen in die Sitzungen schleppten, hatten Bepperling nach einiger Anlaufzeit und mangels Konkurrenz zu ihrem Kronprinzen gemacht."

„Klingt nicht gerade nach wirklichen Führungsqualitäten", stellte Bohlan fest, um gleich auf Moritz Klaus zu kommen. Eberhard lächelte kurz und dozierte weiter: „Moritz Klaus ist das komplette Gegenteil. Er macht auf innovativ, kreativ und volksnah. Hätte er nicht diesen latenten Hang zur übertriebenen Selbstdarstelslung, wäre sein Standing in der Partei größer. Er ist in seiner Art Boris Brandt nicht unähnlich und die wirklich Mächtigen in der Partei versuchen ihn schon seit Jahrzehnten klein zu halten. Vielleicht ist er ihnen auch zu eigenständig. Dennoch hat er es zum Bundestagsabgeordneten geschafft. Zu Beginn seiner Karriere haben sie ihn ignoriert, dann haben sie ihn widerwillig aufgestellt, aber auf den Parteilisten möglichst auf aussichtslose Plätze platziert. Und was ist passiert?"

„Sagen Sie es uns."

„Er wurde immer direkt gewählt, weil er selbst aussichtslose Wahlkreise gewonnen hat. Er wäre auch ein guter Kandidat."

„Und was halten Sie von einem Duell Brandt gegen Schwarz?", setzte Bohlan nach.

„Ui", zischte Eberhardt durch die Zähne. „Das wird wirklich spannend. Spannend und hart. Ein Duell bis aufs Messer."

Bohlan schaute zur Seite und sah Will, die gebannt und unruhig zugleich auf ihrem Stuhl hin und her rutschte.

„Inwieweit bis aufs Messer?"

„Schwarz ist ein rechter Hardliner. Ein Konservativer aus Fleisch und Blut. Trotzdem kombiniert er das mit seiner Jugendlichkeit und seinem manchmal auch liberalem Gefasel. Aber ich schätze, dass Schwarz im Wahlkampf alle Register ziehen wird, um Brandt zu verunglimpfen. Da könnte ein Wahlkampf nach dem Fünfziger-Jahre-Muster laufen. Von wegen „Freiheit oder Sozialismus“ oder ein ähnlicher Schwachsinn.“

„Vielleicht würde Schwarz es aber auch mit anderen Methoden versuchen“, schob Will ein. Eberhardt überlegte kurz „Du meinst doch nicht, dass er etwas mit ...“

„... mit den Machenschaften gegen Brandt zu tun hat“, ergänzte Will.

„Nein, das kann ich mir nicht vorstellen. Schwarz ist ein rechter Hardliner aber so viel kriminelle Energie ... das glaube ich nicht.“

„Na ja, manchmal sind die angeblichen Saubermänner die Schlimmsten, denk mal an den Spendensumpf, die Waterkantgeschichte oder den Ministerpräsidenten mit seinen Waffenlieferungen.“

Eberhardt bekam Schweißperlen auf der Stirn.

„Nein, das glaube ich wirklich nicht. Aber es ist ja eure Aufgabe, das herauszufinden.“ Er schenkte noch einmal allen nach. Dann war der Bembel leer und es wurde eine neuer bestellt. Gegen zweiundzwanzig Uhr war die Stimmung bereits sehr gelöst und die Reihen im Lokal lichteten sich. Plötzlich wurde der Vorhang zur Seite geschoben und ein älterer Mann, mit halblangen dunkelbraunen, leicht gewellten und nach hinten gekämmten Haaren betrat das Lokal. Eberhardt, der den Mann sofort erblickt hatte, rief:

„Ah, guten Abend, Herr Komponist.“

Der Neuankömmling, der gerade dabei war, Mantel und Schal abzulegen, blinzelte ihm kurz und freundlich zu und erwiderte: „Guten Abend, die Herren.“ Dann hängte er Mantel und Schal an den Haken neben dem Stammtisch und setzte sich. „Na, lieber Timo, wie geht's?“ „Gut. Danke der Nachfrage. Darf ich meine beiden Begleiter vorstellen, die Kommissare Bohlan und Will von der Kripo.“

„Oh, welch hoher Besuch. Dann muss man heute Abend vorsichtig sein, was man sagt.“

„Herr Bohlan, Frau Will, dass ist Klaus Mehl, einer der innovativsten zeitgenössischen Komponisten.“

„Hocherfreut, Herr Mehl“, antwortete Bohlan, und Will fügte

interessiert hinzu: „Was komponieren Sie denn?“

„Nun ja, dies und das. Ich setze Töne.“

„Du solltest nicht so bescheiden sein.“ Und zu den Kommissaren gewandt: „Mehl schreibt moderne Musik, einzigartig im Klang und auch nicht immer zu ertragen.“

„Vorsicht, keine Beleidigungen, Timo, aber du hast Recht, es ist keine Easy-Going-Musik. Meine Musik bewegt sich abseits vom gemeinen Klangbild, das die Herrschaft über die Weltmusik übernommen hat.“

„Und nebenbei philosophiert er mit dem Staatsekretär über den Lauf der Welt.“

„Sehr richtig.“ Und wie passend, öffnete sich der Vorhang erneut und der Staatsekretär außer Dienst Dr. Dietmar Kleinschmidt betrat das Lokal. Er trug das komplett weiße Haar kurz und akkurat geschnitten und zum Linksscheitel frisiert. Der Rand seiner Brille war aus fast Haarstrich dünnem Metall. Auch Kleinschmidt hängte seinen roten Schal und seinen schwarzen Mantel an den Haken und setzte sich erwartungsvoll zu den vieren. Sein erstes Wort galt dem Komponisten. „Schon das Pils geordert?“

„Nein, ich wollte auf dich warten und die anderen hier begnügen sich mit diesem sauren Gesöff.“

Kleinschmidt drehte sich um und gab dem Mann hinter dem Tresen ein kurzes Zeichen und der begann sofort, zwei Pilsgläser aus dem Regal zu nehmen. Kleinschmidt wandte sich an die Runde. „Heute haben wir zwei neue Gesichter hier.“

Bohlan wollte gerade ansetzen, etwas zu sagen, doch wieder kam ihm Eberhardt zuvor. „Ja, das sind die Kommissare Bohlan und Will von der Frankfurter Kripo.“

Kleinschmidt blickte zugleich streng und belustigt über den Rand seiner Brille. „Dann müssen wir mit unseren Äußerungen heute aber sehr vorsichtig sein.“

Bohlan nickte ernst zurück, fügte dann aber hinzu: „Keine Sorge, wir sind nicht wegen Ihnen hier.“

„Dann wären Sie auch umsonst gekommen.“

Es begann ein lockeres Gespräch und sowohl Mehl als auch Kleinschmidt entpuppten sich als unterhaltsame Gesprächspartner, die voll auf der Höhe der aktuellen Ereignisse waren und durchaus den einen oder anderen Gedanken zum Frankfurter Geschehen beisteuern konnten. Mehl war interessierter Zeitungsleser und Kleinschmidt als ehemaliger Staatssekretär, Anwalt und Lokalpolitiker verfügte über ein enormes Hintergrundwissen, das er gerne zur Schau stellte und dies pointiert und unterhaltsam tat. Gegen vierundzwanzig Uhr war das Lokal bis auf die fünf Personen, die am Stammtisch saßen, und dem Mann am Ausschank leer. Die Bedienung hatte bereits vor einer Viertelstunde die Stühle der anderen Tische auf selbige gestellt und die letzte Runde zur Bestellung aufgenommen. Nach Auslieferung der letzten Biere an den Komponisten und den Staatssekretär hatte sie kassiert und sich verabschiedet. Nun waren Gläser und Bembel leer. Der Mann hinter dem Tresen blickte halbwach über die Theke, Kommissar Bohlan befand sich in einem Zustand zwischen Laberei und Delirium, während Komponist und Staatssekretär zum wiederholten Male um eine wirklich allerletzte Runde bettelten, die allerdings abgelehnt wurde. Wahrscheinlich war das das übliche Spiel zwischen den Beteiligten, dachte Will, die zwar angetrunken, aber noch Herrin ihrer Sinne war. Auch Timo Eberhardt war noch in der Lage, klare Gedanken zu fassen und kündigte an, die letzte U-Bahn nehmen zu wollen, die direkt vor dem Lokal abfuhr. Das war das Startzeichen zum allgemeinen Aufbruch. Der Komponist erhob sich mit den Worten „Wenn wir hier nichts mehr bekommen, ziehen wir eben weiter“, was vom Staatsekretär mit einem Grinsen quittiert wurde. Bohlan versuchte sich zu erheben. Es gelang ihm beim dritten Anlauf. Er schwankte zum Kleiderhaken und zog sich seinen Mantel an. Der Staatssekretär erläuterte, man wolle weiter zur „Turnerschänke“, da gebe es bis nachts hinein Bier und man könne dort locker fünfzig Jahre Zuchthaus antreffen. „Wir nehmen Sie aber nur mit, wenn Sie nicht im Dienst sind“, fügte der Komponist hinzu. Julia Will entgegnete: „Wir sind immer im Dienst, aber momentan nicht in der Lage, diesen ordnungsgemäß auszuführen.“ Bohlan wollte etwas einwenden, wurde aber von seiner Kollegin resolut zurückgehalten. Die fünf verließen das Lokal, Eberhardt hetzte zur U-Bahnstation, wo gerade die letzte Bahn Richtung Innenstadt einfuhr. Komponist und Staatssekretär verabschiedeten sich, nicht ohne die beiden Kommissare zu zukünftigen Stammtischgesprächen einzuladen und bogen nach links ab Richtung Niederursel. Bohlan, der Richtung Parkplatz torkeln wollte, wurde von seiner Kollegin abgefangen, die ihn nach einer endlos langen Diskussion davon überzeugen konnte, dass es vermutlich besser sei, nicht mehr mit dem Auto nach Hause zu fahren. Sie bot ihm ihr Gästebett an und Bohlan nahm die Einladung schließlich an.

17. Kapitel

Die Nacht war furchtbar, die Matratze zu weich und das eigene Schnarchen zu laut. Der Morgen danach war nicht besser und der Tag sollte noch schlimmer werden. Mit zerknirschtem Gesicht, dröhnendem Kopf und sichtlich angeschlagen saß Kommissar Bohlan zur frühen Stunde in Oma Wills Küche. Die drahtige und vor allem wissbegierige Frau um die siebzig hatte aufgebackene Brötchen aus der Dose bereitgestellt und einen extra starken Kaffee zubereitet, den sie in eine Tasse goss. Ihre Brille beschlug, als sie die Tasse mit dem dampfenden Kaffee vor Bohlan stellte. „Das wird Ihnen helfen und wenn nicht, hab ich noch ein altes Hausmittel."

„Das können Sie auch schon mal vorbereiten. Ich glaube, mich hat es ziemlich heftig erwischt." Oma Will grinste und nahm Bohlan den Kaffee wieder ab. Sie stellte ihn auf ihre Arbeitsplatte, griff eine Zitrone aus dem Obstnetz, schnitt sie auf und schüttete deren ausgepressten Saft in den Kaffee. Anschließend reichte sie Bohlan den Pott zurück, der vorsichtig daran nippte und sein Gesicht verzog.

„Sie wollen mich doch nicht etwa umbringen? Das schmeckt ja scheußlich!"

„Nein, keine Sorge, das bewirkt eher das Gegenteil", lächelte Oma Will und setzte sich an den Frühstückstisch. „Und nun erzählen Sie mir bitte mal, wie sich meine Enkelin so anstellt. Sie ist nämlich ein cleveres Mädchen."

Bohlan stöhnte innerlich und nahm alle Lebenskraft zusammen, um ein Lächeln auf sein Gesicht zu zaubern, was ihm halbwegs gelang. Gerade als er zu einem ausweichenden Satz ansetzen wollte, stieß Julia Will die Küchentür auf. Niemals zuvor hatte er sich über das Auftauchen seiner Kollegin mehr gefreut als in diesem Moment und sichtlich erleichtert begrüßte er sie. „Gut, dass Sie kommen, Ihre Oma versucht gerade, mir einen absolut tödlichen Drink einzuflößen."

„Herr Bohlan, das ist doch sicher das Beste, was Ihnen heute Morgen passieren kann", entgegnete Will und fügte an ihre Oma gewandt hinzu: „Machst du mir bitte auch einen Zitronenkaffee?"

Oma Will blickte ihre Enkelin ernst an. „Also langsam muss ich mir wirklich Sorgen um dich machen. Das ist nun schon der zweite normale Arbeitstag in dieser Woche, an dem du mit einem Kater in der Küche stehst. Und dann diese dauernden Männerbesuche."

„Oma, hör auf, mir ist heute Morgen nicht nach Späßen zumute."

„Das glaub ich, wo bist du denn gestern versackt?"

„Im Lahmen Esel mit einem Herrn Mehl und einem Herrn Kleinschmidt, falls dir die Namen etwas sagen."

„Mehl und Dr. Kleinschmidt, na, dann wundert mich nichts mehr", antwortete Oma Will und schob ihrer Enkelin einen Zitronenkaffee zu.

„Wieso, was ist mit den beiden?", wollte Bohlan wissen.

„Na ja, die sitzen fast jeden Abend in der Kneipe und analysieren die Welt. Mehl ist Musiker, der macht so was wie moderne Musik. Eigentlich nicht hörbar. Und Kleinschmidt war mal Berufspolitiker. Landtagsabgeordneter oder so was. Die beiden haben wirklich was auf dem Kasten, sind hoch belesen und lieben es, die Nächte lang zu diskutieren." Will nahm einen großen Schluck und wollte gerade nach einem Brötchen greifen, als Bohlans Handy eine Melodie zu dudeln begann. Bohlan schaute auf das Display, das Steinbrechers Nummer anzeigte. Ein merkwürdiges Gefühl beschlich ihn, als er die grüne Taste drückte: „Guten Morgen, bist wohl immer noch der gleiche Frühaufsteher wie damals?"

„Ja, aber deswegen würde ich dich nicht anrufen. Wir hatten hier gerade einen anonymen Anruf. Es soll wieder eine weibliche Leiche geben und jetzt halt dich fest, ich gehe davon aus, dass es sich um diese Journalistin, wie war noch gleich der Name ..."

„Mona Sell."

„Ja genau, um Mona Sell handeln könnte."
„Wie kommst du darauf?"
„Der Anrufer sprach von der Brückenstraße 26. Da ich mir gerade gestern noch mal alle Daten durchgesehen hatte, kam mir die Adresse bekannt vor. Mona Sell wohnt genau dort. Es würde mich nicht wundern, wenn sie die Tote ist."
„Okay, Will und ich fahren gleich los und klären das vor Ort. Verständige du schon mal die Spusi und die Gerichtsmedizin."
„Ist schon erledigt."
Bohlan klappte sein Handy zu und sah die beiden Frauen, die eine gewisse Ähnlichkeit nicht leugnen konnten, an. Für vielleicht eine Minute sprach niemand ein Wort. Dann wandte sich Bohlan an Will. „Schmieren Sie sich das Brötchen, wir fahren los."

Kurze Zeit später bestiegen sie Bohlans Lupo. Der Weg durch die frische Morgenluft bis zum Parkplatz des Lahmen Esels war eine Wohltat für Bohlans Kopf. Er startete den Wagen und sie fuhren durch Niederursel zum Nordwestzentrum, um dort die Schnellstraße Richtung Innenstadt zu nehmen. Die meiste Zeit verbrachten die beiden Kommissare schweigend, was zum einen mit dem verkaterten Zustand der beiden und zum anderen mit der Vorahnung auf die kommenden Bilder zusammenhing. Nach etwa einer halben Stunde hatten sie Sachsenhausen erreicht und parkten im Halteverbot vor dem Haus, in dem sich die Wohnung befand. An der Haustür ließ Bohlan seinen Blick über die Namensschilder an der Klingelanlage wandern. Ein kurzer Augenblick genügte, um die Aufschrift M. Sell zu erfassen. Sie stiegen die Treppen nach oben und erreichten den dritten Stock. Dort gelangten sie zu einem offenen Flur. Rechts konnte man über eine Brüstung in den Innenhof blicken und links war der Zugang zu vier nebeneinander liegenden Wohnungen. Die vorletzte Tür stand offen. Als Bohlan und Will die Tür erreicht hatten, war klar, dass es sich tatsächlich um Sells Wohnung handelte. Diesmal war ihnen die Spusi zuvorgekommen. Sie hatte bereits ihre Arbeit aufgenommen. Bohlan und Will stolperten in die Wohnung, die aus zwei Zimmern bestand. An der Tür zum Schlafzimmer blieben sie stehen. Der Anblick, der sich ihnen bot, kam Bohlan seltsam bekannt vor. Es war zweifelsohne Mona

Sell, die nackt, nur mit schwarzen Lederstiefeln bekleidet, auf dem Bett gefesselt lag. Wäre die aufgeschnittene Kehle und die Blutlache nicht gewesen, so wäre es ein durchaus erotischer Anblick, stellte Bohlan fest und wunderte sich, dass er die Schönheit der toten Journalistin zu ihren Lebzeiten nicht wahrgenommen hatte. Bohlan wandte seinen Kopf zu Julia Will, die kreidebleich neben ihm stand. Kurzentschlossen drängte er sie nach draußen. „Kommen Sie, wir sollten die Arbeit der Spusi nicht behindern."

„Eine sehr professionelle Einstellung!", tönte es von hinten. „Wir haben schon genug Kommissare erlebt, die einige der wenigen vorhandenen Spuren vernichtet oder beschädigt haben."

Bohlan wollte dem Mann von der Spusi, der ihm noch aus der Vergangenheit unangenehm in Erinnerung geblieben war, „halts Maul" entgegenpfeffern, konnte sich aber im letzten Moment beherrschen und fragte stattdessen angestrengt freundlich: „Wie lange brauchen Sie hier noch?"

„Vielleicht 'ne Stunde, können auch zwei werden."

„Okay, versiegeln Sie bitte die Wohnung und schicken den Bericht direkt an mich ins Präsidium."

„Geht nicht, wir wollten hier dann noch 'ne Feier veranstalten."

Der Antwort aus dem Schlafzimmer folgte lautes Gelächter.

Die Kommissare hatten genug gesehen. Da sie im Moment sowieso nichts weiter veranlassen konnten, entschlossen sie sich, in einem Café auf der Schweizer Straße einen starken Kaffee zu trinken. Die Stimmung war am absoluten Nullpunkt angekommen. Nur ab und zu konnte sich einer zu einer belanglosen Bemerkung durchringen. Beide waren erschlagen von den Nachwirkungen des vergangenen Abends und der Fund der Leiche tat ein Übriges. Sie fühlten sich ausgelaugt und machtlos. Bohlan versuchte die Zeitungen des Tages zu studieren, während Will die meiste Zeit leer und regungslos aus dem Fenster starrte. Nach einer halben Stunde fuhren sie ins Präsidium.

Die Nachricht vom Tode Mona Sells war bereits durchgesickert und drückte auch dort auf die Stimmung. Alle hatten auf Bohlan und Will gewartet und waren enttäuscht, dass sie keine

Neuigkeiten mitbrachten. Steinbrecher hatte einige Informationen über Sell zusammentragen. Sie hatte die meiste Zeit ihres Lebens in Frankfurt verbracht, war hier geboren und zur Schule gegangen. Nach ihrem Studium an der Frankfurter Universität hatte sie für verschiedene Zeitschriften und Magazine gearbeitet, vor allem für ein Stadtmagazin. Darüber hinaus war sie auch Verfasserin diverser Reise- und Auslandsberichte und hatte sich in diesem Metier einen gewissen Ruhm erworben. Trotz ihrer Verbundenheit zu Frankfurt war sie viel in der Welt herumgekommen. Zum Privatleben war bislang wenig bekannt. Das Einzige, was Steinbrecher dazu herausgefunden hatte, war, dass ihre Eltern auch in Frankfurt lebten.

„Wurden die bereits verständigt?“, wollte Bohlan wissen.

„Bislang nicht“, antwortete Steinbrecher.

„Das sollten wir bald tun, bevor sie es aus den Medien erfahren.“

„Ich kann das übernehmen“, drängte sich Julia Will vor.

„Sind Sie sicher, dass Sie das schaffen?“

„Ja, geht schon, außerdem wird mir ein bisschen frische Luft gut tun. Ich könnte jetzt sowieso nicht im Büro bleiben.“

„Einverstanden.“ Bohlan war froh, dass er nicht diesen Job übernehmen musste. „Steinbrecher wird Ihnen die Adresse geben.“ Bohlan fuhr sich mit der Hand über den kahlen Schädel, als wolle er die Haare in Form bringen. Dann lehnte er sich zurück.

„Ich muss heute auf jeden Fall noch mal in Sells Wohnung. Wir wissen zu wenig über ihre Arbeit und ihr Leben. Steinbrecher und Steininger kommen mit. Sechs Augen sehen mehr als zwei. Wenn die Spurensicherung und die Gerichtsmediziner fertig sind, müssen wir jeden Zentimeter der Wohnung auf den Kopf stellen.“

Steininger und Steinbrecher nickten zustimmend.

Als die drei Kommissare am Nachmittag in der Wohnung von Mona Sell auftauchten, waren die Leute von der Spusi gerade dabei die Sachen zu packen. Sie versprachen schnellstmöglich eine umfangreiche Dokumentation vorzulegen und konnten berichten, dass die Leiche mittlerweile in die Gerichtsmedizin gebracht worden war. Bohlan wünschte der Spusi noch einen schönen Tag und schloss hinter ihnen die Tür. Nun war Zeit für die Schnüffelarbeit.

Mona Sells Wohnung war nicht allzu groß. Sie bestand aus zwei Zimmern, wovon das eine ganz in Rot gestrichen war und einzig und allein als Schlafzimmer gedient haben musste. Die Wände waren oben mit einer weißen Stuckleiste versehen. Das Fenster ging zur Hofseite hin. An einer Wand stand ein großer Schrank und an der anderen hing ein ebenso großer Spiegel mit Goldrand. Alles machte einen gediegenen Eindruck. Das zweite Zimmer war ungleich größer, eher nüchtern gestaltet und diente als Wohn- und Arbeitszimmer. Die Wände des länglichen Raums waren weiß. Ein großes Regal teilte den Raum in die Bereiche Wohnen und Arbeiten. Im Wohnbereich standen eine Zweier-Couch mit Sessel und ein kleiner Esstisch zum Ausklappen. Der kleinere Arbeitsbereich wies einen Schreibtisch und eine Unmenge an Regalen auf, die mit Büchern und Ordnern bestückt waren. Steinbrecher und Steininger machten sich gleich ans Werk und fingen an, die Ordner zu durchforsten. Steinbrecher saß am Schreibtisch und Steininger holte sich einen der Stühle aus dem Wohnbereich und setzte sich in die andere Ecke, einen Ordner auf die Knie legend. Bohlan inspizierte Küche und Bad, ohne dort etwas Verdächtiges zu finden. Dann gesellte er sich zu seinen Kollegen.

„Und, schon was gefunden?“

„Noch nicht, sind aber einige wirklich interessante Artikel dabei.“

„Sagt mal, wo steht hier eigentlich der Computer?“, wollte Bohlan wissen und sah sich suchend im Raum um.

„Keine Ahnung, ich habe noch keinen gesehen“, entgegnete Steininger, dem fast der Ordner vom Schoß gerutscht war.

„Das ist aber schon sehr merkwürdig, eine Journalistin muss doch einen Computer haben“, fügte Steinbrecher hinzu.

„Das ist nicht nur merkwürdig, sondern auch unmöglich. Frau Sell hatte mit Sicherheit einen Computer. Zumindest einen Laptop führte sie meistens bei sich“, ergänzte Bohlan und ging mit seinen Augen sämtliche Regale ab, ohne jedoch auf einen Laptop oder etwas Anderes zu stoßen, das auf das Vorhandensein eines Computers hätte hindeuten können. Bohlan nahm sich als Nächstes die Bilder vor, die an der Wand hingen. Er nahm sie ab, begutachtete die Wände dahinter und hängte sie dann wieder zurück. Steininger beobachtet ihn dabei.

„Sie meinen doch nicht wirklich, dass es hier in dieser Wohnung Platz für einen Zimmertresor gibt!“

Bohlan sah Steininger nur verständnislos an. „Was meinen Sie, was ich schon alles erlebt habe. Man sollte grundsätzlich nichts ausschließen. Ich bin mir ziemlich sicher, dass es irgendwo ein Versteck gibt. Selbst wenn der Laptop verschwunden wäre, müsste es doch Sicherungen geben. Disketten, CD-Roms, Sticks oder dergleichen.“

Tatsächlich aber fand Bohlan hinter den Wandbildern keinerlei Anhaltspunkte. Er ging nahe an den Bücherregalen vorbei, die bis auf den letzten Platz voll gestellt waren. Hier und da standen vor den Büchern kleine Fotos. Bohlan nahm sie einzeln aus den Regalen und betrachtete sie aufmerksam, bevor er sie wieder an ihren Platz zurückstellte. Eines hielt er besonders lange in der Hand. Die Aufnahme musste irgendwo am Main gemacht worden sein. Sie zeigte drei Männer und eine Frau. Bohlan betrachtete die Gesichter. Alle lachten in die Kamera. Die Kleidung zeugte davon, dass es ein warmer Tag gewesen sein musste. Der Mann, der in der Mitte stand, erinnerte Bohlan sehr an einen jungen Boris Brandt. Der Lockenschopf neben ihm konnte Thomas Kunkel sein und die Frau an Brandts Seite hatte gewisse Ähnlichkeit mit Mona Sell, wobei irgendetwas nicht zu passen schien. Den anderen Mann kannte Bohlan nicht. Bohlan drehte das Bild herum. Auf der Rückseite war ein Datum aufgedruckt. 17.8.1992. Bohlan drehte es wieder herum und schaute sich nochmals die Gesichter an. Die Menschen darauf schienen irgendwie glücklich zu sein, es lag etwas Unbeschwertes in ihren Blicken. Gerade als Bohlan das Bild wieder in das Regal zurückstellen wollte, schrie Steinbrecher: „Seht mal hier, ein USB-Stick!“ Gedankenlos schob Bohlan das ungerahmte Foto in seine Manteltasche und eilte zu Steinbrecher. Auf dem Schreibtisch lag er, klein und grau. Der USB-Stick. Die drei Kommissare betrachteten dieses Meisterwerk der Technik, ohne etwas damit anfangen zu können, da von einem Computer nach wie vor nichts zu sehen war.

„Wir stecken das ein und lassen es von unseren Experten im Präsidium durchchecken“, ordnete Bohlan an, bevor er in den Wohnbereich wechselte, um dort nach weiteren Versteckmöglichkeiten Ausschau zu halten. Kurz darauf fand er einen dünnen Rollcontainer unter der Couch. Er zog ihn raus. Abgesehen von zwei Kabeln war er leer. „Seht euch mal das an“, rief er die beiden anderen herbei.

„Das könnte wirklich ein Versteck gewesen sein. Jedenfalls deuten die Kabel darauf hin.“

„Ja, dann heißt das aber, dass der Laptop wirklich verschwunden ist. Es könnte also nicht nur Mord gewesen sein. Möglicherweise ging es dem Täter auch darum, Informationen zu sichern.“

„Oder sie zu beseitigen“, ergänzte Steinbrecher.

„Ja, auch das wäre eine Möglichkeit. Hoffen wir, dass uns der USB-Stick weiterbringt. Wie lange braucht ihr hinten noch?“

„Weiß nicht, es liegen noch einige Regale vor uns. Lieber etwas gründlicher suchen, als es zweimal zu tun, oder?“

„Ja, war keine Kritik. Ich werde mal die Nachbarn durchklingeln. Vielleicht kann man da noch etwas an Informationen herausbekommen.

Bohlan hatte tatsächlich Glück und traf mehre Nachbarn an. Mona Sell wurde durchweg als eine freundliche und hilfsbereite Nachbarin beschrieben. Die meisten Nachbarn lobten sie in den höchsten Tönen und zeigten sich von ihrem Tod zutiefst erschüttert. Lediglich ein älterer Nachbar, der direkt in der Wohnung neben Sell wohnte, führte Beschwerde darüber, dass es häufig wechselnde Männerbekanntschaften gegeben hatte. Auch in der Mordnacht sei es laut zur Sache gegangen. Beobachtet habe er allerdings nichts. Dafür wollte eine Frau Fleischer aus dem Parterre am gestrigen Abend einen Mann im Treppenhaus gesehen haben, der auf dem Weg nach oben war. Frau Fleischer hatte ein verbrauchtes Gesicht, das ausgelaugt und zugleich streng wirkte. Dieser Eindruck wurde durch die nach oben geknoteten, ergrauten Haare verstärkt. Sie war vielleicht Ende sechzig, vielleicht aber auch älter – Bohlan konnte das nicht genau einordnen. Als er eine genauere Beschreibung des Mannes haben wollte, verschwand sie für einen Moment und schwenkte bei der Rückkehr an die Tür die Ausgabe der gestrigen Boulevardzeitung einer Trophäe gleich in der Hand. Ihre langen, schmalen Finger deuteten auf das Bild auf der Titelseite. Ihr Mund verzerrte sich zu einer Fratze.

„Der da war's!“

Bohlan warf einen ungläubigen Blick auf das Konterfei Boris Brandts.

„Sind Sie sich da sicher?“

„Natürlich, das ist doch der, der mit den Kommunisten gemeinsame Sache machen tut. Wissen Sie ich bin in Berlin aufgewachsen. Meine Familie wurde von den Drecksäcken auseinandergerissen und jetzt sollen die uns hier regieren. Das ist doch unfassbar.“

Bohlan wollte sich auf keine längere Diskussion einlassen und bedankte sich artig, nicht ohne den Hinweis zu geben, dass man diese wichtige Aussage noch genau protokollieren müsse.

„Selbstverständlich, wenn's hilft, einen Kommunistenhelfer hinter Gitter zu bringen.“

Danach überschlugen sich die Ereignisse. Die Nachbartür ging auf und eine junge Frau mit kurzen, rotgefärbten Haaren kam heraus.

„Stimmt das wirklich? Es gab eine Tote und der Brandt hat damit was zu tun?“

Bohlan starrte die Frau an, die auf den Hausflur getreten war. Im Türrahmen hinter ihr stand ein junger Mann mit kurz geschnittenen braunen Haaren und einer schwarzen Brille.

„Wer sind Sie denn?“

„Cleo Ebermann und das ist mein Kollege Jochen Wolers. Wir sind beide Stadtverordnete der Roten und in großer Sorge über die weitere politische Entwicklung.“

„Tun Sie was, Frau Ebermann, dieses Kommunistenpack muss verschwinden.“ Frau Fleischer stürmte mit erhobener Hand auf ihre Nachbarn zu. Bohlan ging dazwischen und versuchte die Situation zu beruhigen. Nach einiger Zeit und gutem Zureden gelang es ihm, Frau Fleischer zurück in ihre Wohnung zu befördern. Bohlan notierte sich die Namen von Ebermann und Wolers, die zwar auf Brandt schimpften, ansonsten aber nichts zur Aufklärung des Mordes beitragen konnten. Nach diesen Ereignissen musste Bohlan zur Besinnung kommen. Er beschloss, beim Italiener gegenüber eine Pizza zu essen.

Die Pizzeria „Amalfi“ gehörte zu den besten der Stadt. Mediterranes Ambiente, Holzofen und Pizzen mit jeder Menge Knoblauch. Bohlan studierte die Karte und telefonierte mit Steinbrecher und Steininger, denen eine Pause sehr gelegen kam. Anschließend bestellte er einen doppelten Espresso und griff erneut zu seinem Handy. Er rief Julia Will an, die irgendwo im Norden der Stadt unterwegs war, klärte sie über das soeben Erfahrene auf und bat sie, bei Boris Brandt vorbeizuschauen, um ihn nach dem gestrigen Abend zu befragen. Nach ihrem Eintreffen in der Pizzeria nahmen Steinbrecher und Steininger die jüngsten Ermittlungsergebnisse einigermaßen fassungslos zur Kenntnis.

„Das wirft natürlich ein ganz neues Licht auf Brandt", bemerkte Steininger und Steinbrecher ergänzte: „Sieht so aus, als hätten wir jetzt tatsächlich einen Hauptverdächtigten."

Die drei Kommissare verabredeten, dass Steininger und Steinbrecher noch letzte Abschlussarbeiten in der Wohnung erledigen würden. Bohlan selbst wollte einen Abstecher zum Gerichtsmedizinischen Institut machen. Zum Nachtisch kaufte sich Bohlan eine Packung Gauloises an der Theke und rauchte vor der Tür, an die Hauswand gelehnt. Die erste Zigarette seit vielen Jahren schmeckte seltsam und vertraut zugleich. Während sich der blaue Dunst einen Weg durch den Gaumen hin zur Lunge suchte, dachte der Kommissar über die jüngsten Ermittlungsergebnisse nach. Die ganze Geschichte schien nun völlig aus dem Ruder zu laufen. Konnte Brandt tatsächlich der Täter sein? Alles wäre dann so einfach. Andererseits fiel Bohlan kein Grund ein, warum der Musikproduzent und angehende Kandidat seine Referentin und eine Journalistin umbringen sollte. Bohlan ließ die angerauchte Zigarette zu Boden fallen und trat mit dem Fuß drauf. Er ärgerte sich über seinen Suchtrückfall. Seine rechte Hand drückte die Zigarettenpackung zusammen. Er überlegte, sie in den nächsten Mülleimer zu schmeißen. Wut und Enttäuschung über seine eigene Lasterhaftigkeit stiegen in ihm auf. Er beschloss, gleich heute Abend nach Dienstschluss durch die frische Luft zu joggen, um den Dunst aus seiner Lunge wieder zu vertreiben. Dann steckte er die Zigarettenpackung in seine Manteltasche. Sicher ist sicher, dachte er.

18. Kapitel

Die Frankfurter Gerichtsmedizin residiert in einem fast idyllisch anmutenden Altbau am südlichen Mainufer zwischen Sachsenhausen und Niederrad. Vom Tatort aus musste Bohlan nur einige Kilometer den Main entlang flussabwärts zurücklegen. Als er dort eintraf, war Dr. Spichal gerade mit der Obduktion fertig. Mona Sells Leiche lag auf dem Seziertisch. Dr. Spichal begrüßte Bohlan fast wie einen alten Freund. „Mensch, Tom, dich hab ich ja eine Ewigkeit nicht mehr hier gesehen. Schön, dass du wieder im Dienst bist."

„Ja, Andreas, so geht's. Eigentlich wollte ich all das hier nicht mehr sehen, aber manchmal kommt's im Leben anders, als man denkt. In diesem Falle war es ein Ebbelwoi zu viel."

Dr. Spichal musste grinsen. „Ich wusste gar nicht, wozu du fähig bist, wenn du einen über den Durst getrunken hast."

„Ja ja, aber so witzig ist es auch nicht und mittlerweile bin ich voll in diesem Fall drin. Was habt ihr herausgefunden?"

Dr. Spichal legte die Stirn in Falten und schaute kurz auf seine Unterlagen, die auf dem Tisch hinter der Leiche lagen.

„Die Todesursache ist ziemlich klar und selbst für einen Laien leicht auszumachen. Der Schnitt durch die Kehle war final. Als Todeszeitpunkt haben wir halb elf ermittelt, plus minus eine halbe Stunde. Die beiden Leichen, ich meine diese hier und die vor ein paar Tagen, ähneln sich auf seltsame Weise." Dr. Spichal machte eine künstliche Pause, möglicherweise um die Dramaturgie seiner Ausführungen zu steigern.

„Was meinst du damit?", warf Bohlan ein, der diese Eigenart des Mediziners aus der Vergangenheit kannte und ihm die kleine Freude nicht nehmen wollte.

„Nun es ist zum einen die gleiche Art Frau, ich meine jetzt mal vom Phänotyp. Jung, attraktiv, blonde Haare. Dazu kommen die merkwürdigen Darbietungen der Leichen mit Fuß- und Handfesseln und die Kleidung, soweit man bei schwarzen Lederstiefeln überhaupt von Kleidung sprechen kann. Aber dazu wirst du dir schon deine Gedanken gemacht haben. Was aber wirklich interessant ist: wir haben auch bei Mona Sell Spermaspuren gefunden. Ich habe mir mal den Spaß gemacht und diese hier mit denen verglichen, die wir bei Patricia Mandell gefunden haben und siehe da, es sind die gleichen."

Der von Dr. Spichal erwartete Applaus blieb allerdings aus. Bohlan sah den Mediziner einigermaßen geschockt an: „Sag das noch mal?"

„Es sind die gleichen Spermaspuren, Tom. Patricia Mandell und Mona Sell hatten unmittelbar vor ihrem Ableben mit dem gleichen Mann Sex."

Bohlan griff nach einem Stuhl und setzte sich.

„Das scheint dich ja ganz schön umzuhauen."

„Ja, denn dieses Ergebnis hat allerhöchste Brisanz. Ich glaube nämlich zu wissen, mit wem Patricia Mandell Sex hatte."

„Prima, dann hab ihr den Täter."

„Das glaube ich nicht. Zumindest kann ich mir das nicht vorstellen."

„Wer ist es denn?"

„Will ich noch nicht sagen, bist du dir wirklich sicher, dass es die gleichen Spermaspuren sind?"

„Absolut."

„Und es sind auch nur eine Sorte Spuren gefunden worden?"

Da Dr. Spichal Bohlan fragend ansah, fügte dieser zur Erläuterung hinzu: „Ich meine, es könnte nicht vielleicht sein, dass bei beiden ein zweiter Mann im Spiel ist."

„Ach so. Von den Spuren her gesehen, nein. Aber möglich wäre das natürlich, wenn dieser zum Beispiel ein Kondom benutzt hätte."

Bohlan verabschiedete sich relativ schnell. Die neusten Entwicklungen hatten ihn stark verwirrt. Sollte ihn seine Menschenkenntnis in den letzten Jahren so stark verlassen haben? Nach den nun vorliegenden Informationen war Boris Brandt der Verdächtigte Nummer eins. Er hatte mit beiden Opfern kurz vor ihrem Tod Sex gehabt und dabei nicht eine 08/15 Variante. Allem Anschein nach hatte er die beiden Frauen gefesselt, sich auf ihnen befriedigt und ihnen dann die Kehle aufgeschnitten. Dann war er zu seinem Freund Thomas Kunkel in den Club Voltaire gefahren und hatte sich den Abend mit Alkohol versüßt. Das Einzige, was zu diesen Schlussfolgerungen nicht passte, war, dass die ermittelten

Todeszeitpunkte nicht zu den Aussagen Brandts und Kunkels passten. Diese Lösung des Falles schien Bohlan auf eine merkwürdige Art und Weise zu offensichtlich. Den Kommissar beschlich das Gefühl, dass irgendetwas nicht stimmen konnte. Brandt mochte ein Lebemann sein, der nichts anbrennen ließ, der möglicherweise auch ein Liebhaber von Fesselspielen war, aber die ganze Geschichte erschien ihm zu konstruiert. Da musste mehr dahinterstecken. Vielleicht gab es einen Plan, den ungeliebten Kandidaten auf eine ganz üble Art und Weise aus dem Rennen zu schießen.

Sichtlich angefressen eröffnete Klaus Gerding am späten Nachmittag die Lagebesprechung. „So, meine Damen und Herren, die Ereignisse haben sich in den letzten Tagen sichtlich zugespitzt. Unsere Ermittlungen beziehungsweise die nicht vorhandenen Ergebnisse sind Tagesthema – nicht nur in der Boulevardpresse. Mittlerweile sind aus einer versuchten Erpressung zwei Morde geworden. Vorhin hatte ich ein Telefonat mit der Boulevardzeitung. Die wissen bereits etwas vom zweiten Mord und nicht nur das. Sie haben sogar ein Foto von der Leiche."

Die Nachricht von der Boulevardzeitung schlug ein wie eine Bombe. Bohlan fühlte sich in der Pflicht, sogleich zu antworten und riss die Initiative an sich. „Unfassbar. Ich denke mittlerweile, dass wir es mit einem Verrückten zu tun haben. Da wird ein Frankfurter Politiker erpresst und es wird versucht, ihn mit zwei Morden in Verbindung zu bringen. Gleichzeitig passieren die Morde in solch konstruierter Art und Weise, dass der Täter als ein sexbesessenes Monster erscheint. Das Ganze sieht aus, als wolle man, dass in jedem Fall etwas an Boris Brandt hängen bleibt. Entweder, dass er sich als potentieller Mörder ins öffentliche Gedächtnis eingräbt oder dass er zumindest als sexbesessener Hallodri dasteht, der nicht in der Lage ist, die Stadt zu führen und zu repräsentieren ..."

Gerding unterbrach Bohlan ziemlich rüde. „Ich habe nicht gefragt, was dein persönlicher Eindruck ist, sondern ich hätte gerne einen Einblick in die bisherigen Ermittlungen."

Bohlan schnappte nach Luft und versuchte, sich durch gleichmäßiges Ein- und Ausatmen zu beruhigen. Die anderen saßen betreten am Tisch und schauten unter sich. Bohlan sortierte seine

Gedanken. „Gut, Klaus, es ist in der Tat so, dass wir in der Sache selbst nicht viel weiter sind. Was wir bis jetzt wissen, ist, dass wir zwei tote Frauen haben, die beide unmittelbar vor ihrem Tod Geschlechtsverkehr mit Boris Brandt hatten."

„Was sagt Brandt dazu?", wollte Gerding wissen.

Julia Will ergriff das Wort: „Er hat das Gleiche gesagt wie vor wenigen Tagen, als es um den Tod von Patricia Mandell ging."

„Inwiefern?"

„Er war zutiefst erschüttert. Räumte dann ein, mit Mona Sell ein Verhältnis gehabt zu haben. Auch an dem besagten Abend sei er bei ihr gewesen, habe die Wohnung aber gegen zehn Uhr verlassen. Zu diesem Zeitpunkt sei Mona Sell noch am Leben gewesen. Den weiteren Abend habe er dann mit seinem Freund Thomas Kunkel im Club Voltaire verbracht."

Gerding sah Will mit einem nicht deutbaren Gesichtsausdruck an. Auch alle anderen sagten nichts und Will fügte nach einer Pause hinzu. „Selbstverständlich habe ich das Alibi überprüft. Kunkel hat Brandts Angaben bestätigt. Auch im Club Voltaire konnte man sich daran erinnern, dass die beiden bis tief in die Nacht zusammen getrunken haben."

Es herrschte wieder Schweigen. Diesmal war es Steininger, der die Stille unterbrach. „Boris Brandt vögelt sich durch die Frankfurter Gesellschaft und während er sich danach erholt und betrinkt, schlitzt jemand diese Frauen auf. Das ist doch pervers."

„Irgendwie schon, wenn es wirklich so war", schob Steinbrecher nach.

Gerding wollte wissen: „Was gibt es sonst noch?"

Bohlan fasste die weiteren Ergebnisse zusammen: „Die Eltern von Patricia Mandell konnten sich die Kontobewegungen nicht erklären. Auch sonst ..."

Bohlan wurde abrupt von Steinbrecher unterbrochen. „Mensch, Kontobewegungen. Das hätte ich fast vergessen. Wir haben auch die Kontoauszüge von Mona Sell gecheckt. Auch dort gab es in der letzten Zeit merkwürdig hohe Bareinzahlungen." Er kramte in den Unterlagen, die wie ein Berg auf dem Seitentisch lagen. Nach einer Zeit des Wühlens zog er den Ordner mit den Kontoauszügen hervor und begann darin zu blättern. „Ah, hier, eine Bareinzahlung über fünftausend Euro und die Woche später noch mal fünftausend. Ich glaube nicht, dass die Zeilenbeträge heutzutage in bar ausgezahlt werden. Das ist doch merkwürdig."

„In der Tat", ergänzte Bohlan und ließ sich den Kontoordner von Steinbrecher über den Tisch zuschieben. Julia Will brachte einen völlig anderen Aspekt in die Diskussion ein.

„Ich glaube immer noch, dass wir mit unseren Überlegungen auf dem völlig falschen Dampfer sind. Meiner Meinung nach haben wir es hier mit einem richtig dicken Bespitzelungsskandal zu tun. Überlegt doch mal, wäre es nicht möglich, dass das alles die Konservativen mit ihrem so sauberen Michael Schwarz inszeniert haben? Sie lassen Brandt bespitzeln, bestechen seine Mitarbeiter, beliefern die Presse mit dubiosem Material und schieben ihm so ganz nebenbei noch zwei Leichen unter. Das riecht doch nach einer Neuauflage des Barschel-Skandals."

„Das ist ja gut und schön. Für die Drohbriefe könnte das noch Sinn machen. Auch die komischen Geldeinzahlungen würde das erklären. Aber warum sollten dann Spitzel umgebracht werden?", gab Steininger zu bedenken.

„Was weiß ich, vielleicht wollten sie auspacken. Vielleicht wollte man Brandt auch noch des Mordes verdächtigen."

„Also, das ist mir alles ein bisschen weit hergeholt. Ich habe da einen anderen Ansatzpunkt. Vielleicht hat Brandt die Frauen für die Liebesdienste bezahlt", wagte Steininger einen Erklärungsversuch.

„Das kann ich mir nicht vorstellen, das hat der doch gar nicht nötig", platzte es aus Julia Will heraus. Bohlans Mundwinkel verformten sich zu einem Grinsen und Steininger grunzte leise vor sich hin. Gerdings Handkante schlug auf den Tisch. „Meine Herren, ich glaube nicht, dass das der Moment für pubertäre Scherze ist. Der Ernst der Lage ist hier nicht allen klar. Die halbe Stadt ist in Aufruhr und wir kommen keinen Schritt vorwärts."

Bohlan schaltete seine Ohren auf Durchzug. Er kannte das schon aus den früheren Jahren. Anfangs hatte er Gerding als ein arrogantes Arschloch eingeschätzt und seine cholerischen Anfälle, die regelmäßig in schwierigen Zeiten passierten, für kontraproduktiv gehalten. Mit der Zeit hatte er sich aber an sie gewöhnt und manchmal waren sie ihm wie ein zusätzlicher Ansporn erschienen.

Zumindest wurden die Schlaftabletten unter den Kollegen dadurch wachgerüttelt und mit einer gesunden Menge Wut im Bauch ermittelte es sich manchmal besser. Mittlerweile war Bohlan an einem Punkt angekommen, an dem Gerdings Predigten an ihm abperlten wie Regentropfen an einer imprägnierten Winterjacke. Er hörte sich die Vorwürfe an und wusste, dass sie völlig fehl am Platz waren. Er und sein Team taten ihr Bestes und schufteten von morgens bis abends und irgendwann würde ihre Mühe auch belohnt werden - wenn nicht jetzt, dann später. Und niemanden ärgerte es mehr als ihn selbst, dass sie noch nicht weiter waren und den zweiten Mord nicht hatten verhindern können. Als Gerding seine Standpauke beendet hatte, ließ Bohlan die Worte seines Chefs noch einen Moment im Raum nachhallen, bevor er seine Stimme erhob.

„Klaus, wir machen hier alle unsere Arbeit und ich lege für jeden meiner Kollegen die Hand dafür ins Feuer, dass er mit vollem Einsatz bei der Sache ist. Im Übrigen muss auch in solch einer schwierigen Situation ein Spaß erlaubt sein. Ich schlage vor, dass wir nochmals alle Fakten genau sortieren und in aller Ruhe die Dinge abwägen. Wir haben zum Beispiel immer noch keine Auswertung des USB-Sticks. Wenn dir das nicht passt, dann kannst du wieder in dein Büro in der oberen Etage gehen und vor dich hinschmollen. Wenn ich Zeit habe, schreibe ich einen ausführlichen Bericht, den kannst du dann zum Frühstück lesen." Gerdings Miene gefror zu einem Eisberg. Er presste ein „Ihr habt mein volles Vertrauen, aber liefert bald Ergebnisse", heraus und verließ das Zimmer, nicht ohne die Tür mit einem lauten Rumsen ins Schloss schlagen zu lassen. Der Schlag war wie eine Erlösung.

19. Kapitel

Julia Will machte sich auf den Weg. Vor ihr lag immer noch die Aufgabe, den Eltern von Mona Sell die schlimmste aller Nachrichten zu überbringen, die es geben kann: den Tod des eigenen Kindes. Sells Eltern wohnten in der Römerstadt, einem Nachbarstadtteil von Niederursel. Für Julia Will war es ein Weg zurück in ihre Jugend. Bevor ihre Eltern nach München gezogen waren, hatte sie mit ihnen in einem der kleinen Reihenhäuschen gewohnt, die auf Veranlassung Ernst Mays entstanden waren. Der einstige Stadtrat für Bauwesen hatte in den zwanziger Jahren des vergangenen Jahrhunderts mit seinem Stil der klassischen Moderne ganze Stadtteile neu erschaffen. Der bekannteste war die Römerstadt, deren Hausriegel sich am Gefälle des Niddatals entlang zogen. Will stand an der steinernen Brüstung, die den Blick auf die Niddaauen freigab. Dort floss die Nidda, ein schmaler Fluss, der einige Kilometer abwärts in den Main mündet. Links und rechts von ihr schlängelten sich die Spazierwege durch den Niddapark, der einmal Ort einer Bundesgartenschau gewesen war. Hier hatte Julia Will viele Stunden ihrer Kindheit und Jugend verbracht. Auch nächtliche Spaziergänge mit ihrer Jugendliebe. Will drehte sich um und schritt auf einem der vielen Fußwege, die wie geheime Pfade zwischen den Sträßchen verliefen. Sie schnupperte den Duft ihrer Kindheit, der auf eine merkwürdige Art und Weise in den Gassen hängen geblieben war. Die kastenförmigen Flachdach-Häuser hatten in all den Jahren nichts von ihrer blassen Fassadenfarbe abgegeben und verstrahlten weiterhin ihre eigenwillige Schönheit. Als die Römerstadt gebaut worden war, gehörte sie zu den modernsten Siedlungen. Ausgestattet mit voller Elektrizität und der bekannten Frankfurter Küche. Jetzt traten hier und da Risse an den Wänden auf und von den Metallgittern an den Eingängen platzte die Farbe ab. „Denkmalschutz hat eben ihren Preis“, schoss es der Kommissarin durch den Kopf, als sie das Haus von Sells Eltern in der Mithrasstraße erreicht hatte. Durch das gekippte Fenster drang ein Beatles-Song nach draußen. Ihre Hand zitterte ein wenig, als sie auf den Klingelknopf drückte. Es dauerte eine halbe Ewigkeit, bis die Haustür sich einen Spalt öffnete und eine Frau mit fast weißen langen Haaren erschien. Will zeigte ihren Ausweis und wurde hereingelassen. Sie betrat den engen Flur, von dem drei Türen und eine schmale Treppe nach oben abgingen. Alles erinnerte sie sehr an ihr Elternhaus. „Kommen Se, kommen Se. Wir haben nichts zu verbergen, Frau Kommissarin“, sprach Frau Sell und dirigierte Will in das Esszimmer. „Was ist denn los?“ Ein Mann um die sechzig erschien. Jeans, roter Pullover und Hausschuhe an den Füßen.

„Komm rein, Erwin, die Dame ist von der Kriminalpolizei.“

„Ist was passiert?“

Sell machte ein ernstes Gesicht und bedeutet dem Ehepaar sich zu setzen. Dann nahm auch sie Platz.

„Ich muss Ihnen leider die traurige Mitteilung machen, dass Ihre Tochter tot ist.“

Erwin Sell verbarg sein Gesicht mit beiden Händen und schluchzte leise vor sich hin. Hanna Sell sah die Kommissarin mit leerem Gesichtsausdruck an, bevor sie sagte: „Das wissen wir doch schon. Das ist doch schon über fünfzehn Jahre her.“

Erwin Sell, der sich zwischenzeitlich erhoben hatte, stand nun hinter seiner Frau und legte die Hände auf ihre Schultern. Liebevoll sagte er zu ihr: „Komm, Hanna, ich bring dich nach oben.“ Und zu Julia Will: „Ich bin gleich wieder da.“

Während Sell seine Frau aus dem Zimmer nach oben brachte, wanderte Wills Blick über die Fotos, die an den Wänden hingen und eine junge, glückliche Familie zeigten. Dann verstand sie.

Als Erwin Sell die Treppe herunterkam und wieder das Zimmer betrat, sah er um einiges älter aus als noch vor wenigen Minuten. Er wirkte klapprig und zusammengefallen. Julia Will half ihm auf den Stuhl.

„Sie müssen das verstehen“, begann er. „Seit damals ist sie nicht mehr, wer sie einmal war. Es ist überhaupt nichts mehr, wie es war.“ Sells Augen starrten ausdruckslos durch den Raum.

Julia Will legte ihre Hand auf Sells Hand. „Herr Sell, Sie haben schon einmal eine Tochter verloren?“

„Ja, vor fünfzehn Jahren war das. Kristina ist im Main ertrunken. Es war ein Unfall. Jugendlicher Leichtsinn.“ Sell wischte sich eine Träne vom linken Auge.

„Was ist mit Mona passiert?"

Julia Will erklärte dem alten Mann mit schonenden Worten, was passiert war.

„Ich hatte schon die ganze letzte Zeit so ein komisches Gefühl. Mona war so merkwürdig. Sie sagte, sie sei da etwas Großem auf der Spur und meiner Frau hat sie oft versprochen, dass sie die Vergangenheit aufklären werde. Dann würde wieder alles gut."

„Was meinte sie damit?"

„Das weiß ich nicht. Der Tod von Kristina bedrückt uns alle sehr, besonders meine Frau. Aber auch für Mona war es nicht leicht, ihre große Schwester zu verlieren. Sie war immer ihr Vorbild gewesen."

„Erzählen Sie mir von Ihren Töchtern."

„Kristina war die ältere. Sie war intelligent, eigenwillig und stark. Sie wollte die Welt verändern. Nach ihrem Abitur studierte sie Politologie und engagierte sich bei den Jusos. Aus ihr wäre sicher mal eine gute Politikerin geworden."

„Und Mona?"

„Sie war schon immer ein wenig verspielter als ihre Schwester. Verspielter und verträumter. Aber vielleicht habe ich das auch nur so empfunden, weil sie viel jünger war. Sie hat immer zu ihrer Schwester aufgeschaut."

„Wie viel Jahre lagen zwischen den beiden?"

„Acht."

„Ein relativ großer Unterschied."

„Ja, wir haben lange auf das zweite Kind warten müssen."

Will wollte den alten Mann nicht länger quälen. „Herr Sell, ich denke, das reicht für heute Abend. Vermutlich werden wir uns noch einmal unterhalten müssen."

„Ist schon gut."

Er brachte die Kommissarin zur Tür.

„Kümmern Sie sich um Ihre Frau. Die braucht Sie." Zum Abschied zog Will ihre Karte aus der Tasche und notierte mit Kugelschreiber ihre Handynummer auf der Rückseite.

„Wenn Ihnen noch etwas einfällt, rufen Sie mich an. Jederzeit."

Sell nahm die Karte entgegen und steckte sie in seine Hosentasche. „Ja, das mach ich, aber ich glaube nicht, dass ich Ihnen weiterhelfen kann."

Als sich die Haustür wieder geschlossen hatte und die kalte Winterluft gegen Julia Wills Gesicht prallte, nahm sie spontan den Fußweg, der durch das Nordwestzentrum zu ihr nach Hause führte. Sie hätte auch den Bus nehmen können. Das wäre sicher der schnellere und direktere Weg gewesen. Vielleicht auch der vernünftigere. Sie war sich nicht sicher, ob sie nachdenken oder sich ablenken wollte. In jedem Fall wollte sie aber noch nicht nach Hause. Da es mittlerweile ziemlich kalt geworden war, schlug sie den Kragen ihres Mantels nach oben und holte ihre Strickhandschuhe aus der Tasche.

Das Einkaufszentrum lag wie eine Insel im Meer der angrenzenden Stadtteile, umgeben von einer vierspurigen Straße, die sich abmühte, den Ansturm der vielen auswärtigen Kunden zu verkraften. Die Geschäfte hatten noch offen und Will schlenderte durch verschiedene Modegeschäfte, probierte das eine oder andere Paar Schuhe an und auch verschiedene Kleidungsstücke. Weder konnte sie sich zu einem Kauf entschließen noch gelang es ihr, auf andere Gedanken zu kommen. Nur zeitweise war sie mit dem Aussuchen von Kleidungsstücken so beschäftigt, dass es eine Ablenkung war. Meistens musste sie an die Sells und an die vergangenen Tage denken und das, obwohl ihr Kleiderschrank wirklich eine Auffrischung gebrauchen konnte. Immer wieder kehrten ihre Gedanken zu den Ereignissen der letzten Tage zurück. Besonders das Gespräch mit den Sells hatte sie sehr mitgenommen. Sie musste an ihre eigenen Eltern denken. Wie würden die sich fühlen, wenn ihre beiden Kinder ums Leben gekommen wären? Es war wider die Natur, wenn die Kinder vor den Eltern sterben. Ganz besonders schlimm aber war es, wenn dies durch Gewaltverbrechen geschah oder durch einen tückischen Unfall. Bei den Sells kam beides zusammen. Erst ertrank die ältere Tochter nachts im Main. Dann, Jahre später, wurde die jüngere Tochter aufgeschlitzt auf ihrem Bett gefunden. Was für eine Horrorvorstellung. Welch ein Alptraum. Welche Gefühle werden durch solche Schicksalsschläge hervorgerufen? Ohnmacht oder Wut? Vielleicht auch beides. Hanna Sell war schon durch den Tod ihrer älteren Tochter schwer gezeichnet und lebte offensichtlich in einer anderen, parallelen Welt. Vielleicht zu ihrem Glück, denn möglicherweise konnte sie den neuerlichen Schicksalsschlag gar nicht realisieren. Und Erwin Sell? Der schien sich rührend um seine Frau zu kümmern. Nun hatte er nur noch sie. Diese Vorstellung machte Julia Will sehr traurig. Plötzlich kam ihr eine Idee, die sie zutiefst schockierte und elektrisierte. Kristina Sell war Anfang der neunziger Jahre nachts im Main ertrunken. Sie war bei den Jungen Sozialisten engagiert gewesen und hatte sowohl Brandt also auch Kunkel gekannt und möglicherweise auch viele der anderen Personen, mit denen Julia Will in den letzten Tagen Kontakt gehabt hatte. Auch Mona Sell hatte in den letzten Tagen diese Kontakte. Gab es vielleicht eine Verbindung zwischen den beiden Todesfällen? Und wenn es diese gab, was hatte das alles mit der heutigen Situation zu tun? Die neuen Gedankenspiele erschienen Will abwegig und faszinierend zugleich. Auch wenn ihr in diesem Moment keine sinnvolle Verbindung einfiel, sie nahm sich fest vor, dies morgen mit Tom Bohlan zu besprechen. Die Meinung ihres älteren Kollegen war ihr wichtig. Als sie an der Starbucks-Filiale vorbeilief, realisierte sie, dass ihre Einkaufsversuche vergeblich waren. Sie betrat den Kaffeeladen und gönnte sich einen Snack und einen Kaffee. Zwar waren die Preise ziemlich gesalzen und standen in keiner Relation zur Gegenleistung, aber ab und an musste auch eine Kommissarin unvernünftig sein. Wenige Minuten später saß sie mit einem kleinen Milchkaffee, der weder klein war noch Milchkaffee hieß, und einem Bagle in einem großen, schweren und dunkelbraunen Sessel und blickte gedankenverloren nach draußen auf den Modeboulevard, wo die Menschen mit Tüten bepackt vorbeiströmten. Julia Will fühlte sich müde und ausgelaugt. Nach einer halben Stunde trat sie den Weg nach Hause an. Da es schon spät war, hoffte sie, das Gespräch mit ihrer Oma möglichst kurz halten zu können.

Etwa zur gleichen Zeit mühte sich Tom Bohlan im Dunkeln durch das Dickicht am Ufer der Nidda. Er war außer Atem und die warme Atemluft, die in regelmäßigen Abständen vor ihm aufstieg, erinnerte ihn mit Nachdruck an die Kälte, die er wegen seiner funktionalen Kleidung und der gleichmäßigen Bewegung nicht spürte. Bohlan konzentrierte sich auf den Weg und versuchte, jedes Stolpern zu vermeiden. Seine Aufmerksamkeit war geschärft und so entging ihm auch nicht, dass ihm in einem gleich bleibenden Abstand ein anderer Läufer folgte. Für gewöhnlich war Bohlan kein ängstlicher Typ und noch vor wenigen Wochen hätte ihn dieser Umstand nicht gestört. Er hätte ihn registriert, sich aber keine weiteren Gedanken darüber gemacht. Was war schon besonders daran, dass außer ihm noch jemand nach der Arbeit an seiner Kondition arbeitete. Jetzt aber fühlte sich Bohlan unwohl. Nach den Ereignissen der letzten Tage erschien ihm der Umstand, dass nachts um elf jemand die Nidda entlang joggte und dabei genau die gleiche Strecke und das gleiche Tempo wie er lief, zumindest merkwürdig. Bohlan überlegte, ob er versuchsweise das Tempo variieren sollte, um festzustellen, ob der Verfolger darauf reagieren würde. Er entschied sich dagegen und versuchte stattdessen, sich auf das Gespräch zu konzentrieren, das er vor wenigen Stunden mit Thomas Kunkel geführt hatte. Bohlan war direkt vom Präsidium in die Geschäftsstelle der Linkspartei gefahren, um den Vorsitzenden nochmals zu befragen. Seit Tagen beschlich ihn das Gefühl, dass in der Machtzentrale der Linken der Schlüssel zur Lösung des Falls liegen könnte. Wie nicht anders zu erwarten, hatte Kunkel Brandts Alibi für die Mordzeit an Mona Sell nochmals bestätigt. Er hatte auch überhaupt nichts Merkwürdiges daran gefunden, dass er und Brandt auch zur Zeit des zweiten Mordes wieder im Club Voltaire getagt hatten.

„Wenn es danach geht, dann hätte es schon zwanzig Morde geben müssen“, hatte Kunkel auf das wiederholte Nachfragen geantwortet. Viel merkwürdiger war Bohlan allerdings eine zweite Person erschienen, die sich bei seiner Ankunft in Kunkels Büro befunden hatte. Es war dieser Maler und Fotograf, der Bohlan schon beim ersten Gespräch als KD Baumann vorgestellt worden war. Kunkel hatte Baumann nach Bohlans Eintreffen aus seinem Büro geschickt. Die Unterhaltung der beiden hatte vielleicht eine viertel Stunde gedauert und während dieser Zeit war KD Baumann zweimal unter dem Vorwand, er hätte etwas auf dem Schreibtisch liegen gelassen, in das Büro gekommen. Jedes Mal hatte er auffallend lange gesucht und war mit einem Blatt Papier in der Hand wieder verschwunden. Bohlan beschlich das Gefühl, dass irgendetwas mit diesem KD Baumann nicht stimmte. Gleichwohl konnte er nicht beschreiben, was es war. Bohlan beschloss, sich am nächsten Tag Informationen über diesen Künstler zu beschaffen.

Mittlerweile hatte er fast den Liegeplatz seines Hausbootes erreicht. Intuitiv lief er einige Meter weiter, um dann nach rechts in die Höchster Altstadt abzubiegen. Dort blieb er stehen und sah, wie der andere Läufer, der groß und schlaksig wirkte, bis zum Parkplatz am Main weiterlief. Auch er hatte Laufkleidung an, trug eine Vliesmütze, die er tief ins Gesicht gezogen hatte, und Handschuhe. Der Läufer sah sich um, reduzierte sein Tempo und blieb schließlich vor einem schwarzen VW Golf stehen. Dort schaute er suchend in alle Richtungen, machte eine resignierende Handbewegung und stieg schließlich in sein Auto ein. „Merkwürdig", dachte Bohlan, und notierte sich die Nummer des Kennzeichens. Langsam ging er die Steigung, die vom Main zur Altstadt führte, wieder hinab und spazierte den Weg zurück zu seinem Hausboot. Dort angekommen, entledigte er sich seiner Laufkleidung, nahm ein ausgedehntes Duschbad unter heißem Wasser, schlüpfte in einen bequemen Trainingsanzug und machte sich einen schwarzen Tee mit viel Rum. Den Rest des Abends verbrachte er auf seinem Fernsehsofa und zappte durch die Programme. Irgendwann schlief er erschöpft und ermüdet vom Tag und von der Bilderflut auf dem Sofa ein.

20. Kapitel

Ruhig und gleichmäßig ratterte der Zug über die Schienen. Der Himmel war tiefblau und die Sonne brannte auf die Gleise. Kommissar Bohlan rieb sich die Augen und betrachtete die karge Landschaft, die sich links und rechts der Strecke auftat. Verwundert rieb er sich die Augen und dann wurde ihm klar, dass er die bisherige Nacht auf seinem Sofa verbracht hatte und sein Fernseher die schönsten Bahnstrecken Europas zeigte. Der Tag hatte noch nicht begonnen, doch der bisherige Schlaf musste sehr tief gewesen sein, denn trotz der Kürze fühlte er sich erstaunlich erholt und mit neuem Tatendrang gefüllt. Er beschloss, die frühen Stunden zu nutzen. Als er wenig später das Präsidium betrat, war es noch dunkel und natürlich war er der Erste und Einzige im Büro. Wie ein Besessener begann er zu arbeiten. Als Steinbrecher gegen halb neun das Büro betrat, hatte er schon neue Checklisten und Zeittabellen erstellt und war damit beschäftigt, sich allerhand Fragen aufzuschreiben. Der über die frühmorgendlichen Aktivitäten seines Chefs äußerst verwunderte Steinbrecher riss die Kaffeemaschine aus ihrem Tiefschlaf und rief, während diese mürrisch das Wasser erhitzte und über das Pulver tropfen ließ, in der technischen Abteilung an, um nach den Ergebnissen der USB-Stick-Untersuchung zu fragen. Von einem noch verschlafen wirkenden Kollegen erhielt er die Auskunft, dass die Auswertungen noch nicht abgeschlossen seien. Nach einigem Hin und Her konnte der fluchende Steinbrecher seinem Kollegen das Versprechen abringen, spätestens um halb zehn eine Lösung präsentiert zu bekommen. Gegen neun trafen Julia Will, Steininger und Paulina Köster ein. Bohlan fasste kurz den bisherigen Stand der Ermittlungen zusammen und erläuterte seine neuen Aufzeichnungen. Danach berichtete er über sein gestriges Gespräch mit Thomas Kunkel und kam auf die Person KD zu sprechen: „Ich kann euch nicht sagen, warum, aber dieser Künstler geht mir nicht aus dem Kopf. Vielleicht ist es eine fixe Idee, aber wir müssen zumindest mal eine Personenüberprüfung machen und alle Informationen zusammentragen, die wir bekommen können."

Julia Will berichtete über das gestrige Gespräch mit Erwin Sell und die merkwürdige und erschütternde Familiengeschichte. Nachdem Will ihren Vortrag beendet hatte, herrschte zunächst betretenes Schweigen. Tom Bohlan nahm schließlich den Faden wieder auf. „Vielleicht liegt die Lösung unseres Falles nicht in der heutigen Kampagne, sondern reicht viel weiter zurück."

„Ja, vielleicht gibt es ein Ereignis in der Vergangenheit, das Ursache für diese ganzen Turbulenzen ist", nickte Steinbrecher zustimmend.

Gegen zehn folgte ein Dämpfer, der etwas auf die Stimmung drückte. Die Techniker hatten zwar einige Daten auf dem USB-Stick rekonstruieren können, allerdings handelte es sich um eine Sammlung von veröffentlichten Reisereportagen und somit führten diese Daten nicht weiter. Bohlan war sich nun sicher, dass wichtige Unterlagen aus Sells Wohnung verschwunden sein mussten, zumal die Journalistin erzählt hatte, dass sie unmittelbar vor ihrem Tod in der Frankfurter Lokalpolitik recherchiert hatte. Irgendwo musste es dazu Aufzeichnungen geben. „Nur wo?", schloss Bohlan und wollte die Besprechung beenden, als ihm das Foto einfiel, das er in Sells Wohnung eingesteckt hatte und das immer noch in seiner Manteltasche schlummerte.

„Mensch, wartet mal, ich habe da noch etwas.“ Bohlan holte das Foto aus der Tasche und betrachtete es nachdenklich. Als er merkte, dass die anderen ihn fragend anblickten, legte er das Foto auf die Mitte des Tisches. „Dieses Foto habe ich in Sells Wohnung gefunden. Es zeigt - soweit ich das beurteilen kann - Boris Brandt, Thomas Kunkel und zwei weitere Personen, die ich bislang nicht identifizieren konnte. Einen Mann und eine junge Frau. Die Frau hat eine gewisse Ähnlichkeit mit Mona Sell. Das passt aber zeitlich nicht, weil das Foto aus den frühen neunziger Jahren datiert und Mona Sell zu diesem Zeitpunkt noch ein Schulkind gewesen sein muss.“

„Ja, das mag stimmen“, schaltete sich Julia Will ein „aber wir wissen nun, dass sie eine ältere Schwester hatte. Die Ähnlichkeit ist schon frappierend und die Schwester, Kristina Sell, war auch bei den Jungen Sozialisten. Das steigert die Wahrscheinlichkeit, dass es sich um Kristina Sell handelt. Um das endgültig abzuklären, könnte ich noch mal die Eltern befragen.“

„Gut, gehen wir mal davon aus, dass das Kristina Sell ist. Dann müssten wir noch klären, wer die vierte Person ist“, erwiderte Brandt und deutete auf einen Mann, der etwas älter als die anderen drei Personen wirkte, groß und hager war. Wie die anderen trug er abgewetzte Jeans, dazu ein schlabberiges T-Shirt. Seine Haare waren blond, glatt und kurz geschnitten.

„Irgendwie kommt mir das Gesicht bekannt vor, aber ich kann nicht genau sagen, warum“, murmelte Bohlan.

Einige Minuten später waren die Pläne für die nächsten Tage gefasst. Paulina Köster sollte Termine mit Boris Brandt und Thomas Kunkel vereinbaren und Informationen über den Künstler KD Baumann sammeln. Steininger und Steinbrecher waren auf die Archive angesetzt. Möglicherweise schlummerten dort Details über den nächtlichen Badeunfall. Bohlan und Will zogen sich auf Drängen der Kommissarin in die Cafeteria zurück. Sie holten sich Kaffee und Croissants und setzten sich an einen Tisch in der hintersten Ecke. Gerade als Will die erste Ecke ihres Croissants abgebissen hatte, klingelte ihr Handy. Tom Bohlan nahm sich die heutige Ausgabe der Boulevardzeitung, die auf dem Nachbartisch lag. Auf der Titelseite wurde wieder gegen die Machenschaften der reichen Manager zu Felde gezogen, die sich dreist an den Unternehmen bereichern, während Arbeitsplätze vernichtet werden. Ganz schön linke Stimmung im Land, dachte Bohlan, wenn selbst die Boulevardzeitung gegen das Kapital hetzt. Als ihm die Schlagzeilen einfielen, die nach der Landtagswahl in Hessen geschrieben wurden, weil plötzlich eine rot-rot-grüne Mehrheit hätte regieren können, relativierte sich dieser Eindruck jedoch. Die ganze Medienmacht hatte den Roten Wortbruch und Verrat vorgeworfen. Ganz unten auf der ersten Seite fand sich noch eine Schlagzeile, die Bohlans Pulsschlag erhöhte: „Polit-Krimi: Die Polizei tappt weiterhin völlig im Dunkeln." Bohlan wollte gerade die Lokalseite aufschlagen, um die angekündigten Hintergrundinformationen zu lesen, als Will ihr Handy zusammenklappte. „Bingo!" sagte Will und grinste Bohlan an, der die Zeitung zusammenfaltete.

„Gibt's was Neues?"

„Allerdings, das war Erwin Sell. Ich hatte ihm gestern meine Nummer gegeben. Also: Mona Sell hat in den letzten Wochen viel in Unterlagen gekramt, die sich bei den Sells im Keller befanden. Einige hat sie wohl auch mitgenommen. Aber der größte Teil befindet sich noch dort. Ich habe gesagt, dass wir vorbeikommen, um das alles mitzunehmen und zu sichten. Vielleicht kann uns Erwin Sell auch sonst noch weiterhelfen."

„Okay, das klingt nach einem spannenden Tag. Vorher müssen wir aber bei Köster nachfragen, ob sie schon Termine für uns ausmachen konnte."

Will nickte. Sie trank in aller Ruhe mit Bohlan den Kaffee aus, aß ihr Croissant und besprach mit ihrem Kollegen, was ihr in den letzten Tagen durch den Kopf gegangen war. Gemeinsam kamen sie zu dem Schluss, dass sie sich langsam dem Kern der Sache näherten. Die Ereignisse der vergangenen Tage schienen nicht unbedingt etwas mit der aktuellen Politik zu tun zu haben, sondern mit Dingen, die sich vor ungefähr fünfzehn Jahren zugetragen hatten. Und wenn nicht, so lag in dieser Vergangenheit zumindest ein Schlüssel, der weitere Türen öffnen konnte. Irgendetwas musste hinter allem stecken und heutiges Verhalten erklären können. Nach einer halben Stunde stellten sie das leere Geschirr zurück und machten sich auf den Weg ins Büro, wo Paulina Köster eifrig am Surfen war und erfreut aufblickte, als Bohlan und Will eintraten.

„Gut, dass Sie vorbeischauen. Mit Brandt und Kunkel gibt es Probleme. Beide sind erst am Montagabend wieder in Frankfurt. Brandt ist in seinem Berliner Büro und Kunkel auf einer Parteiklausur irgendwo im Osten."

Bohlan überlegte kurz und zuckte mit den Schultern. „Nicht schlimm. Vermutlich wartet in Sells Keller genug Arbeit."

Köster blickte etwas unbeholfen und wurde von Will über die aktuellen Entwicklungen aufgeklärt.

„Im Übrigen schlägt der Täter nur zu, wenn Brandt eine abendliche Verabredung in Frankfurt hat."

Bohlan war sich dieser These selbst nicht zu hundert Prozent sicher, aber es war ein Strohhalm, an dem man sich festhalten konnte.

21. Kapitel

Der Himmel hatte sich durch das Aufziehen grauer Wolken erheblich verdunkelt, was das Grau der denkmalgeschützten Häuser noch mal trostloser wirken ließ. Der Anblick der Römerstadt stand im krassen Kontrast zu den Hoffnungen der beiden Kommissare, Licht ins Dunkel der Ermittlungen bringen zu können. Erwin Sell schien schon gewartet zu haben. Nur Sekundenbruchteile, nachdem Bohlan die Klingel betätigt hatte, öffnete er die Tür. Auch der Duft von frisch gebrühtem Kaffee, der aus einer Kanne ausströmte, die auf dem Esstisch stand, war ein Indiz dafür. Sell winkte die beiden Kommissare hinein und bedeutete ihnen durch einen vor den Mund gehaltenen Finger, möglichst leise zu sein. Als die drei das Esszimmer betreten hatten, schloss Erwin Sell die Zimmertür und erklärte: „Meine Frau ist oben, sie soll möglichst viel Ruhe haben. Nehmen Sie doch bitte Platz."

Pflichtbewusst goss er Kaffee in die vorbereiteten Tassen und setzte sich ebenfalls. Bohlan zog das Foto aus seiner Tasche und überreichte es Sell, der es mit zitternden Händen aufnahm.

„Ich nehme an, dass Sie die Personen auf diesem Bild kennen."

Sell, dessen Augen glasig und feucht geworden waren, ließ einige Zeit verstreichen, bevor er antwortete.

„Ja, damals war die Welt noch in Ordnung." Er stierte weiter auf das Bild: „Meine Kristina", schluchzte er und betrachtete dann die anderen. „Boris Brandt, das war ein netter Junge und heute ist er ein erfolgreicher Mann. Thomas Kunkel, der hatte den Kopf immer voll mit verrückten Ideen. Manches war sehr idealistisch und oft schoss er über das Ziel hinaus, aber sehr liebenswert." Dann verdunkelte sich sein Blick und er deutete auf den dritten Mann: „Das kann man von Klaus-Dieter nicht sagen."

Bohlan nahm das Foto und blickte ebenfalls auf den großen hageren Mann. Sein Gehirn ratterte. Dann fragte er: „Was war mit diesem Klaus-Dieter?"

„Der belästigte Kristina ständig. Telefonierte hinter ihr her, auch oft nachts. Er stand auch das ein oder andere Mal stundenlang vor unserer Haustür. Kristina ging das ziemlich auf die Nerven."

„Hat Ihre Tochter jemals etwas über die Hintergründe erzählt?"

„Na ja, es war wohl verschmähte Liebe. Klaus-Dieter war in Kristina verschossen ..."

„... aber sie hatte nur Augen für Boris Brandt."

„Ja, so war das wohl."

„Wie beurteilen Sie das Verhältnis Ihrer Tochter mit Boris Brandt?"

„Wie soll ich das beurteilen? Sie liebten sich, schienen sich gefunden zu haben. Sie wollten sogar zusammenziehen. Ich hatte da nichts einzuwenden."

„Und nach ihrem Tod, hatten Sie noch Kontakt zu Boris Brandt?"

„Einige Zeit ja, dann nicht mehr. Er hat auch lange getrauert und dann sein Leben radikal geändert."

„Hat er sich bei Ihnen gemeldet, als er nach Frankfurt zurückkehrte?"

„Nein."

„Und dieser Klaus-Dieter. Wissen Sie mehr über ihn?“

„Nicht wirklich. Er war, glaube ich, ein wenig älter als die anderen und arbeitete als Sozialarbeiter. Mehr weiß ich nicht.“

„Wie heißt er denn weiter?“

„Mhm, das weiß ich leider auch nicht. Ich hatte mit ihm nie länger gesprochen. Vielleicht hat Kristina mal seinen Nachnamen genannt. Aber dann habe ich ihn wohl vergessen.“

Während Will sich Notizen machte, dachte Bohlan über die neuen Informationen nach. Sell goss Kaffee nach.

„Sagen Sie mal“, platzte es plötzlich aus Will heraus, „kannte Mona eigentlich Boris Brandt?“

„Sie wird ihn damals mal gesehen haben, wenn er Kristina besuchte“, antwortete Sell etwas irritiert und fügte hinzu: „Aber ich glaube nicht, dass sie ihn bewusst wahrgenommen hat. Sie war damals noch sehr jung.“

„Hat Sie in der letzten Zeit über ihn gesprochen oder waren die Ereignisse von damals Thema?“, hakte Bohlan nach.

„Sie hat viel im Keller gewuselt und alte Unterlagen durchgewühlt. Warum, weiß ich nicht. Sie hat mir keine Fragen gestellt.“

„Was sind das für Unterlagen?“

„Alte Sachen von Kristina. Ich habe Ihnen die Kiste hoch geholt.“ Sell deutete auf den Umzugskarton, der in der Ecke stand. Bohlan stand auf, machte einige Schritte durch das Zimmer und warf einen Blick in den bis oben gefüllten Karton. Er enthielt Leitzordner, Schnellhefter und jede Menge lose Papiere. Mit einem Grummeln klappte Bohlan die Kiste zu: „Ich denke, die werden wir mit aufs Präsidium nehmen und durchsehen. Sie bekommen dann natürlich alles wieder.“

„Ach lassen Sie, was soll ich mit dem ganzen alten Kram.“ Sell machte eine resignierte Handbewegung. Bohlan wollte die Kiste anheben, als Will noch eine Frage in den Raum stellte: „Sie sagten doch beim letzten Mal, dass Mona einige Andeutungen gegenüber Ihrer Frau gemacht habe. Ich meine Ihrer Recherchen bezüglich. Haben Sie mit Ihrer Frau darüber gesprochen?“

„Ja. Sie wollte wohl Informationen für ein Buch sammeln und dafür benötigte sie Hintergründe über die politischen Mechanismen. Mehr hat sie nicht gesagt.“

„Was für ein Buch sollte das denn werden?“, bohrte Will nach.

„Na ja, Mona schreibt neben ihren journalistischen Aktivitäten auch Krimis, aber unter Pseudonym.“

Nun wurde auch Bohlan, der dem Gespräch bis dahin nur noch mit halber Aufmerksamkeit zugehört hatte, wieder hellhörig. Er stellte den Karton zurück und setzte sich wieder an den Tisch.

„Das ist ja interessant. Wie heißt denn das Pseudonym?“

Sell antwortete nicht gleich, sondern stand auf und lief zum Bücherregal, das sich auf der anderen Seite des Zimmers befand. Dort zog er zwei dicke Taschenbücher aus dem Regal, brachte sie an den Tisch und übergab sie an Bohlan, der einen der Schmöker in die Hand nahm und den Titel las: „Pamela Sommer: Im Schatten der Banken“. Das zweite Buch trug den Titel: „Der Immobilienhai“. Bohlan klappte das erste Buch auf und las über die Autorin:

Pamela Sommer, geb. 1978, studierte Politik- und Wirtschaftswissenschaften. Nach ihrem Studium heiratete sie einen Frankfurter Unternehmer und lebt seither in Kronberg/Ts. Pamela Sommer ist ein Pseudonym.

„Interessant“, murmelte er und pfiff durch die Zähne.

Herr Sell beobachtete den Kommissar: „Der Lebenslauf dort ist natürlich auch erfunden.“

Wenig später schleppte Tom Bohlan eine Kiste, gefüllt mit alten Papieren, durch den einsetzenden Nieselregen. Seine Kollegin versuchte, ihm mit zwei Krimis über die Frankfurter Geschäftswelt unterm Arm zu folgen. Hastig verstauten sie alles möglichst schnell im Auto und retteten sich anschließend selbst in den Innenraum, bevor sich der Nieselregen in Sekundenbruchteilen zu einem Unwetter verstärkte. Trotz ihrer Eile gelang es ihnen nur ungenügend, das Eindringen der Nässe durch die Kleidung zu verhindern. Bohlan startete den Wagen und schaltete die Heizung auf maximale Leistung. Die Sitzheizung tat ein Übriges, um Kälte und Nässe wieder zu vertreiben, während sich der Wagen durch den Verkehr und den einsetzenden Winter kämpfte.

Die Stimmung im Präsidium war in etwa so unterkühlt wie das Wetter und wurde durch das Auftauchen Bohlans und Wills auch nicht merklich aufgehellt. Während ihrer Abwesenheit hatte Klaus Gerding erneut eine geharnischte Standpauke über die übrigen Kriminalisten hinabregnen lassen und das Poltern seiner Stimme hätte jeden Donnerschlag mühelos übertönt. In der Tat schlug das Bild, das die Boulevardzeitung in ihrer heutigen Ausgabe als Lokalaufmacher verwendete wie ein Blitz auf dem Tisch des Büros ein. Das Bild zeigte eine tote Journalistin, die nackt, an Händen und Füßen gefesselt auf ein Bett gekettet war. Im kurzen Begleittext wurde Mona Sell als das „jüngste Opfer im Polit-Thriller" bezeichnet und weiter ausgeführt, dass der Kampf des „Kultkandidaten Brandt um das Amt des Frankfurter Oberbürgermeisters zu einem weiteren Todesopfer geführt hat". Bohlan und Will blickten fassungslos auf die Zeitung und inspizierten das Foto.

„Nun ist auch klar, dass Mona Sell tatsächlich nicht für den Bericht über die Mandell verantwortlich war", bemerkte Steinbrecher lakonisch, während er zur Kaffeemaschine schlich. Will ließ sich in einen Stuhl fallen, knallte die Sell-Romane auf den Tisch und griff die Boulevardzeitung, um den Artikel komplett zu lesen.

„Wo habt ihr euch denn heute Morgen herumgetrieben? In der Buchhandlung?", raunzte Steinbrecher.

Die nächsten Tage verbrachten die Kriminalisten mit dem Lesen, Sortieren und Auswerten der in den Abgründen des Sellschen Kellers gefundenen Unterlagen. Es handelte sich im Wesentlichen um Positionspapiere, Aktionsplanungen und Strategieüberlegungen aus den neunziger Jahren, aufgeschrieben von einem Haufen damals junger Aktivisten, die voller Ideale steckten und mit einem beinahe blinden Idealismus gegen das Establishment anrannten. Dabei verstrickten sie sich zunehmend in die Machenschaften der Führungszirkel, wurden kaltgestellt und brachten sich um ihren Einfluss. Das Ergebnis des jugendlichen Idealismus war niederschmetternd. Nichtsdestotrotz zeugten die Pamphlete von einem gewissen Esprit und die gesammelten Presseartikel von einem regen öffentlichen Interesse an den Umtrieben der Jungpolitiker. Angereichert wurden die „Literaturtage" - wie Will sie nannte - durch die Lektüre zweier Kriminalromane über die Frankfurter Szene, die Mona Sell unter ihrem Pseudonym veröffentlicht hatte. Obwohl Tom Bohlan Kriminalromane hasste wie der Teufel das Weihwasser, musste er Mona Sell großes Talent für Spannung und pointierte Beschreibung der Frankfurter Szene zubilligen. Je mehr er in die Bücher eintauchte, umso klarer wurde ihm, warum die Bücher unter Pseudonym veröffentlicht worden waren. Alle wesentlichen Protagonisten waren dem realen gesellschaftlichen Leben entliehen und nur durch geringe Veränderungen verfälscht worden. Jeder Leser, der sich in der Szene auskannte, wusste sofort, wer dort mordete und Intrigen plante. Weitere Recherchen ergaben, dass die einschlägigen und interessierten Medien seit Veröffentlichung der Bücher über deren Urheberschaft rätselten - allerdings bislang erfolglos. Von Seiten des in Frankfurt ansässigen Verlages waren keine erhellenden Stellungnahmen erfolgt. Es herrschte eine Mauer des Schweigens. Diese zu durchbrechen war Steinbrechers Aufgabe gewesen und in der Tat konnte er anlässlich eines persönlichen Gespräches mit dem verantwortlichen Herausgeber der Krimireihe in Erfahrung bringen, dass der Verlag zur Zeit Hinz und Kunz in Bewegung setzte, um an die seit dem Mord verschollenen Manuskripte des dritten Teils der Krimireihe zu gelangen. Für Bohlan und Co bedeutete dies eine neue Dimension des Falles. Der Mörder war sehr wahrscheinlich auch im Besitz des Manuskriptes und in diesem ging es diesmal um die politische Szene in Frankfurt. Das war es, was Sell in den letzten Wochen und Tagen ihres kurzen Lebens recherchiert und geschrieben hatte.

Jeden Tag wurden neue Theorien in die Welt gesetzt, diskutiert und vom Kopf auf die Füße und wieder zurück gestellt. Irgendwie passte alles nicht zusammen. Der Fall zerrte an den Nerven und dann knockte eine einsetzende Grippe Tom Bohlan aus wie der Schlag eines Boxers, dessen Gegner die Abwehr vollends vergessen hatte. Anfangs stemmte er sich gegen die aufkommende Krankheit, doch schnell musste er resignieren. So sehr er es auch hasste, er musste etliche Tage auf seinem Hausboot verbringen. An eine Arbeit im Präsidium, geschweige denn im Außendienst, war nicht zu denken. Zu diesem Zeitpunkt wusste er noch nicht, dass ihm schon bald eine weitere schwere, wenn auch private Verwicklung in die Quere kommen sollte.

22. Kapitel

Ein schrilles Geräusch hämmerte in Bohlans Kopf, der die Kopfschmerzen der vergangenen Tage gerade überwunden glaubte. Er fuhr hoch und überlegte kurz, wo er war und was passiert war. Almasa lag friedlich und wie die Unschuld persönlich in ihre Bettdecke eingerollt und drehte sich mit einem unverständlichen Murmeln auf die andere Seite. „Ding dong“, da war es wieder, das schrille Geräusch. Bohlan erinnerte sich daran, dass das die Türklingel sein musste. Ein Blick auf die Uhr verriet ihm, dass es nicht so früh war, wie er glaubte. Dennoch war es eher ungewöhnlich, dass samstags morgens um halb zehn jemand etwas von ihm wollte. Er raffte sich auf, schlurfte ins Bad und versuchte einen Blick durch die Lamellen der Jalousie zu werfen. Wie von einem eiskalten Wasserschwall getroffen fuhr er zurück. Auch ein doppelter Espresso hätte ihn nicht schneller von null auf hundert bringen können. „Scheiße, Scheiße, Scheiße“, fluchte er und stürmte zurück ins Schlafzimmer. Almasa hob nur kurz den Kopf, als er an ihrer Schulter rüttelte.

„Hör zu, draußen steht Leonardo. Schlaf am besten weiter, rühr dich nicht aus dem Bett und sei so ruhig es geht.“

Er war sich nicht sicher, ob Almasa seine Anweisungen wirklich verstanden hatte. Doch Zeit für lange Erklärungen gab es jetzt nicht mehr. Er hastete durch das Wohnzimmer, ließ einen Blick über alle Ecken, Tische, Stühle und das Sofa gleiten. Außer Almasas dunkelblauer Jacke, die am Kleiderhaken hing, und ihren unscheinbaren Straßenschuhen konnte er keinerlei Gegenstände entdecken, die auf ihre Anwesenheit schließen ließen. Er warf beides hastig in den Einbauschrank im Flur und taumelte zur Tür.

„Guten Morgen Tom, alter Freund. Ich hab dich jetzt nicht geweckt - oder? Ich weiß doch, dass du ein Frühaufsteher bist.“ Die Worte quollen förmlich aus Leonardo heraus. Der Italiener war eher klein, so um die ein Meter siebzig. Er hatte schwarze, straff nach hinten geschleimte Haare und ein eher farbloses Gesicht. Wie meistens trug er eine schwarze Stoffhose, dazu ein weißes Hemd und eine schwarze Lederjacke.

„Manchmal schlafen auch Frühaufsteher lang“, grummelte Tom eher in sich hinein als an Leonardo gewandt.

„Ach komm schon, so schlimm wird es gestern nicht gewesen sein. Lass mich rein, ich brauch unbedingt 'nen Kaffee."

Irgendwie hatte Bohlan das Gefühl, Leonardo lugte gespannt an ihm vorbei, über die Schulter konnte er es schließlich nicht schaffen. Bohlan war mit dem festen Vorsatz an die Tür geschlurft, Leonardo abzuwimmeln. Jetzt musste er einsehen, dass das nicht möglich war. Er musste ihm Einlass gewähren und darauf hoffen, dass es zu keinen Komplikationen kommen würde. Daher machte er eine einladende Geste und trat einen Schritt zur Seite. Der kleine Italiener tänzelte an ihm vorbei. Leonardo hatte manchmal schon eine komische Art sich fortzubewegen, dachte der Kommissar. Wenn dieses Tänzeln noch von einer seiner vor Schleim triefenden Ansprachen begleitet wurde, konnte man zu der Vermutung gelangen, Leonardo sei schwul. Bohlan schloss die Tür, während Leonardo im Flur stehend seine Augen durch den offenen Durchgang zum Wohnzimmer schweifen ließ.

„Setzt dich schon mal rein, ich mach uns zwei Kaffee." Bohlan versuchte möglichst ruhig und lässig zu wirken. Eigentlich stand er total unter Spannung und hoffte darauf, dass Almasa möglichst ruhig blieb und er vorhin keinen Gegenstand übersehen hatte.

Als er wenig später das Tablett mit zwei duftenden Café Crema, H-Milch und Zucker auf den Tisch stellte, stand Leonardo vor dem Bücherregal und ließ seine Augen über die Regalbretter wandern.

Bohlan stellte die beiden Kaffees auf den Couchtisch und setzte sich auf einen der Sessel. Leonardo, der seine Lederjacke immer noch nicht ausgezogen hatte, ließ sich auf das Sofa fallen. Tom schob ihm einen Kaffee hin. Leonardo kippte ein wenig Milch, dafür aber Unmengen an Zucker hinein und rührte alles zu einer süßlich milchigen Soße zusammen. Toms Magen zog sich zusammen. Er nahm sich die andere Tasse und nippte an dem schwarzen Kaffee.

„Hab lang nichts von dir gehört", begann Leonardo das Gespräch. Bohlan nickte schuldbewusst und erinnerte sich daran, dass er sich bestimmt eineinhalb Wochen weder bei Leonardo gemeldet hatte noch in seiner Kneipe gewesen war. Und beim letzten Besuch hatte er die Kneipe Hals über Kopf verlassen.

„Ja, stimmt, ich hatte viel zu tun und dann hat mich diese Grippe ausgeknockt."

„Und ich dachte schon, du hast 'ne neue Frau aufgerissen und kannst dich nicht von ihr trennen."

„Schön wär's, aber irgendwie hab ich da momentan nicht so einen großen Erfolg."

„Das eint uns dann. Almasa ist seit ein paar Tagen verschwunden."

„Wie meinst du das, sie ist verschwunden?" Bohlan versuchte möglichst überrascht und erstaunt zu klingen.

„Vor zwei Tagen kam ich nach Hause und da war sie mitsamt ihren Sachen weg. Einfach weg. Kein Zettel, keine Nachricht. Nichts."

„Das ist in der Tat merkwürdig."

„Ich dachte zunächst, sie macht einen kurzen Urlaub, ist bei ihrer Freundin oder so."

„Und, hast du da mal angerufen?"

„Klar, aber die weiß auch nichts. Ich dachte vielleicht, du kannst mir weiterhelfen!"

„Wieso ich. Wie soll ich dir weiterhelfen?"

„Du warst doch vor ein paar Monaten mit ihr in München." Leonardo kam jetzt also zum Thema und das Gespräch wirkte auf Bohlan wie ein Verhör. Zugleich erinnerte er sich an das Wochenende, an dem der ganze Schlamassel seinen Anfang genommen hatte. Bildfragmente tauchten vor seinen Augen auf und setzten sich wie Puzzleteile zusammen. Er hatte damals privat in München zu tun gehabt und Almasa auf langes Bitten von Leonardo mitgenommen. Leonardo war der Auffassung gewesen, Almasa benötige mal ein paar freie Tage. Almasa, die seinerzeit bei dem Gespräch dabei war, hatte plötzlich ganz leuchtende Augen bekommen und ebenfalls auf Bohlan eingewirkt und so lange gebettelt, bis er nicht mehr nein sagen konnte. Schon am ersten Abend hatte Almasa zuerst ihr Herz ausgeschüttet und dann auf die Tränendrüse gedrückt. Leonardo würde sie ausnutzen, schlagen und missbrauchen. Unglaubliche Storys hatte sie ihm aufgetischt. Zuerst hatte er das alles nicht glauben wollen, doch erstens hatte sie ihm die Situation so hautnah, ergreifend und detailgenau geschildert und zweitens hatte Tom sich keinen Grund vorstellen können, warum Almasa irgendetwas hätte erfinden sollen. Schließlich hatte er ihr geglaubt, sie getröstet und viel Verständnis gezeigt. Dann hatte sie ihn ebenso hautnah nach allen Regeln der Kunst verführt. Seit damals dauerte diese vermaledeite Affäre und seit zwei Tagen war sie bei ihm untergeschlüpft, weil eine neue Misshandlungswelle ausgebrochen war. Bohlan hatte ihr zugesagt, sie für einige Zeit bei sich aufzunehmen. Das Puzzle zerfiel wieder, auf Bohlans Stirn hatten sich Schweißperlen gebildet.

„Du siehst echt nicht gesund aus!" Leonardo nahm noch einem Schluck aus der Tasse.

„Merkwürdig", murmelte Bohlan und versuchte einen direkten Blickkontakt mit Leonardo zu vermeiden.

„Und das Verschwinden passierte aus heiterem Himmel?"

„Ja, es hatte sich nicht angedeutet. Es gab keine Krise, alles lief völlig normal."

Was man so in einer Beziehung als normal versteht, dachte Bohlan und sah abwesend aus dem Fenster. Er versuchte sich vorzustellen, wie Leonardo Almasa misshandelt. Die Bilder gelangen ihm nicht.

„Du siehst wirklich sehr mitgenommen aus. Was ist denn los?" Leonardo rührte noch einen Löffel Zucker in seinen Kaffeerest.

„Ich habe einen Scheißfall und die Grippe hat mir den Rest gegeben."

„Hab mich sowieso gewundert, dass du wieder bei der Kripo angeheuert hast."

„Reden wir nicht drüber."

Leonardo nickte und schlürfte dann seine Tasse leer. Bohlan beobachtete ihn. Nach einer Weile stand Leonardo auf.

„Ich muss noch in den Großmarkt. Lass dich mal wieder sehen. Und wenn du was von Almasa hörst, ruf an."

„Mach ich."

Nachdem er hinter Leonardo, der beim Hinausgehen seinen Blick scannend durch das Bootsinnere gleiten ließ, die Eingangstür geschlossen hatte, atmete Bohlan mehrmals tief durch. Er war drauf und dran, seine Laufschuhe zu holen, um zum ersten Mal seit dem Einsetzen der Grippe wieder ans Ufer zu gehen. Aber er war sich nicht sicher, ob sein Körper dafür schon bereit war. Und dann öffnete sich die Schlafzimmertür und Almasa schlurfte verschlafen ins Wohnzimmer und ließ sich auf das Sofa fallen.

„War da eben Leonardo?"

„Ja."

„Hab ich doch richtig gehört. Was wollte der Idiot?"

„Er sucht dich. Und ich habe Blut und Wasser geschwitzt, dass er nichts findet, was auf dich hinweisen könnte."

„Hab dich nicht so, was soll der kleine Italiener dir schon anhaben."

„Pass mal auf. Die Situation war nicht gerade angenehm und ich habe momentan weder Lust noch Nerven auf eine Privatfehde."

Bohlan betrachtete Almasas Gesicht und verlor sich in ihren grünmarmorierten Augen. Sie stand auf, schritt trotz der morgendlichen Müdigkeit betont aufreizend auf Bohlan zu und setzte sich neben ihn. Dann legte sie ihren Arm um seine Schulter, blickte ihm tief in die Augen: „Komm doch wieder zurück ins Bett, es ist noch zu früh zum Aufstehen."

Bohlan war drauf und dran, Almasas Wunsch zu erfüllen. Aber Leonardos Besuch hatte ihn daran erinnert, dass Almasas Verbleib auf dem Hausboot keine Dauerlösung sein konnte und das versuchte er ihr nun möglichst schonend beizubringen.

„Du willst mich loswerden!", fauchte sie ihn an.

„Nein, natürlich nicht, aber es ist für dich hier auf dem Boot zu gefährlich. Leonardo sucht dich und ich werde die nächste Zeit nicht viel hier sein können." Almasa legte ihre Stirn in Falten.

„Vielleicht hast du Recht, aber lass uns das später entscheiden."

„Nein, wir frühstücken jetzt und dann versuchen wir eine sinnvolle Lösung zu finden."

Mit einem Schnauben stand Almasa auf und rauschte durch den Flur ins Bad. Bohlan versuchte, sich zu entspannen und schaute auf den Main. Sosehr er Almasa auch mochte und so schwer ihre Situation war, ein weiterer Verbleib von ihr auf dem Boot war ein Unsicherheitsfaktor, den er sich nicht leisten konnte. In den letzten Wochen hatte er sich mehrfach dafür verflucht, dass er sich auf diese Affäre überhaupt eingelassen hatte. Keine Frage, Almasa war eine begehrenswerte Frau, aber die Konsequenzen aus dieser Liaison waren nicht mehr zu überschauen. So lange sie bei Leonardo geblieben war und es nur gelegentliche Stelldicheins gegeben hatte, war es okay. Aber jetzt! Bohlan wollte auf keinen Fall in einen Privatkrieg der beiden hineingezogen werden. Außerdem gab es in Almasas Leben einige Merkwürdigkeiten, auf die der Kommissar gestoßen war, die ihn an ihrer Aufrichtigkeit zweifeln ließen. Bohlan stand auf und begann den Frühstückstisch zu decken.

Am Nachmittag hatte sich die Lage deutlich entspannt. Bohlan hatte Almasa zu einer Freundin gefahren, die ihr einstweilen Unterschlupf gewähren wollte. Danach hatte sich Julia Will bei ihm gemeldet und sich nach seinem Gesundheitszustand erkundigt. Spontan hatte er sie zu einem Besuch eingeladen.

Jetzt saß Julia Will auf dem Sofa und blickte fasziniert auf den Fluss, der unermüdlich das Wasser Richtung Rhein spülte, und den trüben Himmel, der sich über alles wölbte.

„Es wäre schön, wenn es sich etwas aufhellen würde“, bemerkte sie nachdenklich und Bohlan erwiderte: „Meinen Sie den Himmel oder unseren Fall?“

Will lächelte, bevor sie antwortete: „Beides.“ Nach einer Pause fügte sie hinzu: „Michael Schwarz können wir als Täter ausschließen.“ Bohlan sah sie überrascht an.

„Wieso denn das so plötzlich? Das war doch Ihre Hauptspur.“

Will blickte etwas betreten in Bohlans Gesicht. Es war offensichtlich, dass ihr der Abschied von ihrer Täteridee äußerst schwergefallen war. Er versuchte, einen triumphierenden Gesichtsausdruck zu vermeiden und blickte seine Kollegin ernst an. Und dann berichtete Will, was sie in den vergangenen Tagen recherchiert hatte.

„Michael Schwarz hat tatsächlich eingeräumt, eine Affäre mit Patricia Mandell gehabt zu haben. Er hat sie wohl auf einem Empfang kennen gelernt und keine Ahnung gehabt, wen er da vor sich hatte. Erst zu einem späteren Zeitpunkt hat er die verhängnisvolle Identität seiner Geliebten mehr oder weniger durch Zufall mitbekommen. Er stellte sie sogleich zur Rede und beendete die Affäre. Schwarz äußerte die Vermutung, Brandt habe Mandell auf ihn angesetzt und dabei etwas von Stasi-Methoden schwadroniert. Zudem gab er an, dass ihm das sowieso alles wegen seiner Frau und den Kindern zu heiß geworden war.“

Bohlan, der die ganze Zeit keinen Blick von Wills Gesicht gelassen hatte, nickte ernst. Will wendete etwas verlegen den Blick ab und griff nach der Teetasse. Nach einem Räuspern bemerkte er: „Gut, gehen wir mal davon aus, dass Schwarz die Wahrheit sagt."

„Ja, jedenfalls, was unseren Fall betrifft", murmelte Will und biss sich auf die Lippen.

„Ich weiß, dass Ihnen das nicht in den Kram passt. Aber nicht immer sind die, die man am liebsten als Täter sehen würde, auch tatsächlich die Bösewichte."

„Da muss ich Ihnen widersprechen. Nicht immer sind die Bösewichte die Täter, die man gerade sucht."

„Oder so."

Bohlan wurde von einem Hustenanfall geschüttelt. Will schaute ihn mitleidig an und wartete, bis sein Husten abgeklungen war.

„Dafür haben wir aber etwas viel Interessanteres herausbekommen." Will nahm noch einen Schluck aus der Tasse, während Bohlan seine Nase putzte. „Und zwar bei der Durchsuchung von Mandells Arbeitszimmer im Hause Brandt. Die beiden, also Mandell und Sell, mussten schon länger in Kontakt miteinander gestanden haben. Mandell war wohl so eine Art Informantin für Sell. Jedenfalls spricht einiges dafür, dass Zahlungen von Sell an Mandell geflossen sind."

„Das würde die Bewegung auf den Konten erklären", bemerkte Bohlan, ließ dann aber seine Kollegin weiter ausreden.

„Vom Verlag wissen wir, dass es Vorschüsse für das neue Buch an Sell gegeben hat und Sell hatte gegenüber dem Verlag angegeben, dass sie Geld für Informanten benötigen würde. So und jetzt kommt der Hammer, wir haben das Manuskript für das neue Buch, jedenfalls Teile davon."

Bohlan sah Will überrascht an, die eine triumphierende Miene aufgesetzt hatte.

„Wo haben Sie das gefunden?"

„Zu unserer Verblüffung befand sich eine CD mit dem Manuskript in Mandells Arbeitszimmer. Sie und Sell scheinen in diesem Punkt sehr eng zusammengearbeitet zu haben."

„Und, um was geht es?", fragte Bohlan zur großen Freude seiner Kollegin, die den Wissensvorsprung spürbar genoss.

„Dreimal dürfen Sie raten. Um politische Intrigen, Macht, Einfluss, Geld und Verrat."

„Ziemlich viel für einen Krimischmöker."

„Ja, und wissen Sie, in dem Buch ist alles einfach und die Bösen sind wirklich die Täter. Es gibt übrigens einige interessante Parallelen zu real existierenden Persönlichkeiten."

„Hätte mich gewundert, wenn es nicht so wäre. In der Literatur gibt es immer schwarz und weiß. Im Gegensatz zur Realität."

„Ich weiß, Herr Kollege."

„Haben Sie mir das Manuskript mitgebracht?"

„Ich dachte, Sie mögen keine Krimis."

„Stimmt schon, aber wenn man krank ist, ist vieles anders."

Will grinste und zauberte ein dickes Papierbündel aus ihrer Tasche. Bohlan goss noch einmal Tee nach und griff dann nach dem Manuskript. Während er darin blätterte, fragte er nebenbei: „Gibt es noch mehr Neuigkeiten?"

„Lassen Sie mich überlegen. Ach ja, neue Drohbriefe gegen Brandt."

Bohlan schaute auf und Will machte ein beschwichtigende Handbewegung.

„Nichts dramatisch Neues. Gleicher Inhalt wie beim letzten Mal."

„Trotzdem, man sollte sie nicht vernachlässigen. Wann ist eigentlich die Urabstimmung bei den Roten?"

„Zwanzigster Januar. Bis dahin sollten wir den Fall gelöst haben."

Bohlan blätterte weiter und blieb an einer Textstelle hängen, die den Wirtschaftsdezernenten beschrieb. Will betrachtete ihren Kollegen.

„Soll ich gehen? Dann können Sie in Ruhe weiterlesen."

Bohlan schaute hoch und legte wie ertappt das Manuskript zur Seite.

„Nein, Entschuldigung, natürlich nicht."

„Der Wagen des Mannes, der sie neulich am Ufer verfolgt hat, ist übrigens auf einen gewissen Klaus-Dieter Baumann zugelassen."

„Interessant", murmelte Bohlan. „Dieser KD Baumann scheint eine mysteriöse Person zu sein. Überall taucht er auf und doch wissen wir annähernd nichts über ihn."

23. Kapitel

Bohlan benötigte eine Nacht, um das Sellsche Vermächtnis zu lesen. Die Parallelen zwischen Wirklichkeit und Fiktion erschreckten den Kommissar. Natürlich hatte Sell die Handlung über die Maßen verdichtet und annähernd sämtliche politischen Skandale der letzten Jahrzehnte nach Frankfurt verlegt. Bohlan fand das alles etwas dick aufgetragen, wunderte sich aber doch sehr darüber, wie die Mechanismen der Korruption auch in einer demokratischen Gesellschaft zu funktionieren schienen.

Zur vollständigen Genesung brauchte er einige Tage länger, hielt jedoch täglichen Kontakt zu seinen Kollegen im Präsidium, um die weiteren Ermittlungen zu steuern. Das Team war mittlerweile tief in den Sumpf eingedrungen und drauf und dran im Morast zu versinken. Bohlan fühlte sich von seinem Wissen über die Zusammenhänge der Frankfurter Politik und die sich vor ihm auftürmenden menschlichen Abgründe überrollt. Er hatte den Eindruck, weniger zu wissen, als jemals zuvor und ruderte verzweifelt gegen die Details, in die sich seine Ermittlungsgruppe zu verrennen drohte. Alles schien irgendwie zusammenzuhängen, doch je mehr Bohlan die Fakten hin und her wendete, um so weniger verstand er. Eigentlich war es langsam Zeit für den großen Durchbruch, aber der wollte sich nicht einstellen. Enttäuschung und Ernüchterung breiteten sich aus und schienen überhandzunehmen.

Bohlan kehrte an einem Donnerstag ins Präsidium zurück und schon am Freitag verordnete er allen ein arbeitsfreies Wochenende. „Manchmal muss man loslassen, um richtig zufassen zu können." Das war ein Spruch, den sein ehemaliger Kollege Moritz Hauck in kniffligen Situationen zu sagen pflegte. Was würde er nun an seiner Stelle tun? Hauck fehlte Tom Bohlan. Es war nicht nur der Gedanke, dass er damals zu spät gekommen war, um seinen Kollegen zu retten. Er hatte Kaffee trinkend im Büro gesessen, während Hauck im Kugelhagel auf dem ehemaligen Fabrikgelände in Bonames niedergestreckt wurde. Selbstvorwürfe machte sich Bohlan aber auch, weil er sich mit Hauck nicht genug ausgetauscht hatte. Wie war es dazu gekommen? Warum hatte Hauck ihn nicht in seine Ermittlungen einbezogen? Warum war er alleine losgezogen? Und warum hatte Bohlan zu spät die Zusammenhänge gesehen, die Spur gewittert, die Hauck früher erspäht hatte?

Bohlan beschloss, das Wochenende noch mal richtig zu entspannen, um dann in der nächsten Woche wieder voll durchzustarten. Hätte er gewusst, dass sich Geschichte wiederholen kann, hätte er wahrscheinlich anders gehandelt.

24. Kapitel

Es war Julia Will, die den Stein ins Rollen brachte. Sie hielt die Stagnation nicht mehr aus, sie wollte es darauf ankommen lassen. Die fixe Idee, dass nur ein Ausbruch aus dem Ermittlungsschema die Lösung bringen könnte, hatte sich in ihr mehr und mehr festgesetzt. Für sie lag die Lösung des Falles mittlerweile in der Umgebung von Boris Brandt, wenn nicht bei ihm selbst. Zu vieles lief bei ihm, beziehungsweise in seinem Büro, zusammen. Er war der Bedrohte. Er war der Arbeitgeber des ersten und Liebhaber beider Opfer. In seinem Büro, wenn auch im Zimmer seiner Angestellten, hatte das Manuskript geschlummert. Sie hatte das ganze Wochenende darüber nachgedacht, wie sie Boris Brandt am besten herausfordern sollte. Brandt war im höchsten Maße charmant. Dennoch fragte sich die junge Kommissarin, ob diese Art nicht doch auch ein wenig aufgesetzt war. Sie hatte sich in Kreisen der Roten umgehört. Nicht wenige hielten Brandt für einen „Schleimer“ und „Dummschwätzer“. Brandt sei immer freundlich, nett und zuvorkommend, aber das sei eine Masche, die nur den Teufel in ihm verdecken sollte. Was wirklich dahinter steckte, bliebe im Verborgenen. Andere sahen in ihm zwar einen knallharten Machtmenschen, stark und unnachgiebig. Anderseits würde er politische Diskussion nicht persönlich nehmen, sondern sehr genau trennen. Man könne sich mit ihm bis aufs Messer fetzen und dann zusammen in aller Ruhe ein Bier trinken. Diese Art unterscheide ihn gerade von anderen Politikern.

Will war getrieben von der Idee, ihren Missgriff in Sachen

Schwarz auszumerzen. Sie hatte eine neue heiße Spur gewittert und diesmal wollte sie zeigen, dass sie eine gute Ermittlerin war. Wenn es ihr nur gelingen würde, die Hinweise zu verdichten, dann könnte sie ihren Kollegen einen konkreten Verdacht präsentieren. Und da war noch etwas, was Will herausbekommen wollte. Weswegen sie dieses Gespräch unbedingt allein mit Brandt führen wollte. Brandt war als „Weiberheld“ verschrien. Es reizte die junge Kommissarin, Brandt auch in dieser Frage zu testen. Wie weit würde er bei einer ermittelnden Kommissarin gehen? Eine Frage, die sie sich nicht gestellt hatte, war eine ganz andere. Wie weit würde sie eigentlich gehen? Als sie am Montag den Dienst antrat, verfolgte sie ihre Pläne, ohne einen ihrer Kollegen einzuweihen. Alles ließ sich so einfach planen. Brandt hatte Zeit. Steininger und Steinbrecher waren den ganzen Tag außer Haus unterwegs. Bohlan saß hinter seinem Schreibtisch und recherchierte in Sachen KD Baumann. Er war voll und ganz mit sich und seiner Tätigkeit beschäftigt. Paulina Köster hatte Bohlans Viren übernommen und sich für einige Tage krankschreiben lassen. Der Tag verging langsam und Wills innere Anspannung stieg von Stunde zu Stunde.

Endlich war es so weit. Julia Will betrat pünktlich um halb acht Brandts Büro. Sie hatte sich aufreizend zurechtgemacht und die Jeans gegen einen kurzen Rock eingetauscht. Make-up und Schminke polierten sie zusätzlich auf. Brandt war im höchsten Maße überrascht, als sie das Büro betrat, und begrüßte sie freudig lächelnd: „Guten Abend, Frau Kommissarin.“ Er kam um seinen Schreibtisch herum gelaufen, an dem er noch eben gesessen hatte. Julia Will streckte ihm zur Begrüßung ihre Hand entgegen. Brandt ergriff sie, aber nicht zum erwarteten Handschlag, sondern um einen dezenten Handkuss anzudeuten. Julia Will hatte lange daran gefeilt, wie sie ihre Vernehmung aufbauen wollte und sich für einen lockeren Einstieg entschieden: „Guten Abend, Herr Brandt, ich hoffe, Sie hatten einen netten Aufenthalt in Berlin.“

„Ja, danke der Nachfrage.“ Brandt dirigierte Will zu den beiden Cocktailsesseln, die am Schreibtisch standen und setzte sich selbst wieder an seinen Platz, um fortzufahren.

„Es war vor allem wichtig, dass ich mich dort mal wieder um

meine Geschäfte gekümmert habe. Hier in Frankfurt hat in der letzten Zeit wirklich nicht alles so funktioniert, wie ich es mir vorgestellt habe."

„Das ist höflich formuliert für zwei Morde." Will biss sich auf die Lippen, da sie ihre Antwort selbst als etwas zu schnippisch empfand.

„Entschuldigen Sie. Ja, natürlich, das war nicht gut formuliert." Um sein wirkliches Bedauern auszudrücken, hob Brandt beide Arme hoch.

„Es ist, wie es ist. Ermitteln Sie heute allein?"

„Wir haben viel um die Ohren, das können Sie sich sicher vorstellen. Nicht nur Sie haben zurzeit eine schlechte Presse, die Polizei trifft das auch."

Brandt überlegte kurz.

„Frau Will, was halten Sie davon, wenn wir das Gespräch in einem etwas anderen Rahmen weiterführen? Ich würde gerne eine Kleinigkeit essen."

Julia Will fühlte sich auf der Siegerstraße und willigte ein, allerdings nicht ohne den Hinweis, dass sie natürlich selbst zahlen werde, schon allein um jedem Bestechungsverdacht aus dem Weg zu gehen.

Brandt quittierte auch das mit einem freundlichen Gesicht. „Selbstverständlich, ich hätte nichts anderes erwartet."

Dann brachen sie auf und Brandt führte Will in das „La Brighela", ein stadtbekanntes italienisches Restaurant an der Eschersheimer Landstraße.

„Haben Sie es in den letzten Wochen nicht bereut, wieder nach Frankfurt zurückgekommen zu sein?"

„Keineswegs. Es macht mir Spaß, wieder hier zu leben und zu arbeiten. Ich habe diese Stadt vermisst und auch das Leben in der Politik."

„Das Erste kann ich gut verstehen. Aber Politik hätten Sie doch überall machen können."

„Sicher, aber ich möchte mich dort einbringen, wo ich mich auskenne. Und das ist nun mal in meiner Heimatstadt. Außerdem ist es auch der Traum eines kleinen Jungen, der verwirklicht werden will. Der Römer ist ein Symbol. In Berlin habe ich lange gelebt, aber richtig heimisch bin ich dort nicht geworden. Mein Herz schlägt links und es schlägt für Frankfurt."

„Eine schöne Formulierung", entgegnete Will mit einem Lächeln.

„Ja, finden Sie? Ich habe überlegt, das als Wahlkampfslogan zu nehmen."

„Meinen Sie denn, dass es so weit kommt?"

„Davon gehe ich aus. Sie glauben doch nicht im Ernst, dass Gerrit Gross eine ernste Chance hat."

„Er hat das Establishment hinter sich."

„Und ich die Basis. Die entscheidet hier und glauben Sie mir, nicht alle Funktionäre werden tatsächlich so stimmen, wie man es jetzt vielleicht vermutet. Auch auf einem Parteitag hätte ich die größeren Chancen. Das Blatt hat sich gewendet. Und Gross ist, lassen Sie es mich mal so formulieren, nicht gerade ein rhetorisches Talent. Zudem hat er in den letzten Monaten mehr Dilettantismus an den Tag gelegt, als in einen Bembel passt."

„Haben Sie nicht Angst, dass bei der Abstimmung manipuliert wird? Das soll in Hessen schon mal vorgekommen sein."

„Sicher, die werden alles versuchen. Aber ich habe auch meine Beziehungen und die werden das verhindern."

„Das mag sein, aber die ganze Geschichte mit den zwei Morden könnte sich für Sie doch auch negativ auswirken."

„Dafür habe ich ja Sie und Ihren netten Kollegen, wie heißt er doch gleich?"

„Tom Bohlan", erwiderte Will, die sich durchaus geschmeichelt fühlte.

„Ja, genau."

„Wir tun unser Bestes, aber wir können nicht zaubern und momentan - bitte fühlen Sie sich nicht gekränkt - sind Sie auch ein Verdächtigter."

„Sie enttäuschen mich. Ich dachte, Sie würden offen mit mir reden. Ich bin Ihr Hauptverdächtigter. Aber ich weiß, dass ich es nicht war. Und Sie wissen es eigentlich auch, nicht wahr?"

„Etwas merkwürdig ist es aber schon, dass Sie mit beiden Opfern unmittelbar vor der Tat intim waren."

Brandt musste lächeln und zugleich setzte er ein ernstes Gesicht auf. „Ich möchte nicht verhehlen, dass es zwei schöne Abende waren, wenn auch durchaus unterschiedlich. Die Sache mit Patricia hat mich ganz schön mitgenommen und Mona legte es darauf an, dass wir im Bett landen. Und dann war da noch etwas."

Will schaute ihn provozierend an: „Was war da noch?"

„Ich kann es schwer beschreiben. Es war alles irgendwie vertraut und doch neu. Sie hatte so eine Art, die mir sehr bekannt vorkam, die mich an meinem Innersten packte und ganz tiefe Gefühle hervorspülte. Sie hat mich an jemand erinnert, aber vielleicht war es auch nur eine Illusion." Brandts Augen waren etwas gläsern geworden. Will gelang es nicht, durch sie hindurch in seine wahre Gedankenwelt einzutauchen. Und dann platzte ihre Frage heraus und traf Brandts wunden Punkt.

„Sie erinnerte Sie an Kristina. Stimmt's?"

„Kristina Sell", murmelte er vor sich hin, „mein Gott, wie lange ist das her. Und es war eine furchtbare Geschichte."

Will sah ihn einfühlsam an.

„Versuchen Sie, die Erinnerung zuzulassen."

Brandt stierte lange in sein Rotweinglas, bevor er einen Schluck nahm. „Ich weiß nicht, ob ich mich wirklich erinnern möchte."

„Vielleicht bringt es uns weiter."

„Meinen Sie? Warum denn das?"

„Weil wir das Gefühl haben, dass die Ereignisse heute irgendwie mit etwas zusammenhängen könnten, das in der Vergangenheit liegt."

Brandt sah verwirrt aus und schien es nicht zu begreifen.

„Was sollten denn die Morde heute mit meiner Vergangenheit zu tun haben?"

„Jedes Verbrechen hat seine Vorgeschichte."

„Da haben Sie Recht", murmelte Brandt lakonisch und fügte hinzu: „Kristina Sell, das war eine ... Jugendliebe. Es war eine wunderschöne Zeit. Ich habe sie bei den Jungen Sozialisten kennen gelernt. Sie war schön, intelligent und wir lagen in fast allem auf der gleichen Wellenlänge."

„Und was ist dann passiert?", fragte Will, die das Ende genau kannte, es aber aus Brandts Mund hören wollte.

„Es gab einen schrecklichen Unfall. Nach einem langen Kneipenabend hatten wir gewettet, den Main von Sachsenhausen aus nach Frankfurt zu durchqueren. Kristina ist dabei ertrunken."

„Das wissen wir. Wer war alles dabei?"

„Lassen Sie mich überlegen. Außer Kristina und mir, Thomas Kunkel und KD Baumann. Der ist aber nicht geschwommen. Der hat die Kleidungsstücke auf die andere Seite getragen."

„Wie ist Kristina ertrunken?"

„Das ist das Verrückte. Keiner hat es gesehen. Sie war plötzlich weg. Einfach nicht mehr da. Verstehen Sie das? Kein Laut, kein Mucks. Einfach weg."

„Soweit ich das recherchiert hatte, war Kristina eine gute Schwimmerin."

„Ja, das war sie. Sie hatte sogar einmal Wettkämpfe geschwommen. Sie war fit und sportlicher als wir alle zusammen. Warum sie ertrunken ist, das war einfach unerklärlich."

„Und danach, was ist danach passiert?"

„Danach war nichts mehr, wie es war. Wir waren alle geschockt. Es war auch einer der Auslöser, warum ich mich aus der Politik zurückgezogen habe. Thomas Kunkel ging es ähnlich, aber der ist geblieben. Und hat weiter gemacht. Wir hatten lange keinen Kontakt. Erst Jahre später haben wir wieder zueinander gefunden. Aber über das Ereignis damals haben wir nie wieder gesprochen."

„Und KD Baumann?"

„Keine Ahnung. Der hatte sich auch aus der Politik zurückgezogen und ist Künstler geworden. Das heißt, das war er eigentlich schon immer. Früher hat er Fotos gemacht. Aber so richtig viel hatte ich mit ihm eigentlich nie zu tun."

„Warum war er damals abends überhaupt dabei?"

„Dass er dabei war, war - glaube ich - einfach Zufall. Eigentlich war er uns allen etwas suspekt. Er war ein Querulant, der überall Verrat und Intrige vermutete und gegen alles und jedes war."

„Aber er war hinter Kristina her."

„Ja, das stimmt, der hat sie verfolgt und nachts angerufen. Auch mich hat er nachts angerufen, als wir zusammen waren. Aber das ist doch alles lange her."

„Sagen Sie mal, warum wollen Sie eigentlich unbedingt nach so langer Zeit zurück in die Politik?"

„Ich habe alles erreicht im Leben. Ich könnte mich zurücklehnen und das Leben genießen. Aber mein Rückzug damals war auch eine Niederlage. Ich verliere nicht gerne und jetzt habe ich die Möglichkeit, diese Niederlage in einen Sieg zu verwandeln. Kennen Sie Henry Maske?"

Will sah Brandt irritiert an.

„Natürlich, warum?"

„Er hatte ein ähnliches Problem. Bis zu seinem letzten Kampf hatte er alles gewonnen in seiner Boxkarriere. Dann kam Virgil Hill. Jahre später, als er seine Karriere längst beendet hatte, versuchte er es mit einem Comeback. Es gab für ihn nur ein Ziel: diese Niederlage zu streichen."

„Und ein bisschen Geld konnte er damit auch noch verdienen."

„Ja, da haben Sie Recht. Das unterscheidet uns dann. Aber mir geht es auch um eine Vision. Einer Idee von einer gerechteren Welt. Es geht um den Entwurf einer besseren, sozialeren Gesellschaft. Vor einigen Jahren waren sich alle einig, dass der Kampf der Systeme entschieden ist. Der Sozialismus sei untergegangen, der Kapitalismus habe gesiegt. Schauen Sie sich die Welt heute an. Finanzkrise, Kriege, die ungelösten Klimaprobleme. Der Kapitalismus wird immer mehr zum Raubtier. Er wird uns alle vernichten. Die Idee vom demokratischen Sozialismus ist nicht tot. Sie wird wieder erstarken. Heute ist es der Kapitalismus, der am Ende ist."

Will sah Brandt fasziniert hat. Er hatte wirklich Charisma und er kämpfte für seine Ideen.

„Ich bin zutiefst davon überzeugt, dass die Idee des demokratischen Sozialismus tief in uns allen schlummert. Seine Ideale sind die tiefsten Wünsche eines Jeden von uns. Jeder wird diese Sprache verstehen. Es ist wie mit der Musik. Die Sprache der Musik wird überall verstanden, wohin auch immer Sie gehen. Ist es nicht so?"

Will nickte kurz. Brandt leerte die Rotweinflasche, in dem er die beiden Gläser auffüllte.

„Was hat das alles mit dem Sozialismus zu tun?"

„Schauen Sie, Musik ist auch tief in uns drin. Musik funktioniert überall, weil ihre Regeln unbewusst von allen verstanden werden. Ich träume von einer Gesellschaft, die allen gleiche Chancen gibt, unabhängig vom Geldbeutel der Eltern oder von der Herkunft. Eine Gesellschaft, in der jeder seinen Platz und seine Aufgabe findet, in der es keine Aggression mehr gibt. Eine Gesellschaft, die sich an den Regeln der Musik orientiert, wird eine gerechte Gesellschaft sein."

„Was sind denn die Regeln der Musik?"

„Es ist ganz einfach. Jedes Musikstück besteht aus dem Zusammenspiel verschiedener Töne, das einer Gesetzmäßigkeit unterliegt, die automatisch zu Gerechtigkeit führt. Der Quintenzirkel ordnet die Töne einander zu. In C-Dur zum Beispiel ist C der Präsident. Das C hat das Sagen und die Macht, von ihm schwärmen Melodien und Harmoniebögen aus, zu ihm laufen sie zurück. Ist das nicht höchst ungerecht? Das C scheint wie ein Diktator, der alles bestimmt. Aber so ist es nicht. Ohne die anderen elf Töne könnte er nicht überleben. Sie haben dienende, unterstützende Funktionen. Das G zum Beispiel als Dominante und F als Subdominante sind besonders wichtige Grundtöne für die Harmonien. Nennen wir sie Minister. In C-Dur orientieren sich alle Töne an C, dem Präsidenten, und den Ministern G und F. In Fis-Dur dagegen ist Fis der wichtigste Ton, das C, eben noch König, ist jetzt nur noch dienender Untertan, ein einfacher Melodieton. Er besitzt keine elementare Bedeutung, keine Macht.

Das ist die märchenhafte Gerechtigkeit der Musik. Herrschen und Dienen finden im stetigen Wechsel statt, immer in Abhängigkeit voneinander. Eine Gesellschaft, die nach diesen Prinzipien funktioniert, kommt ohne Gewalt aus. Jeder weiß: „Ich komme genauso an die Reihe wie alle anderen, wenn meine Tonart gespielt wird." Das ist eine Gesellschaft, in der Machtkämpfe und auch Religionen nicht mehr nötig sind."

Will blickte nachdenklich und fasziniert zugleich drein.

„Ein interessanter Ansatz. Ist der von Ihnen?"

Brandt sah versonnen in sein Glas, bevor er antwortete.

„Leider nein. Ein befreundeter Musiker hat ihn entwickelt, einer der größten Komponisten und Entertainer unserer Zeit: Udo Bockelmann, der als Udo Jürgens in der Musik unterwegs ist. Wussten Sie, dass sein Onkel mal Oberbürgermeister dieser Stadt war?"

„Ja. Warum hat sich dieser Ansatz noch nicht herumgesprochen?"

„Weil es große Interessen gibt, die eine bessere Gesellschaft verhindern wollen. Allen voran die ältesten Interessen, wenn es um Macht und Staat geht. Die Religionen. Eine bessere Welt kann es nur ohne die großen Religionen geben. Sie waren immer die Quelle für Fanatismus, Hass und Gewalt. Nehmen Sie die Kreuzzüge, den Nahost-Konflikt, den Bürgerkrieg in Irland, al-Qaida oder was auch immer. Alle großen Religionen weisen den gleichen Fehler auf. Immer geht es darum, die Welt missionieren zu wollen. Immer geht es darum, Andersgläubige gering zu schätzen und bekehren zu wollen. Auf diesem Weg schreckten sie vor nichts zurück. Die Religionen nutzen die Angst der Menschen vor dem Tod, um Macht und Reichtum anzuhäufen."

Julia Will nahm nun auch noch einen Schluck aus ihrem fast leeren Weinglas und sah auf die Uhr. Brandt nahm dies zum Anlass, die Rechnung kommen zu lassen, die sie getrennt bezahlten.

„Nun, ich hoffe, Ihnen ein wenig weitergeholfen zu haben."

„Ja, sicher", sagte Julia Will etwas verträumt und versuchte, lange in Brandts Augen zu schauen, der es geschehen ließ.

„Darf ich Sie noch nach Hause bringen?" murmelte Brandt plötzlich.

Will lächelte Brandt an. „Selbstverständlich dürfen Sie. Ich muss Sie allerdings warnen, ich wohne bei meiner Oma, und das ist eine sehr resolute Frau." Brandt musste lachen. „Glauben Sie etwa, dass ich mich mit einem Messer über Sie hermache?"

Will lächelte, aber eine Antwort erhielt Brandt nicht.

Als Brandts Wagen in der Hohemarkstraße hielt, brannte in Omas Wills Haus kein Licht. Brandt bemerkte das sofort.

„Sieht so aus, als sei Ihre Oma ausgeflogen."

Dabei berührte er wie aus Versehen Wills linkes Bein. Sie schaute ihn an.

„Stimmt, das habe ich vergessen. Sie ist für ein paar Tage verreist. Ich habe noch eine Bitte an Sie, wenn Sie vielleicht noch ein Stunde mit hereinkommen würden. Nicht, was Sie denken. Aber es ist so eine Idee."

Brandt schaute erst verwundert und dann auf die Uhr.

„In Ordnung, einen Moment habe ich noch."

Beide stiegen aus. Brandt ging an den Kofferraum seines Autos und holte einen braunen Koffer hervor.

„Darin sind wichtige Unterlagen, die ich hier ungern allein im Auto lassen möchte."

Will nickte und schloss das Gartentor auf. Dann verschwanden beide im Haus. Die Scheinwerfer des Autos, das Brandts Wagen gefolgt war, seit er in der Eschersheimer Landstraße losgefahren war, erloschen.

25. Kapitel

Etwa zur gleichen Zeit saß Tom Bohlan zusammen mit Thomas Kunkel in dessen Büro. Kunkels und Bohlans Handys vibrierten fast zeitgleich und beide nahmen ihre Telefone in die Hand, um die eingegangenen Nachrichten zu lesen. Als Kunkel sein Handy wieder auf den Schreibtisch legte, lächelte er.

„Wo waren wir stehen geblieben?"

„Sie erzählten gerade aus der Vergangenheit, als Sie und Brandt als junge Kerle die Roten unsicher machten."

„Richtig, es waren schöne Zeiten, wir hatten eine Menge Spaß und das ein oder andere Mal haben wir es natürlich auch übertrieben. Aber glauben Sie mir, im Vergleich zu dem, was die Großen damals angerichtet haben, war das alles harmlos."

„Was haben Sie denn angestellt?", bohrte Bohlan nach.

„Na ja, man hält sich für wichtiger, als man ist. Man gibt sich zahlenmäßig stärker aus. Man überredet andere Menschen zum Eintritt, man versucht andere zu manipulieren."

„Man sagt nicht immer die Wahrheit", ergänzte Bohlan.

„Mein Gott ja, wer macht das schon immer. Nur bei den Politikern werden immer hohe Maßstäbe angelegt. Wir sind doch auch nur Menschen, behaftet mit Mängeln, Fehlern und Lastern. Aber wie gesagt, die Jungen Sozialisten waren unsere Spielwiese, aber wir haben auch versucht, bei der großen Mutterpartei Einfluss zu nehmen. Manchmal ist es uns gelungen, aber im Wesentlichen waren wir kleine Lichter und es gab genug Lokalprominenz, die die andere Seite manipuliert hat – in ihrem Sinne natürlich."

„Erzählen Sie mehr darüber."

„Damals waren die Roten in Frankfurt noch stark. Es gab eine rot-grüne Mehrheit. Aber die Partei war im Grunde genommen schon so zerstritten wie heute. Zwei Flügel, die traditionellen Rechten im Höchster Kreis und die traditionellen Linken, die sich bei der Arbeitwohlfahrt trafen, standen sich gegenüber. Und es gab solche, die einen neuen Weg gehen wollten. Sie wollten die politische Mitte erschließen, die Dienstleister in der Stadt. Und sie wollten von den Kreisen weg und gründeten deshalb einen neuen. Das wirbelte die alte Machtverteilung zwischen links und rechts komplett durcheinander. Die Aufteilung und Verteilung von Macht und Ämtern funktionierte nicht mehr, denn es gab eine neue Gruppierung und die beiden alten wussten nicht so genau, wie sie damit umgehen sollten. Und dann gab es natürlich jede Menge Feindschaften. Im Grunde genommen misstraute jeder dem anderen und hinter dem Rücken wurden feige Gefechte ausgetragen und Lügengeschichten erzählt. Man versprach, sich zu wählen und machte in der geheimen Abstimmung genau das Gegenteil."

„Und wo standen Sie?"

„Das war vielleicht das Problem, wir standen überall und nirgends. Im Grunde genommen war der Ansatz, die Kreise aufzulösen unser Ansatz, aber mit den politischen Inhalten der „Neuen Mitte" stimmten wir nicht überein. Im Herzen waren wir links, aber wir wurden als rechts verschrien, weil wir nicht jeden Blödsinn der Linken mitgemacht haben."

„Was meinen Sie mit Blödsinn?"

„Solche Dinge wie die Frauenquote zum Beispiel. Der Ortsverein von Boris Brandt hat einmal von der „Powerfrau" der Frauen-AG in Nietenhosen die rote Laterne überreicht bekommen. Auslöser war die einfache Frage auf dem Parteitag, was die Quote wirklich gebracht hat. Außerdem hatte der Ortsverein keine einzige Frau im Vorstand. Dabei wurde da niemand hinausgedrängt. Es war einfach keine da, die ein Amt übernehmen wollte. Die ganzen Vorstandswahlen auf den Parteitagen waren eine reine Farce, weil letztlich jede Frau, die kandidiert hat, gewählt werden musste. Da kam die letzte Lusche auf einen Vorstandsposten. Ich könnte Ihnen wirklich groteske Szenen schildern. Aber lassen wir das."

„Und dann hatten Sie irgendwann die Schnauze voll?"

„Nein, es gab auch bei uns unterschiedliche Auffassungen, aber letztlich verloren wir unseren Zusammenhalt, als es diesen Badeunfall mit Kristina gab. Das hat uns alle in einen schweren Schockzustand versetzt, ganz besonders unseren Frontmann. Aber auch viele andere, die damals nicht unmittelbar dabei waren. Brandt verschwand für Monate in der Versenkung und dann zog er sich völlig aus der Politik zurück. Ein paar von uns blieben über, aber jeder kochte sein eigenes Süppchen. Es fehlte die ordnende Hand."

„Sie waren doch noch da."

„Sicher, aber auch ich war angeschlagen und ganz ehrlich, ich bin jemand, der viele Ideen hat, zweifelsohne auch gut reden kann, aber ich bin kein Zuchtmeister, ich brauche jemanden, der alles stetig organisiert und jemanden, der in der ersten Reihe steht. Außerdem kamen dann die Schröder-Jahre. Das hat bei vielen zu Frust geführt, auch bei mir."

Kunkels Handy vibrierte und piepste ein zweites Mal. Er nahm es auf. Nachdem er die SMS gelesen hatte, erhob er sich und ging auf Bohlan zu.

„Leider muss ich das Gespräch jetzt beenden. Ich bin noch mit jemandem verabredet."

„Mit wem denn, wenn ich fragen darf?"

„Dürfen Sie, das übliche Gespräch mit Brandt", sagte Kunkel grinsend.

„War das eben eine SMS von Brandt?"

„Ja, er hatte noch ein - nennen wir es mal - Date, aber jetzt ist er fertig und wir treffen uns in einer halben Stunde."

Bohlan blieben die Worte, die er eigentlich sagen wollte, im Halse stecken. Auf seiner Stirn bildeten sich kleine Schweißperlen. Ein dicker Kloß setzte sich in seinem Hals fest.

„Sagen Sie das noch mal, Brandt hatte ein Date?"

„Ja, mit einer Frau, aber mehr weiß ich auch nicht."

Bohlan überlegte. Patricia Mandell musste sterben, als sie einen Abend mit Brandt verbrachte. Mona Sell hauchte nach einem Stelldichein mit Brandt ihr Leben aus. Beide Male saßen danach Brandt und Kunkel gemütlich im Club Voltaire zusammen. Vorhin hatte er eine SMS seiner Kollegin erhalten. Sie hatte ihm kurz mitgeteilt, dass sie mit B.B. ein Gespräch habe und ihn gebeten, dringend zu ihr nach Hause zu fahren, falls sie sich in einer Stunde nicht noch mal melden würde. Bohlan hatte die SMS zur Kenntnis genommen und sich nichts dabei gedacht. Jetzt aber war es eine Stunde später und eine zweite SMS war nicht gekommen. Sollte es ein Hilferuf gewesen sein? Oder eine Warnung? Bohlan wurde unsicher. Möglicherweise schwebte Will in höchster Gefahr.

„Was haben Sie?"

Es war Kunkels Stimme, die ihn aufschreckte.

„Ich habe da gerade ein paar komische Ideen", antwortete Bohlan geistesabwesend und fügte, nachdem er sich gesammelt hatte, hinzu: „Herr Kunkel, gibt es einen festen Rhythmus für die Treffen mit Brandt?"

„Wie meinen Sie das?"

„Finden die immer an einem bestimmten Wochentag statt oder verabreden Sie sich spontan?"

„Nein, es gibt keinen fixen Tag. Die Treffen sind nicht regelmäßig. Meistens verabreden wir uns einen oder zwei Tage davor, warum fragen Sie?"

„Das verrate ich Ihnen, wenn Sie meine nächste Frage beantwortet haben."

„Und die wäre?"

„Weiß außer Ihnen noch jemand von diesen Treffen?"

Kunkel überlegte einen Augenblick.

„Eigentlich nicht. Doch, meine Sekretärin natürlich. Die Treffen stehen in meinem Terminkalender."

„Sonst noch jemand? Denken Sie genau nach."

Kunkel überlegte.

„Ja, wenn ich recht überlege, gibt es noch jemanden. KD Baumann wusste davon."

„Ihr Werbefachmann? Warum denn der?"

„Er wusste es von meiner Sekretärin. Ich habe das heute zufällig herausbekommen. Die beiden standen zusammen im Eingang. Ich kam gerade dazu, als sie zu ihm sagte: Heute ist es wieder so weit.

Und KD machte ein grimmiges Gesicht."

„Kam Ihnen das nicht merkwürdig vor?"

„Schon, aber es hängt damit zusammen, dass KD Baumann von meinem Treffen mit Brandt nicht gerade begeistert war. Er mag Brandt nicht und er konnte auch nicht verstehen, dass ich mich mit ihm wieder traf und wir gemeinsame Sache machten."

„Warum war er Brandt so feindselig gegenüber eingestellt?"

„Das war eine alte Geschichte. Brandt hat ihm mal vor vielen Jahren eine Freundin ausgespannt. Zumindest dachte das KD. Aber so genau kann ich das auch nicht mehr zusammenbekommen. Vielleicht ist er auch neidisch, dass Brandt es so weit geschafft hat und er als Künstler noch nicht so groß herausgekommen ist. Aber warum interessiert Sie das alles?"

„Weil es immer an den Abenden zu einem Mordfall gekommen ist, an denen Sie mit Brandt im Club Voltaire saßen. Und heute hatte Brandt wieder ein Date mit einer Frau."

Jetzt war es Kunkel, dessen Gesicht versteinert war und jede Farbe verloren hatte.

26. Kapitel

Boris Brandt legte sich seinen Schal um den Hals und schlüpfte in seinen Mantel. Julia Will beobachtete ihn dabei. Der Politiker nahm seinen Aktenkoffer und verabschiedete sich. Julia Will ging in die Küche. Als sie sich ein Bier aus dem Kühlschrank nehmen wollte, schrillte die Türglocke. Wahrscheinlich hat Brandt etwas vergessen, dachte Will und ging zurück an die Tür. Sie betätigte den elektronischen Öffner und als sie Schritte hörte, ging sie zurück in die Küche, um sich die Bierflasche zu holen. Gerade als sie den Kronkorken geöffnet hatte, hörte sie die Schritte an der Tür. „Na, etwas vergessen?", rief sie über die Schulter. Die Tür fiel ins Schloss und als sich Will umdrehte, sah sie sich einem großen hageren Mann gegenüber. Er war ganz in Schwarz gekleidet und trug eine Wollmütze mit Augenschlitzen. In der einen Hand hielt er eine Pistole, in der anderen eine Plastiktüte. Die Pistole war auf Will gerichtet. Er warf ihr die Tüte zu, die vor Will auf den Boden knallte.

„Los du Flittchen, heb sie auf“, brummte der Maskierte.

Will bückte sich langsam, ohne den Blick von dem Eindringling abzuwenden, stellte die Bierflasche zur Seite und hob die Tüte auf.

„Aufmachen“, schallte es ihr entgegen. Will öffnete die Tüte und fand darin schwarze Strapse und Lederstiefel.

„So, jetzt gehen wir mal ins Schlafzimmer und du ziehst das an und machst keine Fisimatenten, Lady. Wir machen nur das, was dir Spaß macht.“

27. Kapitel

Tom Bohlan verließ zusammen mit Thomas Kunkel die Geschäftsstelle der Linken. Es war ein sehr kalter und klarer Abend. Bohlan fröstelte es. Aber das rührte nicht nur von der äußeren Kälte her. Er war sich sicher, dass seine Kollegin in höchster Gefahr schwebte. Diese Situation war für sich genommen schon unerträglich. Aber die Erinnerung an den Verlust, den er vor einigen Jahren hatte erleben müssen, steigerte seine Angst. Thomas Kunkel hatte vergeblich versucht, Brandt auf seinem Handy zu erreichen. Es war ausgeschaltet. Bohlan wies Kunkel an, in den Club Voltaire zu fahren. Er selbst orderte Einsatzfahrzeuge in die Hohemarkstraße nach Niederursel. Dann startete er den Motor und raste los. Die Angst um seine Kollegin ließ ihn riskant fahren. Seine Geschwindigkeit war stark überhöht und es gab die eine oder andere brenzlige Situation, die seine Fahrt fast vorzeitig beendet hätte. Es war eine Rettungsaktion, die einem Husarenritt glich. Mit quietschenden Reifen bog er in die Hohemarkstraße ein und brachte seinen Wagen vor Oma Wills Haus zum Stehen. Fast hätte er beim Einparken einen Golf gerammt, dessen Kennzeichen ihm merkwürdig vertraut vorkam. Von den Einsatzfahrzeugen war noch nichts zu sehen. Das Untergeschoss lag im Dunklen, nur aus den Zimmern im ersten Stock drang Licht nach draußen. Bohlan sprang über das Gartentor und schlich durch den Garten um das Haus. Panisch rüttelte und drückte er an den Fenstern im Erdgeschoss. Sie waren jedoch alle fest verschlossen und gaben seinen Öffnungsversuchen nicht nach. Dann fiel ihm die Kellertür ein und dass Julia Will einmal empört darüber berichtet hatte, dass ihre Oma einen Schlüssel für diese Tür hinter der Gartenhütte auf einem Stapel Holz „für den Notfall“ deponiert hatte. Bohlan rannte durch den Garten zur Hütte und fand nach kurzer Suche tatsächlich einen Schlüssel. Er hetzte zurück zum Haus. Wie erwartet passte der Schlüssel zur Kellertür. Mit klopfendem Herz und völlig außer Puste betrat er die Waschküche, kämpfte sich an verschiedenen Gartengeräten und Gerümpel vorbei zum Treppenaufgang. Dort verharrte er einen Augenblick und lauschte. Kein Geräusch war zu hören. Er atmete betont langsam und versuchte wie ein Biathlet vor dem Schießen seinen Puls zu drücken. Vorsichtig betätigte er die Klinke der Tür, die vom Keller ins Treppenhaus führte und öffnete sie langsam. Dabei versuchte er jedes Geräusch zu vermeiden. Katzenartig schlich er durch das Untergeschoss und dann - vorbei an Oma Wills Eingangstür - die Treppe nach oben. Die Tür zur oberen Wohnung war nur angelehnt. Ein Lichtschein drang durch den Spalt ins ansonsten dunkle Treppenhaus. Es war bedrohlich still. Bohlan nahm seine Dienstwaffe in die Hand und öffnete vorsichtig die Tür. Er schlich durch den Flur. Aus dem Wohnzimmer hörte er Geraschel. Bohlan lugte vorsichtig um die Ecke. Am Schreibtisch saß ein Mann, der ihm den Rücken zuwandte und damit beschäftigt war, Wills Computer zu durchsuchen. Abgesehen von einer schwarzen Mütze war er nackt und sichtlich erregt. Bohlan überlegte kurz und entschloss sich, die anderen Räume nach seiner Kollegin abzusuchen. Als er das Schlafzimmer betrat, bot sich ihm eine Szenerie, die er in den vergangen Wochen bereits zweimal gesehen hatte. Julia Will trug schwarze Strapse und Lederstiefel. Ansonsten war sie nackt. Ihre Arme und Beine waren mit Handschellen an den Gittern des Bettes fixiert. Julia Will starrte ihn mit weit aufgerissenen Augen an. Reden konnte sie nicht, sie war geknebelt. Aber ihre Kehle war unberührt. Sie lebte. Julia Will versuchte, einige Laute von sich zu geben, doch es drang nur ein unverständliches Gekrächze hervor. Tom Bohlan bedeutete ihr, sich ruhig zu verhalten. Dann kam er zu ihr und nahm ihr den Knebel aus dem Mund. Will schaute ihm in die Augen und flüsterte: „Gott sei Dank, Sie kommen gerade noch rechtzeitig.“ Bohlan legt seine Dienstwaffe auf das Bett und fasste ihre rechte Hand, die immer noch in einer Handschelle steckte.

„Wissen Sie, wo die Schlüssel sind?“

Wills Augen richteten sich auf den kleinen Tisch, der hinten in der Ecke des Schlafzimmers stand. Bohlan sprang auf und hätte dabei fast einen Stuhl umgeworfen, konnte ihn aber im letzten Moment noch auffangen. Er hatte den Tisch fast erreicht, als Julia aufschrie. Bohlan zuckte zusammen und als er sich umwandte, sah er den Mann mit der Mütze aus dem Nebenzimmer im Türrahmen stehen. Groß und bedrohlich, mit einem großen Messer in der Hand.

„Wen haben wir denn da? Schau an, der Kommissar himself!"

Bohlan wollte auf den Mann zugehen, doch der bedeutete ihm mit dem Messer, stehen zu bleiben.

„Und mit wem habe ich die Ehre?"

„Sie scheinen wirklich keine Ahnung zu haben. Da fragt man sich, was Sie die letzten Wochen eigentlich ermittelt haben."

Die Augen unter der Maske zuckten hin und her. Offenbar schien der Mann zu überlegen, wie es nun weitergehen sollte. Die Situation hatte sich für ihn maßgeblich geändert. Aber auch Bohlan wusste nicht weiter. Er entschied sich, Ruhe zu bewahren und auf einen Fehler des Maskenmannes zu warten, der mittlerweile einen Plan gefasst zu haben schien. Er kam langsam mit vorgehaltenem Messer auf Bohlan zu. Als er direkt vor dem Kommissar stand, ließ er die Klinke mit einer schnellen Bewegung nach oben schnellen. Die scharfe Seite blieb Millimeter von Bohlans Kehle entfernt stehen.

„Du wolltest doch eben die Handschellen deiner Kollegin öffnen. Los! Nimm den Schlüssel." Bohlan griff langsam nach dem Schlüssel, der immer noch auf dem Tisch lag. Mit einer flinken Bewegung war der Mann hinter ihm und hielt ihn umklammert, das Messer immer noch an seiner Kehle. So drängte er ihn in Richtung Will, die wortlos auf dem Bett lag.

„Los, schließ die Handschelle am rechten Fuß auf und gib sie mir!"

Bohlan bückte sich langsam nach vorne, um die Handschelle erreichen zu können. Der Mann hinter ihm folgte seinen Bewegungen und hielt die Klinge immer in der Nähe von Bohlans Kehle. Die Bewegungen erfolgten nahezu in Zeitlupe. Bohlan schloss die Handschelle auf und nahm sie ab. Wills rechter Fuß war nun frei.

Aber sie bewegte ihn trotzdem nicht und ließ ihn auf der Stelle verharren. Bohlan wollte sich langsam wieder aufraffen, doch dem Mann hinter ihm missfiel die betonte Langsamkeit in Bohlans Bewegungen. Er stand über ihn gebeugt.

„Gib das Ding her."

Bohlan reichte ihm die Handschelle. Genau in dem Moment des Zugriffs verlor der Maskenmann für einen Moment die Aufmerksamkeit. Julia Will, die die ganze Zeit wie festgenagelt auf dem Bett gelegen und die Szene aufmerksam verfolgt hatte, ergriff sekundenschnell die einzige Möglichkeit, die ihr in ihrer Position möglich war. Sie traf den Mann fest und hart im Schritt. Er krümmte sich zusammen und hielt sich sein Geschlecht. Winselnd kauerte er am Boden. Geistesgegenwärtig warf sich Bohlan auf ihn und nahm ihm das Messer ab. Nach kurzem Kampf gelang es ihm, sich der Handschelle zu bemächtigen, die der Maskenmann krampfhaft in seiner Hand gehalten hatte. Er kettete ihn am Bett fest. Danach ging alles sehr schnell. Noch bevor Bohlan seine Kollegin befreien konnte, wurde die Tür eingetreten und das Einsatzkommando stürmte in die Wohnung. Sie bemächtigten sich des Mannes, der immer noch winselnd am Bettende kauerte und zogen ihm die Maske ab. Das Gesicht, in das die Polizisten blickten, war ein bekanntes.

„Hab ich es mir doch gedacht", murmelte Bohlan, als er KD Baumann sah. Er wandte sich zu Julia Will und befreite sie von den Handschellen. Sogleich löste sich ihre Anspannung und sie brach in sich zusammen, klammerte sich an Bohlan und fing an, am ganzen Körper zu zittern. Im Türrahmen stand Steinbrecher, der die Szenerie beobachtete. Er verständigte die Polizeipsychologin.

28. Kapitel

Die nächsten Tage waren für Bohlan, Steinbrecher und Steininger mit Arbeit voll gepackt. Zwar hatten sie jetzt den Täter, der auch vollumfänglich geständig war, doch die Verhöre von KD Baumann zogen sich wie Kaugummi in die Länge. Baumann dürstete danach, endlich seine Lebensgeschichte erzählen zu können und strotzte dabei vor Geltungssucht und Besserwisserei. Er hielt sich für den letzten Aufrichtigen, der im Namen der Gerechtigkeit und der reinen Wahrheit gehandelt hatte. Er wollte die Welt vor den Unaufrichtigen, den Karrieristen und den Blendern bewahren und all jene vernichten, die ihren Körper und ihre Seele verkauften. Baumann war reif für die Klapse, dachte Bohlan und vermutlich würde er auch dort landen. Die Presse lechzte nach Details über das „Monster aus Bockenheim", wie sie Baumann tituliert hatten. Gerding und Bohlan gaben umfänglich Auskunft über die Ergebnisse ihrer Ermittlungen und die Boulevardzeitung hatte ihre Story. Natürlich stand Boris Brandt nun als Opfer eines Psychopaten wieder mit fast reiner Weste dar, was seine Chancen auf eine Nominierung drastisch erhöhte.

Julia Will war krankgeschrieben und verbrachte die Tage zu Hause, gepflegt von ihrer Oma. Eine Woche nach der Befreiung und nach Rücksprache mit der Polizeipsychologin stattete Bohlan ihr einen Besuch ab. Es war das erste Mal seit diesem grauenhaften Abend, dass er Julia Will wiedersah. Immer wieder hatten ihn die Bilder dieses Abends verfolgt. In vielen Nächten war er schweißgebadet aufgeschreckt. Seine Kollegin lag nackt und in obszöner Art und Weise hergerichtet auf einem Bett. Gleich darauf kam ihm immer wieder die Szene in Erinnerung, als Julia Will erschöpft zusammengesackt war. Als Bohlan in Oma Wills Haus eintraf, saßen die beiden Frauen zusammen in der Küche. Vor ihnen standen große Teetassen. Will sah deutlich erholt aus. Äußerlich erinnerte nichts mehr an das Häuflein Elend, das sie noch vor wenigen Tagen abgegeben hatte. Doch Bohlan wusste, dass es nur Fassade war. Innerlich würde seine Kollegin noch lange an den Ereignissen dieses Abends zu knabbern haben. Auch wenn das Schlimmste noch verhindert werden konnte. Es hatte sich herausgestellt, dass KD Baumann die Kommissarin zwar in entwürdigender Art und Weise auf dem Bett drapiert hatte, zu einem sexuellen Kontakt oder gar einer Vergewaltigung war es indes nicht gekommen. Offenbar hatte KD Baumann sich dies für später aufgehoben und wollte zuerst Informationen und Material sicherstellen.

Bohlan wusste nicht so recht, wie er sich Will gegenüber verhalten sollte. Die Psychologin hatte ihm geraten, möglichst normal aufzutreten und das versuchte er. Nachdem Oma Will auch Bohlan einen Tee eingeschenkt hatte, platzte es aus Will heraus: „Und nun los, erzählen Sie, was bei den Verhören herausgekommen ist!"

„Ist das jetzt wirklich der passende Zeitpunkt?"

Julia Will sah ihn fast beleidigt an: „Ich bin zwar noch krankgeschrieben, aber ich gehöre doch wohl noch zum Team, oder etwa nicht?"

Bohlan nickte und sagte mir ruhiger Stimme: „Ja, das stimmt natürlich. Ich wollte Sie nur schonen. Im Grunde war es fast so, wie wir es schon vermutet hatten. Anfang der neunziger Jahre gab es bei den Frankfurter Jungen Sozialisten eine Gruppe, die die Jugendorganisation und die Partei radikal verändern wollten. Der engere Führungszirkel bestand aus Boris Brandt, Thomas Kunkel und Kristina Sell. Natürlich gab es noch weit mehr Personen, aber diese drei waren die Lenker. Kristina Sell war die Jüngste im Kreis. Sie war nicht nur sehr intelligent, sondern obendrein auch sehr hübsch. Viele der jungen Männer wollten etwas von ihr, stellten ihr nach. Offensichtlich hatte sie sich für Boris Brandt entschieden. Jedenfalls hatten die beiden eine heftige Affäre. KD Baumann, der auch in diesen Kreisen verkehrte, hatte sich hoffnungslos in sie verliebt. Er stellte ihr nach. Es muss fast so eine Art Stalking gewesen sein. Dann kam es zu diesem schrecklichen und irgendwie noch unaufgeklärten Unfall. Kristina Sell ertrank in den Fluten des Mains. Es gab heftigen Streit, vor allem zwischen Brandt und Baumann. Brandt tröstete sich - wie es seine Art zu sein scheint - mit neuen Liebschaften. Das machte Baumann, der an die eine reine Liebe glaubte, noch wütender. Er gab Brandt die Schuld für Kristina Sells Tod. Brandt hatte von der Politik die Schnauze voll und flüchtete in die Musik. Baumann versuchte sich als Fotograf. Kunkel blieb in der Politik, allerdings ohne großen Einfluss und spielte die Rolle des Querulanten. Dann, Jahre später, kam Brandt zurück und wollte die alten Zeiten wieder aufleben lassen. Kunkel war begeistert, Baumann eher nicht. Das Schüsselerlebnis war, als KD Baumann Patricia Mandell sah. Sie ähnelte Kristina Sell zum Verwechseln. Baumann fühlte sich um Jahre zurückversetzt. Es war für ihn, als erlebte er alles noch einmal und diesmal wollte er Kristina Sell nicht kampflos Boris Brandt überlassen. Er stellte auch ihr nach. Mandell wies ihn ab und wollte nichts mit ihm zu tun haben. Das machte ihn noch wütender. Verblendet und getrieben von der Mission, Mandell vor ihrem Unglück mit Brandt zu bewahren, ließ er nicht locker. Schließlich versuchte er es mit Gewalt und dabei kam es zu dem ersten Mord. Mandell blieb wohl standhaft bis zum Schluss und beschimpfte Baumann, der die erneute Zurückweisung seiner Liebe nicht verkraften konnte. Baumann machte Fotos vom Tatort und wollte seine Tat seinem alten Erzrivalen Boris Brandt in die Schuhe schieben. Er sammelte Material und bot es allen möglichen Politikern und der Presse an, damit diese Brandt schädigen konnten. Die Journalistin Mona Sell tauchte auf und wühlte in den alten Sachen herum. Sie war getrieben von dem Gedanken, dass der Tod ihrer Schwester kein Unfall war und wollte die wahren Hintergründe herausfinden. Sie traf sich mit Baumann, der wieder eine Kristina vor sich sitzen sah. Er glaubte an eine neue Chance, endlich zu seiner Liebe zu finden. Auch Sell verschaffte sich Informationen von Baumann. Ihr Ziel, die Hintergründe des Todes von Kristina aufklären zu wollen, bestärkten Baumann. Er fühlte sich endlich ernst genommen und wollte mehr von ihr, der kleinen Schwester seiner Kristina. Doch auch sie wies ihn zurück. Dann ertappte er Mona Sell, wie sie es mit Boris Brandt trieb. Ein weiterer Tiefschlag für Baumann."

„Und warum tauchte er dann bei mir auf?", wollte Will wissen.

„Weil KD Baumann allen Frauen hinterherstiefelte, die etwas mit Boris Brandt hatten. Es war eine fixe Idee von ihm. Diese Frauen waren für ihn alle eine Wiedergeburt von Kristina Sell. Schön und unerreichbar. Er wollte sie alle vernichten."

Will sah Bohlan fassungslos an. „Und was ist mit den Erpressungen und den merkwürdigen Geldzuwendungen an Sell und Mandell?"

„Hinter den Erpressungen steckte KD Baumann. Bei den Geldzuwendungen handelte es sich um Zahlungen des Verlages. Das hat nichts direkt mit unserem Fall zu tun."

„Was ist mit den verschwundenen Computern?"

„Die haben wir in Baumanns Wohnung sichergestellt."

„Er hatte die Inhalte auch schon verschiedenen Seiten zum

Verkauf angeboten. Nun wollte er aus seinen Funden Kapital schlagen."

Will sah in ihre Teetasse und Bohlan nahm einen Schluck. Oma Will streichelte ihrer Enkelin über die Schulter, die nach einer Weile aufsah und zu Bohlan sagte: „Ich habe eine Bitte!"

„Ja, welche."

„Sie mag etwas ungewöhnlich sein, aber es ist jetzt einfach nötig."

Wenig später wühlte sich Bohlan mit zwei heißen Glühweinbechern durch die wartenden und drängelnden Menschen. Die Luft war mit Lebkuchen- und Glühweinduft getränkt und von Glocken- und Klingelklang beschallt. Der Kommissar steuerte direkt auf den Stehtisch zu, an dem Will wartete. Seine Partnerin tippte noch etwas in die Tastatur ihres Handys. Als sie ihn kommen sah, steckte sie es schnell in ihre Tasche und schenkte Bohlan ein Lächeln. Der Kommissar wollte eine Bemerkung wegen des Handys machen, überlegte es sich aber anders, als er Will erreicht hatte. Stattdessen schob er ihr wortlos einen der beiden Becher zu.

„Dann sollten wir jetzt auf unseren Erfolg anstoßen!"

„Ja, das haben wir uns verdient", gab Bohlan zurück und erhob seinen Becher. Will tat es ihm gleich und drückte ihren Becher gegen seinen, was ein kaum wahrnehmbares tiefes Klirren auslöste.

Beide nippten an ihrem Glühwein. Will stellte ihren Becher wieder ab und klammerte ihre Hände Wärme haschend um ihn.

„Wollen wir uns nicht duzen, das würde doch manches erleichtern?", platzte es aus ihr heraus. Bohlan sah ihr nun direkt in die Augen:

„Ja, das ist eine gute Idee. Dann müssen wir aber noch mal anstoßen."

Will erwiderte seinen Blick, lächelte und gab zurück: „Und uns dann küssen." Nach einer Pause fügte sie hinzu: „Keine Angst, nur auf die Wange."

Röschen-Verlag

Autor: Frank Demant

ISBN-13: 978-3-9809915-0-6
Preis: 9,30 Euro / SFr. 17,70

Simon Schweitzer - immer horche, immer gugge

Autor: Frank Demant

ISBN-13: 978-3-9809915-1-3
Preis 9,30 Euro / SFr. 17,70

Simon Schweitzer - Geiseldrama in Dribbebach

Autor: Frank Demant

ISBN-13. 978-3-9809915-2-0
Preis 9,30 Euro / SFr. 17,70

Simon Schweitzer - Tod im Ebbelwei-Expreß

Autor: Frank Demant

ISBN-13: 978-3-9809915-4-4
Preis 9,45 Euro / SFr. 18,00

Simon Schweitzer - die Leiche am Eisernen Steg

Röschen-Verlag

Autor: Frank Demant

ISBN-13: 978-3-9809915-6-8
Preis 9,45 Euro / SFr. 18,00

Simon Schweitzer - Opium bei Frau Rauscher

Herr Schweitzer, Privatier aus Leidenschaft, lebt gerne in den Tag hinein. Die Nacht widmet er intensiv der Sachsenhäuser Kneipenszene. Um diese Ausschweifungen zu finanzieren, spielt er mit dem Gedanken, eine Detektei zu gründen.

Von einer Urlaubsbekanntschaft aus Laos erhält Herr Schweitzer seinen ersten Auftrag und wird versehentlich Zeuge eines Mordes aus Eifersucht. Doch je mehr Details die Frankfurter Kripo ans Tageslicht zerrt, desto weniger glaubt er an das, was er mit eigenen Augen gesehen hat.

Autor: Frank Demant

ISBN-13: 978-3-940908-03-2
Preis 9,45 Euro / SFr. 18,00

Simon Schweitzer - Verschollen im Taunus

In Unterwäsche erwacht Herr Schweitzer, seines Zeichens Detektiv und Privatier aus Leidenschaft, leicht verletzt in Nachbarschaft zu einem enthaupteten Bösewicht fern jedweder Zivilisation im Taunus. Ein kleiner temporärer Gedächtnisschwund erschwert die Ursachenforschung.

Derweil ist in Frankfurt die Hölle los. Ein russischer Milliardär würde sich gerne den hiesigen Fußball-Bundesligisten unter den Nagel reißen, was aber von einem aufmerksamen Sportjournalisten recht fix aufgedeckt wird.

Und irgendwie hat das eine mit dem anderen zu tun.

Röschen-Verlag

Autor: Wolfgang Fienhold

ISBN-13: 978-3-940908-00-1

Preis 9,80 Euro / SFr. 20,30

Kaputt in Frankfurt

Harry 1968: Er ist jung, groß, wild, unglaublich attraktiv, dazu mit einem außergewöhnlichen IQ ausgestattet, ein Spieler, Genießer, Biertrinker, Frauenversteher – kurz: ein Liebling der Götter. Für ihn gelten nur seine Regeln; er will alles und das sofort, als da wären Geld, Gold, schnelle Autos, Frauen, Partys, Sex, Drugs und Rock'n'Roll. Sein Leben ist eine Achterbahnfahrt zwischen Kick und Absturz. Die Frauen reiht er auf wie Perlen auf einer Kette, da gibt es die edel schimmernden echten und auch die hässlichen Imitate. Insbesondere interessieren ihn Unregelmäßigkeiten – jedenfalls lässt er keine Dame auf der Bettkante schmoren. Dass dies buchstäblich in die Hose gehen kann, beweist eine der Durchgeknallten, als sie seine Genitalien mit einer großen Schere tranchieren will. Aus purer Not würgt er sie, bis sie keinen Mucks mehr macht und, wie er annimmt, tot ist. Es folgt eine Flucht aus Deutschland mit dem ganz festen Entschluss, nun wirklich seriös zu schreiben. Natürlich kommt bei Harry alles anders, als er plant. Erneut ergeben sich Verwicklungen und Abenteuer.

Führungen in Frankfurt am Main

A wie Altstadt, B wie Börse, G wie Goethe-Haus ...
In Frankfurt gibt es jede Menge zu besichtigen. Möchten Sie mit der ganzen Familie die Stadt erkunden? Planen Sie einen Betriebsausflug? Oder suchen Sie ein ausgefallenes Geschenk für einen besonderen Anlass? Wenn Sie sich oder Freunden Frankfurt von seiner schönsten Seite zeigen lassen wollen, sind Sie hier genau richtig! Ob mit Velo-Taxi, zu Fuß oder im Bus – unterhaltsam und kurzweilig geht es durch die Stadt.

Kontakt: Stefanie Reimann   Spohrstraße 53   60318 Frankfurt a. M.